人间烟火

朱劲楠
著

新疆人民出版社

图书在版编目（CIP）数据

人间烟火 / 朱劲楠著 . — 乌鲁木齐 : 新疆人民出版社，2022.12（2023.12 重印）
ISBN 978-7-228-21093-0

Ⅰ . ①人… Ⅱ . ①朱… Ⅲ . ①散文集 中国 当代 Ⅳ . ① I267

中国版本图书馆 CIP 数据核字（2022）第 257964 号

◎策　　划 赵 珍
◎责任编辑 杨 利
◎装帧设计 刘堪海
◎技术编辑 杨 爽

出　版 新疆人民出版社
地　址 乌鲁木齐市解放南路 348 号
邮　编 830001
制　作 乌鲁木齐捷迅彩艺有限责任公司
印　刷 新疆新华印务有限责任公司
开　本 710mm × 1000mm 1/16
印　张 18 印张
字　数 210 千字
版　次 2022 年 12 月第 1 版
印　次 2023 年 12 月第 2 次印刷
定　价 35.00 元

草根美食家朱劲楠

赵光鸣

初识朱劲楠，是在十几年前，一个吃吃喝喝的场合，朋友把他领了进来，给众人介绍，说了他的名字，同时说他叫老边。名字没怎么记住，“老边”这绰号倒记住了。再就是他的体形和长相，五大三粗，其貌不扬，脸晒得很黑，风尘仆仆的样子，和细皮嫩肉的都市中人相比，有很大反差，容易给人留下深刻印象。

初次印象虽深，但后来几年见面机会很少，原因在，他一年中的大半时间都在野外，他的工作是做地质调查，必须长年累月地奔波于野外，在辽远广袤的新疆，这些地方，大抵都是些人烟稀少的荒僻之地，与现代都市生活相距甚远。朱劲楠每回风尘仆仆地回到城市，都有一种被世界边缘化了的感觉。于是他给自己取了个“边缘人”的微信名，久之，在不大的朋友圈里，“老边”成了他的绰号，以至于有时让人想不起他的真名叫什么。偶尔，在报刊上能看到他写的散文或随笔，粗粝如戈壁上的砾石，细读，好像嗅到艾蒿草的味道，荒野气息扑面而来。写得少，却有自己的质地和风格，这是我先前对他文字的大略看法。

和朱劲楠来往密切起来，是近几年的事。原因在，我们都居住在乌鲁木齐城北，以前不知道，我家所在的华美文轩小区和他家所在的地质调查大队大院相距不远，大约只有三四站路，步行半个小时可到。在城市的这片区域，还居住着十几个志趣相投的好朋友，大家经常在一起小聚，相谈甚欢。朱劲楠很喜欢这样的聚会，加入进来，之后渐成常客。在地质调查这个行当，他的年纪渐渐有点大了，跋山涉水跑野外的时间逐年减少，这样他就有了足够的时间和朋友们来往相聚。

相处日久，朱劲楠成了朋友圈里人缘最好的人，大家都很喜欢他。主要是因为他待人真诚，为人豪爽，长期在荒野和底层摸爬滚打的人生经历使他身上自带一种质朴和诚恳，很具亲和力。他是个很好客的人，喜欢张罗朋友们吃喝喧聊，除到酒店摆桌子外，更多的时候是把朋友们请到自己家里小聚。这种时候，他的厨艺就得到充分施展。厨房里的朱劲楠，系上围裙，使刀弄勺，有板有眼，动作麻利，俨然一副大厨做派，饭菜上桌速度很快，关键是色香味俱全，四座无不称好。朱劲楠很享受这种时刻，坐在一边，看每个人美滋滋的吃相，听众人的夸奖，笑得红光满面。夸得兴奋了，还能引吭高歌一曲《往日时光》《假行僧》《苹果香》之类，字正腔圆，声嘶力竭，绝不跑调，更是赢得满堂喝彩。

在他家吃喝的次数多了，渐渐知道，他对家常美食的爱好非常执着，即使家里不来客人，他每天的吃食也绝不马虎，认真地对待每样饭菜，琢磨着如何让它们变成美味佳肴，让自己和家人口舌生香。除了热衷于厨案，他还喜欢制作耐贮藏的美味，比如风干肉、腊肉、香肠等，到合适的季节，他都要自制一批，除自己享用，还分送给朋友。他是一个在吃食方面真正的有心人，处处留心，刨根问底，每有心得，就记录于笔端，久之，成了一种习惯，加之多年的业余文学写作的训练，这些心得便自然而然地变成了文学性很强的叙述。朱劲楠想写一本关于新疆民间美食的书的念头，不是一时的心血来潮，而是长期的心得和情感的积累使然。

现在，这本书的打印书稿就摆在我的面前，《人间烟火》书名和内容很相符，所收55篇文章，我都一一认真读过，和先前读过的他的散文随笔、最近读过的他的几篇短篇小说一样，朱劲楠的风格和特点非常显著。这是他的文字独有的面貌，辨识度很高，不可能和别人的同类文章雷同，重复，或者相似。

本书所写的所有美食，全部是新疆的民间美食，没有山珍海味、高端食材，所有的食材老百姓都吃得起，在新疆的美食地图上，这些食物可以说遍布于天山南北各个角落，每个地方都有不同的特色呈现，都受到当地人民的欢迎。朱劲楠跑遍全疆，在很多偏远地方的小饭馆、小吃店都逗留过，用餐在其次，他喜欢钻这样的小饭馆，看大师傅的烹饪手艺。如果菜炒得好，他要看人家怎么炒的，窍门在哪里。他还喜欢在这样的小饭馆里同人聊天，对象都是些他看着有意思的陌生人，那些五湖四海来的各色人等，让他永远怀有了解和探究的兴趣。许多生动有趣的人生故事和奇闻逸事，就是在这样的茶酒叙聊中得到的。朱劲楠如痴如醉地热爱着这样的烟火人间，迷恋于这样粗粝而温暖的凡尘俗世，所以，他写各种美食是带着热爱的情感的。正是因为这份感情炽烈而浓郁，读他的文章的人会不由自主地受到感染。在朱劲楠的笔下，美食不仅仅是美味佳肴，更是一种值得人们眷恋和回味的美好人生。

作家写美食的人不少，比如陆文夫，比如汪曾祺，也都写得生动有趣，但名家写的大多是比较高端的美食品类，名店名厨加名士，文风高雅，书卷气比较浓。朱劲楠不走这样的路线，他是草根思路，写乡亲大地、烟火人间，直达芸芸众生的味蕾，写出来的目的，不只是供人阅读和欣赏，还教人实际操作，这也是本书的特点。读了这本书，可以按照作者教的操作方法，把书上美味变成桌上美味。

朱劲楠年轻时开过小饭馆，做过厨师，有实际操作经验，加上观察积累，他对每道美食的烹饪步骤和方法了如指掌。比如古城奇台的名菜过油肉，许多人做不好，或做不了，笔者本人也尝试过，这道看似简单的菜肴要烹制成功其实很难。朱劲楠做这道菜被所有吃过的人竖大拇指，滑嫩爽口，色香味俱佳，堪称绝活。不会做的人按他的方法制作，可以达到八九不离十的效果。再比如新疆大盘鸡，他在把大盘鸡的两大门类沙湾大盘鸡和柴窝堡大盘鸡的来龙去脉、前世今生聊得妙趣横生、引人入胜的同时，也把烹制的方法教给了读者。还有糖洋芋、黄焖肉、酸辣里脊、臊子面等，都是很普通的吃食，但他能把这些民间美食的来历和烹制过程变成娓娓道来的故事，聊得温暖而动人。这种叙述上的本事，来源于他贴近大地的草根情怀，他的美食故事是讲给普通人听的，着眼于实用，不要“高大上”，所以最忌故作高深、装腔作势。

朱劲楠出生于古城奇台，这个地方曾经是西口外著名的商品集散地，清末民初的几十年间，这里是处于交通枢纽的大商埠，有响当当的“旱码头”之称，万商云集，百艺进疆，就是那个时代古城子商贸繁荣的真实写照。百艺中的厨艺经过五湖四海各帮技艺口味的杂糅融合，互相渗透，取长补短，渐次形成古城子特有的美食传统和谱系，扩及周边地区。加上更远一些的巴里坤，连接成片，成为新疆美食地图中最耀眼的一个黄金区域。朱劲楠就是这一方水土滋润长大的，身心和味蕾都带着这个地方深刻的印记。这本书中说到的大部分美食，都是他故乡的品种，他对它们怀有刻骨铭心的牵挂，字里行间，可以看出他对故乡和往日时光的眷恋，仔细品读，还能读出一点淡淡的忧伤。但是这一抹伤感和全书阳光的基调并不冲突，相反，它让这本书有了更丰富的内涵。

《人间烟火》所写的是往日美食，从食材的精选到烹制过程的精工细作，都可以看到操作者对食物的虔诚和尊重。但是，朱劲楠发现这些往日美食随着时光的流逝变成了越来越远的记忆。人们桌上的美食越来越徒有其表，名不副实，原来在江河里几年才能长到巴掌大的鱼，人工鱼塘只消20天就可以产出重达一两公斤的替代品，而一只鸡只需1个月的饲养就可以端盘上桌，人们“失去了等待一只鸡在自然规律中慢慢长大的耐心”。

在潮流和变迁中，传统会慢慢被淹没或消失，朱劲楠看到这个“短平快”越来越盛行的现实，有点感物伤时，于是更坚定了写这本书的信念。《人间烟火》想留住一缕乡愁，与时光同在，伴岁月共老。这就是这本书最打动人心之处。笔者有个预感，这本书会成为一本受欢迎的书。

2022年2月

自序

说到新疆美食，按照惯性思维，大家首先想到的无非是那些司空见惯、老生常谈，已经被宣传再宣传的内容。若是把别人啃过的骨头再啃一遍，也就完全没有必要耗费时间和精力再狗尾续貂地写这本书了。

这是一本介绍新疆美食的书，但又不仅仅是一本介绍新疆美食的书。这是一本新疆美食的实操手册，但又不仅仅只教你做新疆饭。我试图将自己30多年在新疆的所见所闻，通过一道道新疆美食的介绍，让你了解更多新疆百姓过去的、现在的生活，让你了解许多你所不熟知的新疆美食和美食背后的新疆。

新疆以天山为界分为南北疆。著名的丝绸之路在此将古代中国与世界联系起来，使其成为多种文明荟萃之地。在相当长的历史时期，丝绸之路新北道商贸往来频繁，文化交流沉淀。地处天山东段的巴里坤、七角井、木垒、奇台、吉木萨尔都是丝绸之路新北道上的一个个节点。新疆本地人按地域划分，习惯性地将木垒、奇台、吉木萨尔这三个县并称为东三县。

自清代以来，随着丝绸之路新北道的兴起，巴里坤、木垒、奇台、吉木萨尔等一颗颗缀在丝绸之路新北道上的明珠又焕发出勃勃生机。尤其是到了清末民初，古城奇台成为新疆最大的商品集散地，“旱码头”声名鹊起，经济繁荣带动各行各业的发展，饮食业亦蓬勃兴起。随豪商巨贾而来的私家名厨，异乡来古城谋生求发展的烹饪高手多会集于此，南北西东，古城居中，各路英豪结合当地饮食习惯与当地餐饮人共同铸就了新疆饮食业的辉煌。一时间，新疆的餐饮就如春天的百花园，百花绽放，绚丽多姿。

四面八方的文化在新疆这片土地上交融沉淀，孕育出独特的餐饮文化。民以食为天，食以安为先。纵观各个历史时期，也只有在安定和平的环境中，餐饮业才能蓬勃发展。当下餐饮业的兴盛也恰恰反映出这一点。走遍天山南北不难发现，湘川港粤闽，淮扬本帮，各式酒楼饭庄矗立在街道上，这是新疆餐饮行业迎来的又一次繁荣，又一次复兴。如果说上一次的餐饮业繁荣是随津帮、晋商等各路商会进疆以及清军赶大营所带动的，那么这一次的复兴则是改革开放40多年的必然结果。

20世纪六七十年代，寥寥可数的饮食服务公司麾下的国营饭店一统天下，漫长的冬季只能依靠菜窖中储备的土豆、萝卜、大白菜过冬。今天，各类餐饮机构遍布街头，菜篮子四季常绿，我们的饮食已然发生了翻天覆地的变化。

烹饪是一门手艺，熟知或者掌握一些烹饪知识，哪怕只是皮毛，都将受益终身。烹饪既是人生修养，也是生活态度。避开世事纷杂，走进厨房为家人做美食，过一种“平生最爱鱼无舌，游遍江湖少是非”的散淡生活也是很惬意的。由衷地希望本书能够对你有所帮助，因而成为一本有用的书，不会因为时间的推移而变为一摞废纸。除此之外，也希望本书能让大家在品味新疆美食的同时回味新疆的过去，了解老新疆人及那些已经远去和正在远去的新疆生活。

写作只是一蹴而就的一两年，而积累本书的内容则经过了30多年的积淀，就让我们通过味蕾来感知这片土地上的饮食文化和饮食背后人们的情感吧。

2022年5月

目录

酿皮子

说起普通话，各地的人说起来那是各具特色。陕西人拖着陕西口音讲普通话叫陕普，甘肃人带口音的叫甘普，新疆腔的自然就是疆普了。这些散装的地方普通话初衷是想“洋气”一点，但乡音难改，结果让人听了忍俊不禁。这不是地域黑，几乎每一地都有自黑带口音普通话的段子。西北人各有各的方言，各有各的习性，但对凉皮却保持着统一的嗜好。

在新疆，凉皮是城市里讲普通话人的叫法。在乡野城镇，过去大家都用老新疆话叫它酿皮子，这个“酿”的发音是“ráng”。即便是现在，讲老新疆话的地方，比如东三县乃至巴里坤，仍然有不少人这么叫。我觉得这是一种习惯，更是一种对地域文化的留恋和坚守。

酿皮子的历史久远，据陕甘地区的民间传说，可以追溯到秦皇汉武那里。带有民间色彩的食物经常会与帝王将相联系在一起，这也是中国饮食文化的传统特色以及营销手段。这一点都不奇怪，在黄土厚重的陕甘地区，没有几千年历史的小吃哪好意思往桌上端啊！

据说酿皮子制作工艺最早是由陕西人带入新疆的。曾问及年长的老新疆人，回答是他们儿时经常见到操陕西口音的人挑着担子，走街串巷拖着长音叫卖凉粉、酿皮子。常有顽童跟在后面喊："凉粉、酿皮子，老汉擤鼻子。"在哈密也有流传已久的顺口溜：红担子凉皮香，吃了一张想一张。这说明至少在六七十年前或者更早，凉皮在新疆就已经是常见的小吃了，也能说明陕西人在疆内操此行业的人比较多。也有人说酿皮子是甘肃先民带入新疆的，至今在甘肃还有不少地方称凉皮为酿皮子。

其实现在追本溯源已经没有太大意义。任何一种习俗都不是朝夕形成的，它们都是历经岁月积淀而形成的，追溯凉皮此类在西北广泛普及的小吃传入新疆的渊源已不再重要，也难辨其宗。虽然凉皮和酿皮子同为一物，但在这里我们还是将其称为酿皮子吧，因为这个称谓代表着那个纯手工、慢工细活的年代，手工是讲感情、有温度的。

酿皮子是一种独特的面食，既可当作开胃解暑的主食，也可作为爽口啖嘴的零吃。新疆过去大多数卖酿皮子的摊点还一并卖黄面、凉粉。传统的酿皮子、黄面的主要调料为油泼辣子、油泼蒜泥、芥末汁、卤汁，以及加料熬制的酱油、醋。不要小看这简单的料汁，越是看起来简单的事，做起来越是复杂，餐饮也是如此，平淡之中见珍奇才是高手中的高手。

黄面即凉面。酿皮子和黄面的吃法灵活多样，用现在时尚的话讲叫很人性化，按各人的口味不同各有搭配，有人喜欢纯酿皮子，有人喜欢一样一半，叫对半或者两掺。凉粉一般都是用来点缀的，在盛好的酿皮子、黄面上面软塌塌铺几条，既添了花样，又调剂了口味。也有爱吃凉粉的人会单点凉粉。

过去卖酿皮子、黄面的大多都是沿着街边的露天摊点，即便是数九寒天，街头巷尾的摊点也依旧生意兴隆。老板娘会将盛好的酿皮子、黄面放入滚汤汁中过一下，那些冻得鼻涕吸溜吸溜、边跺着脚边吃着酿皮子的人，也是街头的一景了。过去的酿皮子、黄面都是自产自销的。涮酿皮子、拉黄面是个辛苦行当，半夜三四点钟就要起床忙活，一直忙活到人们都上班了才准备就绪，出门练摊儿，一直到中午饭点过了才收摊儿。食客们来来往往，起起坐坐，大多都会按照自己的口味关照老板再加点凉粉，多放些面筋。醋多少，辣子多少，芥末多少，一切都是您说了算，小小的一盘酿皮子、黄面也是专门为您量身打造的。您若是熟客自然是不用言语，最多也就是找个位置坐下，然后慢条斯理、言简意赅地说一声“老规矩”。末了，若是觉得没吃饱还差几口，就喊老板再给抓点儿，当然是免费的。

对于一个老牌吃货来讲，没有烧烤参与的酿皮子、黄面简直是难以下咽的，吃起来太“噎”了，只能当零食。按老新疆人的话讲，最多当个腰食。什么叫腰食？人的身体中间是腰，两顿饭中间的一顿就是腰食。脑力劳动者无须腰食，常常一杯咖啡就能解决问题，但起早贪黑干体力活的人需要腰食补充体力。有了烤肉参与的酿皮子、黄面才是美食，凉热结合，荤素搭配，这样吃起来才津津有味。酿皮子、黄面搭配烤肉，口感瞬间就升级了。

也许是酿皮子这个名字太土气，其发音和字义也有些晦涩的缘故吧，目前在城市，酿皮子、黄面已经彻底被统一称为凉皮、凉面了。就连以前说新疆方言叫酿皮子的老新疆人也改了口。南武当，北少林，有人的地方就有江湖，像普通话与新疆方言分庭抗礼一样，普通话属于城市，新疆方言属于乡野。目前新疆市面上流行的酿皮子按地区和特色大致分为两大派系，一是奇台酿皮子，二是石河子凉皮。奇台酿皮子代表传统承袭，代表说新疆方言的老新疆人；石河子凉皮代表创新发展，代表说普通话的年轻一代。

对于谙熟饮食文化的人来讲，特色美食的形成必须有历史和时间的积淀，而像石河子这样的移民新城在时间积淀和历史背景下都不具备出产特色美味的条件。众所周知，兵团本身就是由五湖四海的人组成的，而石河子是一个由兵团屯垦戍边，在戈壁瀚海中建造出的新城。从 1949 年到现在 70 多年的发展过程中，兵团人在新疆的发展中发挥着重要作用，也在短时间内创造出兵团特有的人文文化。在饮食方面，其在融合了各地凉皮特点之后又汲取全国各地小吃的特点，发展出了石河子凉皮。

石河子凉皮这些年在餐饮江湖中确实是异军突起，声名赫赫。在形制上，石河子凉皮一改本土凉皮敦厚的外形，它涮得很薄，薄到半透明状，这样可以更好地入味。在调味方面，石河子凉皮在本土凉皮调味习惯的基础上弱化了芥末、蒜汁的重味以及汤汁浓稠的特点，调整为以湘、鄂小吃中的麻酱为主味，佐以黄瓜丝，创造出了与新疆酿皮子迥然不同的口味。石河子凉皮在吃法上很纯粹，汤汁也较清爽，吃起来较为爽口，既有新疆凉皮的基味，又有湖北热干面里的芝麻浓香。一般只有女性特有的细心和敏感才能感知它浅尝不知其妙，细品却滋味无限的美味。因此，诞生于这座被誉为“塞外小上海”的石河子凉皮，也就颇具小资情调，备受女性青睐了。

奇台酿皮子的复杂讲究来源于它深厚的文化积淀。奇台酿皮子过瘾的吃法是对半抓，就是酿皮子和黄面各样一半拌起来，既能吃到酿皮子的滑爽，又能感受到黄面的筋道，最大化地满足食客多样的口感需求，可谓“一盘两得”。再配上烤羊肉串及滚烫浓酽的砖茶，可谓是有荤有素、有热有凉。更有地产的以土豆淀粉打制的黑凉粉，筋道韧滑，强调着奇台“三凉”的特殊性。如果说石河子凉皮是女性化的食物，奇台酿皮子则是江湖好汉们最好的调剂，它是解酒养胃的良药偏方。奇台的酿皮子以“厚”著称，其厚度相当于普通凉皮的 2 倍、石河子凉皮的 3 倍，用当地的话讲，看起来厚厚的，吃起来肉肉的。

与厚厚的、肉肉的酿皮子搭配的是味道浓郁的汤汁。

石河子以及其他地方的凉皮除了汤汁调料与奇台酿皮子有所不同，配菜一般为香菜、黄瓜丝、豆芽菜等，同时兼容并蓄地将牛筋面、擀面皮、米皮一并纳入经营范围。而大多数的奇台凉皮店仍然沿用开水焯过切碎的芹菜、菠菜做辅料，在经营品种上也依旧保持传统的黄面、凉皮、凉粉老三样。

价格便宜的酿皮子在那个精神和物质生活都相当匮乏的年代，是一日三餐以外调剂口味的最佳美食。新疆长大的孩子脑海里大都存有这样的影像：自由市场每到星期天便热闹得像是过节，槽子上的烤肉滋啦作响，馕坑边堆满麦黄脆香的热馕。小伙儿一边用双手来回拉着一个装在木桶中锃光瓦亮的铁皮桶，一边吆喝着："雪花凉，凉得败火……"阿婶则坐在矮小的、拾掇得干干净净的方桌前，从搪瓷缸子里给食客舀着如豆腐脑儿般浓稠的酸奶。手推车玻璃橱柜里的酿皮子和黄面泛着诱人的油光、黄亮的色泽。选一处酿皮子小摊坐定，看着卖酿皮子的阿婶那只抓起一大把酿皮的手在半空中抖啊抖，一直抖到变成一撮，然后才将它盛入盘中，那小小的一撮酿皮子竟然被变戏法似的蓬松地堆满了一盘……这些镜头都是我们童年不灭的记忆。

车轮滚滚永不停歇，现代化流水线生产正在将各行各业的传统手工推上岸。在追求利益最大化的今天，已经很难吃到地道的酿皮子、黄面了。城市如同一个巨大的机器，每天清晨，这机器的部件便有条不紊地按照设定的程序开始运转。配送的车辆将加工好的酿皮子、黄面从城市的角落源源不断地分流，进入各个销售渠道，最终进入消费者的口中。早已被城市破坏了味蕾的消费者又怎么知道那地道的酿皮子、黄面的味道？这就好比现在的人已经不知道，很早以前酿皮子、黄面的黄色是用碱、蓬灰以及红花、姜黄泡水制成掺入面中的。而现在取而代之的黄色已经不是天然食色了，它是工业化的产物合成的色素，它们无一例外都有着好听的名字——落日黄或柠檬黄。

人的许多嗜好都是童年养成的，无论你漂到天涯海角，这些嗜好就像你的身份证，打烙着你的属性。回忆儿时的酿皮子，被牵绊着的是一丝甜蜜的痛楚、幸福的感伤。坐在酿皮子摊前，咀嚼的是一份平民生活的恬淡与快乐。

油糕

据研究，人嗜甜是因为甜能使人获得幸福感。甜味是一个人出生之后首先接触到的味道，婴儿出生后最先吃到的母乳就是甜的。当人进入壮年阶段，也是离甜食距离最远的年龄段。而当人进入老年后，对甜食的欲望又逐渐复苏。所以，童年，甜食让我们获得幸福；老年，甜食让我们得到慰藉。

在那个面包、饼干都是稀罕物的年月，对于新疆人来讲，油汪汪、甜腻腻的油糕更是不可多得的美味。记得那时一到周末，我特别愿意跟父亲上街。父亲骑着永久牌二八大杠，我兴高采烈地坐在横梁上。我的好心情完全来自自由市场入口处那口黑黢黢、油乎乎的大油锅。从那口陈年老油锅里捞出，排列在箅子上沥油的油糕永远都光鲜亮丽，深深地吸引着我。我这点小心思早被父亲看透，因此，父亲每次经过油糕摊位时都会给我买个油糕。那油糕表面金黄，密密麻麻地布满酥脆的气泡，一口下去，油香软糯，幸福感爆棚。

油糕摊也不是每天都有，只有到了周末，摊主才会将一个由汽油桶改造的大铁炉支在市场入口处，油锅放进去，案板支起来，烧火揉面地忙活一天。炸油糕的摊主是小城的名人，整个县城可能有不知道县长名字的人，但说起Y麻子和他的油糕，无人不知，无人不晓。我已经忘记了他的长相，忘了他的脸上有没有麻子，但他做的油糕的滋味我至今记得清清楚楚。

历史久远的油糕是整个西北，甚至更多地方的一种甜食，其用料与口感各地也略有不同。河南人将此甜食叫糖糕，只是糖糕外皮没有起酥的泡泡。河北人叫炸糕，山西人叫泡泡糕。用料也是因地制宜，东北人用大米面，新疆人用面粉，陕西、山西人用黄米面，因此，陕西、山西人又将油糕特别强调为糜子油糕。有句话是这样说的：美食从来就不是吃本身，它是人生哲学，甚至是人生信仰。在陕西和山西人看来，油糕只能是用黄米面来做，用其他原料做油糕都是串门串错了，只能说这种油糕是个外地甜食。几种不同的油糕我都吃过，个人也觉得黏糯金黄的糜子油糕在口感上确实更胜一筹。

油糕的馅料一般有芝麻花生红糖馅、豆沙馅、白糖馅。做油糕所需的食材为：100克动物油脂，2斤面粉，3斤开水烫好的面。案板抹油，烫好的面中加50克水、5克苏打压匀（不要揉），再撒50克面粉反复折叠按压后下剂子包糖馅，剂子大小随意，六成油温下锅炸。油糕制作要领：要注意火候，锅内油花四溅说明火大了，皮易黑，糖难熔，炸不熟；油面平稳只冒泡是火小了，糕易脱皮破裂，糖外流，味道也不好；只有油平缓翻滚、糕坯下锅就漂起来的火候最合适。

我将Y麻子油糕如何好吃告诉朋友时，朋友问我是否对原来红山商场旁边的红山甜食店有印象，那里的油糕也是乌鲁木齐一代人的记忆。在那个物资贫乏的年代，孩子去那里吃上一顿真的跟过年一样高兴。大概在20世纪90年代初期，这家甜食店和红山商场一起被拆了。我也隐隐约约记得这家甜食店的油糕，大米面做的，相比Y

麻子油糕在口感上稍逊一筹。朋友说："逊啥逊，在我小时候，它就是天底下最好吃的甜食。"也许每个人的心里都住着一个童年时卖油糕的Y麻子。

后来我无意间在网上看到这样一段关于红山甜食店的文字：直到商场要关门了，我们依然意犹未尽。出了大门，我们叽叽喳喳说个不停，走到红山甜食店才发觉饿了。我们眼巴巴地隔着大门望着店里别的小朋友津津有味地吃着元宵、油糕，只有咽口水的份儿了。我们拖着迈不动的步子，一步步踱回家。那天晚上，我做了个梦，我当上营业员了，而且就是红山甜食店的！

多年后再吃到Y麻子油糕时也并没有记忆中那么好吃，这也不奇怪，行遍千山万水、尝遍酸甜苦辣的我已然不是那个坐在父亲的二八大杠上的孩童了。

拉条子

人可以改变自己的形象、观念，但无法改变自己的口味。无论你身处何方，身居何职，口味就像是一张隐匿的身份证，在不经意间，甚至是在你刻意隐瞒伪装之下，暴露你的身世。

对于爱吃拌面的新疆人来讲，去外地首先要适应的不是气候环境，而是饮食上的差异。到哪儿能吃到拌面，是身处异乡的新疆人经常思考的一个问题，待回到新疆，首先要做的事情十有八九是先吃个拌面，吃完了还不忘再喝碗面汤，美其名曰：原汤化原食。

气候干燥的新疆日照时间长，昼夜温差大，因此，新疆小麦生长周期长。正可谓慢工出细活，生长周期长则注定了新疆小麦的高品质，可以说是新疆优质小麦成就了新疆拌面。

新疆文化是融合的文化，从方言到习俗小吃，无一不打烙着融合的印记，尤其受山西、甘肃影响最大。新疆邻近甘肃，汉语方言受甘肃影响较大，而在面食上则受山西影响至深。近代晋商强势，山西高超的面食手艺在新疆这片本来就以面食为主的土地上迅速传播，这也就使得山西饮食在旧时的新疆引领潮流。改革之初沿海地区经济领先，潮州菜肴一度风靡全国，而长江三角洲经济增长又使得淮扬菜肴异军突起。从饮食的视角来看各时期的政治、经济、文化动向也很微妙。除此之外，更有漫漫丝路上的骆驼客，他们传输商品的同时也传播西北诸省的饮食文化。

新疆拌面又称拉条子。“拌面”是书面语，而“拉条子”则更口语化些，其区别应该是在家自己做叫拉条子，在餐馆吃叫拌面。拌面又叫捋面，这应该是拌面在新疆早期的称谓。这种称谓即便是今天上了年岁的老新疆人也会认可。无独有偶，在《酒泉民间习俗》一文中看到有大年初二吃捋面的习俗，他们也称捋面为皮条或拉条子。即使今天，拉面依然是山西五大面食之一。拌面在过去相当长的一段时间里还有一种大半斤或小半斤的称谓。饭馆卖的拉条子每盘约半斤，食客可根据需求来一份大半斤或小半斤，面是一样的面，只是菜的烹制方法和今天的拌面菜略有不同，多是将各类菜烩在一起做拌面菜，有些地方甚至还将粉条一并烩入菜中。小半斤的称谓消失得早，但今天的伊犁仍有将拌面称作大半斤的。根据食物的量来命名，这恐怕也是新疆最早的饮食行业标准吧。

拌面就是拌着吃的，几乎所有的蔬菜都能成为拌的对象。拌什么菜就叫什么拌面：酸菜拌面，韭菜拌面，土豆丝拌面，西红柿鸡蛋拌面，还有辣椒、芹菜、豆角……这些菜都是佐以牛羊肉炒的。像这样实在的吃食本身就带有浓郁的草根性。以配菜不同的各种拌面为主干，又衍生出炒面。炒面又因形状的不同被细分为丁丁炒面、二节子炒面、揪片子炒面和珍珠炒面。炒面做法雷同，都是将煮熟、过冷水的面投入炝好的锅中淋以肉汤翻炒的。在这片广袤的土地上，还有什么吃食能比拌面更适合挥舞坎土曼脱土坯，拉着骆驼穿荒漠哪!

将面粉兑盐水揉透上劲抻拉煮食的吃法在西北屡见不鲜，捋面或拉面之所以能墙内开花墙外香，在新疆这块土地上发扬光大，使之成为西北独树一帜的特色饭食，离不开新疆优质小麦的助力，筋道的面粉使其成为拌面，成为新疆最具代表性的美食之一。

将适量盐水兑入面粉和成面团使劲揉，将面团一直揉到表面像皮肤般光滑后,再将面团搁置一段时间。使劲揉成的面团上满了“劲”，想让它具有良好的延伸性就必须让它安静地醒一段时间。待面醒好后复揉，然后就可以将面团抹油推开，或搓成面剂子码放整齐，或搓成手指粗盘于盆中。面的口感直接影响到这份拌面的质量。菜炒得再好面不行，那也是白瞎。甚至面的口感好还能遮掩菜的瑕疵。加工一盘上好的面，除了至关重要的和面经验、拉面水平之外，全在这揉的功夫上。

居家吃拌面大多是将面推开划成条，横搓顺拉即可。餐厅的拌面则分两种：一种是把子面，十根八根面剂子抻开了甩，二郎担山，力拔千钧；一种是盘面，将盘在盆中的面捋在面案上，然后双手环绕，像绕毛线一般飞快地将面绕起抻开，“啪”一甩，面就飞入锅内，这一系列动作干净利落，一气呵成。

食客永远都是挑剔的，一盘做工考究的面应该是外表光滑、粗细均匀，入口柔软、筋道。除此之外，拌面馆子老板还要应付各种要求：“老板，来个韭叶。”“老板，不要过水。”还有那胃口好的大汉：“老板，面拉粗点，加个面。”

新疆许多小吃从被认知到推广可以说都是“马路经济”带动的。昌吉丸子汤、柴窝堡辣子鸡、沙湾大盘鸡、五台杂烩汤、托克逊拌面……无一不是从公路边开始。在这个传播过程中，运输者起着非同寻常的连接作用，先被他们认可后广泛传播，继而在城市遍地开花。现在市面上的拌面几乎都是清一色的荤食，选上好的牛羊肉烹饪，叫得响的总体归纳为两处：托克逊拌面、奇台过油肉拌面。如果说托克逊拌面一举成名得益于“马路经济”的带动，那奇台过油肉拌面的名声则是历史积淀的结果。不管昨天还是今天，过油肉一直都是奇台县的招牌菜肴，上至酒宴，下至寻常百姓的餐桌，总能见到它的身影。

奇台过油肉源自山西。如今在山西太原的名吃老店里，过油肉也依然是一道具有代表性的晋菜。奇台在旧时名曰“古城子”，因地理位置重要，在清代乃至民国时期一直是商贾云集、富庶一方的重要商埠。就是今天去奇台也依然能见到过去晋商之后所开的餐厅。曾去拜访过一家餐厅，他家的招牌特色依然是过油肉拌面。算来现在的掌门人已经是第四代了。“祖上是随晋商一并入疆并在古城子扎下根的。听祖上讲，那时来这边的晋商多，建有山西会馆，晋商富有，在吃食上自然讲究，多有随晋商一并而来的晋籍大厨。”说起他家的过油肉，店家娓娓道来。

最初的过油肉是选用猪的坐臀肉为原料，佐以葱段、玉兰片烹制的，它只是宴席中单一的一道菜肴。据《奇台县烹饪志》记载，过油肉在奇台有上百年历史，它是百姓家宴中必不可少的一道菜，是几代厨师潜心研究的结果。过油肉在拌和众多面食的菜品中当属“万金油”的角色，几乎是拌谁谁香，拌谁谁贵。

奇台过油肉除了选择后腿肉之外，其制作过程也较为讲究。腌肉拌料、上色挂芡、过油划散，其过程不能有任何马虎大意，差之毫厘，谬以千里。一盘成功的过油肉应该是肉片色泽金红鲜亮，浓汁透明，不走油不散汤，入口嫩滑，香味浓郁。这样一盘菜再配一盘溜光爽滑的面，食之确实是口齿留香，永生不忘。

如果说家常拌面是寻常百姓的吃食，那么奇台过油肉拌面的复杂制作过程已经完全脱离了寻常食物吃饱、耐饥的初衷。一盘普普通通的拌面和过油肉组合在一起，一下子就从最基本的解决温饱上升到精神享受的层面。如果说拌面是将新疆优质小麦的特性发挥到了极致，那么过油肉拌面又是拌面中菜肴和面的最佳搭配。

快节奏的现代化生活带走了繁缛，也带走了精细。素拌面虽是素的，但吃起来却也一丝不苟。差不多是在拌面还被称作捋面的时期，新疆人还有吃拌面打卤子的习惯。这恐怕也是酒泉捋面和山西拉面在新疆最后遗留的痕迹。常配的卤子是红白萝卜丁卤或者鸡蛋青菜卤。有了这个卤子，再用开水焯一点青菜，攥干水分，佐以油泼辣子、油泼蒜泥，就是一餐色香味美的素拌面。

假如过油肉拌面代表富足享受，那么素拌面则是物资匮乏时期粗粮细作的代表。在那个刚刚解决温饱的时期，有菜拌着吃面已经是很奢侈的事情了，大多数时候吃拌面是不要菜的。一盘面出锅，倒点酱油淋点醋，拌点油泼辣子，再弄头蒜嚼着，别提有多美了。

如今早过了吃顿白面都算过年的年月，各种拌面早已成为新疆各民族的日常饭食。时常会有人发问：究竟哪里的拌面最好吃？伊犁人说，他们的最好；托克逊人说，他们的最香；奇台人说，他们的最地道。对于进过各式各样的拌面馆子，吃过各式各样拌面的老食客来讲，你若问他最好吃的拌面是哪里的，回答一定是自家做的。

一份拌面承载着历史，承载着饮食文化，在边疆生长得枝繁叶茂。传统在不断地流逝，取而代之的是经不起推敲的所谓“时尚”，所谓“潮流”，如潮水般匆匆而来又匆匆退却。这就像几年前曾风靡一时的豪华拌面，不过是在面上盖了一个油煎鸡蛋而已。新疆不乏美食，缺乏的是对美食背后那看不见、摸不着的饮食文化的发现与探究。

蒸肉

一直在强调老新疆人，何为老新疆人？如果要设定时间的话，我以为至少两代以上在新疆生活的人才能称得上老新疆人。在老新疆人的家常菜当中，蒸肉与羊肉焖饼是一对双胞胎。它们同是面与肉融合而成、饭菜一锅的类型。巴里坤人将这道菜叫笼蒸肉，东三县叫它蒸肉，外省份也有叫粉蒸肉或者蒸羊肉的，其做法也有差异。

首先发面备用，将适量的面粉用小火炒熟。将新鲜的牛、羊肉切成厚片或条，或将连骨肉剁块入盆，加盐、花椒粉、葱姜丝拌和。在炒好的面粉中放入适量的香豆子粉和肉拌匀，最后再加入适量清油拌匀。将发面团揉好擀开铺在笼屉上，将抓拌好的肉放入发面中，然后将发面边沿折起。面与笼屉周围要留有上蒸汽的空隙，上笼蒸一个半小时即熟。蒸肉的味道攒劲、过瘾，它所有的魅力都在被肉和油浸透后你中有我、我中有你，暄腾腾的面饼里。

我第一次吃到蒸肉是在少年时的一个暑假里，母亲带我到吉木萨尔乡下走亲戚。听闻我们到来，亲戚家又来了许多我认识以及不认识的亲戚。亲戚宰了羊招待我们。我目睹了一只羊从宰杀到制作成蒸肉的全过程。那一只羊被分割剁碎后竟然全部被装进了两个铺着发面的笼屉里，然后被抬上了当院里沸腾的大锅灶。笼屉冒着蒸汽，院子里弥漫着肉香。母亲和亲戚们在院子里的葡萄藤下，在斑驳的光影中说着我出生之前她还当姑娘时的往事。还说三爷如果活着也差不多有 70 岁了。

亲戚家里有一台老式的、已经很破旧的留声机，我在电影中见过，有一个大铜喇叭，还有一摞厚厚的胶木唱片。我对这个留声机产生了强烈的好奇，整个晌午我都围着它。留声机有一个手柄，将胶木唱片放进托盘里，把一个带针的摆臂支在唱片上，然后摇动手柄，铜喇叭里就会咿咿呀呀地发出已经失声的唱腔，那声音就像即将没电的录音机发出的。

亲戚家和我一般大的孩子说是他三爷留下的。这也是个困扰我好多年的问题，农村亲戚家怎么会有这个洋玩意儿。

两屉蒸肉好了。两个笼屉分别摆在当院的两张桌子上，大人一桌，小孩一桌，每人一个碗、一双筷子，就围坐在大笼屉的周围，从笼屉里直接夹着吃。那天，那只羊，那顿蒸肉，招待了所有闻讯赶来的亲戚和邻居们。香喷喷的，裹着面粉、肥而不腻的羊肉和融合着肉味的面饼都给我留下了永久的记忆。以至于后来在乌鲁木齐，我不断地和别人聊起是否知道蒸肉的滋味一类的话题。遗憾的是，能和我继续这个话题的人并不多。

成年后我去过很多地方，吃过各种蒸肉，用碗盛的，用小笼屉装的，用箅子蒸的，在外形上和味觉方面，它们都无法和年少时吃到的那用两层笼屉装下整只羊，招待了所有上门亲戚的蒸肉比。后来有人告诉我，宁夏人也这样蒸着吃羊肉，尤其是在人多的情况下，整只羊撂倒，连肉带面一笼蒸，又吃面又吃肉。虽然我是个对什么都将信将疑的人，但对他的话我深信不疑。

当年，逢西北战祸匪患，母亲的家族赶着两辆大车，拉着家眷和值钱家当从宁夏出来，一路颠簸向西，只想找个能安稳生活的地方。一家人一路上颠沛流离，到新疆时就剩下了两兄弟，一个在吉木萨尔安了家，一个在奇台扎下了根。

五湖四海的人，各种背景的文化，共同在新疆这片土地上积累沉淀，形成新疆固有的特色。我们共享一个馕，共吃一盘抓饭，共食一盘手抓肉，共吃一屉蒸肉，无不反映出有福同享、同甘共苦的江湖情怀。

我是偶然间在一家私人会所里又见到了一台有铜喇叭的留声机，虽然这是个复古风格的复制品，但收藏它的主人说也花了不少钱。它让我想起那一年的暑假在乡下亲戚家见到的那台三爷留下的留声机。后来母亲告诉我，那家亲戚的爷爷辈，通过一代人的努力翻身发了家，又置地又买牲畜，那台留声机就是那一时期，他家的先人骑着高头大马从省城抱回来的。

我之所以记住了那年夏天，那个暑假在吉木萨尔乡下的往事，是因为那顿蒸肉。如果没有那一屉蒸肉，也许那个夏天、那个暑假会和后来的许多夏天、暑假混淆。经过许多次尝试之后，我也不再寻找味道最好的蒸肉了，因为我知道，记忆中的味道才是我们永远无法第二次品尝的人间美味。

黄焖肉

烹饪是门学问，同样的一道菜，做得好与不好如何评判？按照惯例评判一道菜的好坏无非是色、香、味、形，但实际生活中却远远不止这些。同样一个菜，老人吃了竖大拇指，岁数小的却嫌太软烂；南方的嫌辣，北方的嫌甜。所以，烹饪评价需要背景，只有饮食文化背景大同的情况下才有对美食认知的统一标准。一个厉害的厨师，一个懂得烹饪之道的人，不光要厨艺精湛，变通、协调、搭配，都是一个善于烹饪的人所应该具备的，能够根据具体环境、条件制作出相应的菜品才是高手。

不讲究刀工，讲究真材实料是新疆菜肴的特点。雪花丸子、肉焖子、蛋卷、黄焖鸡、黄焖肉、烧条子都是新疆传统菜肴中的蒸菜。其中，雪花丸子、肉焖子、蛋卷同为肉馅类蒸菜，黄焖肉和烧条子则为同一门类，只是所用原料不同。

几乎全国各地都有黄焖肉这道菜，其做法多为加黄焖酱焖制而成。新疆的黄焖羊肉、黄焖牛肉、黄焖鸡等黄焖类菜肴却与其他地方完全不同，新疆的黄焖类菜肴是先煮后蒸。

在新疆传统宴席中，大众化的是鸡肘席。鸡肘席就是以鸡和猪肘子为主打菜肴的宴席。鸡肘席上菜的顺序是先冷盘后热菜。首先上鸡，香酥鸡、清炖鸡或其他什么鸡都可以。紧接着上行菜。行菜是4个、6个、8个不等，一般有过油肉、里脊、夹沙、熘三片、苜蓿肉等。但是第六道菜必须上蒸肘子（清真餐饮换为黄焖肉）。然后上一碗开水，供客人洗筷子涮盘子，这说明要上甜菜了。甜菜一般有百合汤、拔丝土豆、八宝饭等。最后上4道座菜，一般有肉焖子、烧条子、虾米炒白菜、炒韭黄、炒豆腐、丸子等，同时上大米饭即告结束。

这桌传统鸡肘席中，黄焖肉可以代替主角——肘子。由此不难看出黄焖肉在过去新疆菜肴以及老百姓心目中的位置。新疆黄焖肉的做法很简单：葱、姜、蒜、大料、花椒放入碗底，煮熟的牛羊肉放凉切片后整齐码入碗中，在碗中浇适量肉汤上笼蒸半小时以上，然后下笼，将碗中汤汁滗出备用。将蒸好的肉扣入盘中，将作料拣去，另将滗出的汤汁重新入锅烧开，放少许酱油、胡椒粉、菠菜、青红椒丝、葱丝，然后水淀粉勾薄芡，淋明油后浇在码好的肉上即可。老少咸宜、入口即化的黄焖肉备受大众喜爱，尤其是对上了年纪或者牙口不好的人来讲，软烂入味的黄焖肉是一道美味佳肴。

内行不难看出，这道黄焖肉的做法似曾相识。是的，它的做法和扣肉及新疆本地的烧条子如出一辙。为何新疆黄焖肉的做法与其他地方的相距甚远却也叫黄焖肉？为什么新疆黄焖肉和扣肉、烧条子做法类似？我找了好久也没有得到答案。

新疆为多民族聚居地区，宴席若是清真餐饮，肉类则选用牛羊肉，这道菜应该与这个环境的大背景有关联，它是变通、协调的产物。与此同时，它也是各民族交往交流交融的见证。

酸辣土豆丝

吃货们一直在网络上争论哪道菜算是国菜。国土面积大，人口多，吃货更是长江后浪推前浪，所以众说纷纭，最终结果聚焦在两个菜上——一个西红柿炒鸡蛋，一个炒土豆丝。相比之下，做法简单的西红柿炒鸡蛋受众面更广。还有就是西红柿炒鸡蛋味道可口，无论是配南方的米饭或是北方的面条，味道都很棒！土豆丝虽然受众面也广，但切土豆丝是个技术活，不会切土豆丝的大有人在，仅此一点就限制了土豆丝的普及。但是你若是问新疆人国菜是什么，新疆人肯定选土豆丝，而且是酸辣土豆丝。不是新疆人不爱吃西红柿炒鸡蛋，而是新疆人太喜欢吃酸辣土豆丝了。

饭庄、酒楼招聘厨师都要试菜，俗话说“是骡子是马拉出来遛遛”，没有哪个厨师不经过试菜这一关的。直白点，试菜就是老板点菜，厨师做菜。首先老板试的是你的技艺，包括刀工、火候、上浆、勾芡等基本功。若是再深究，还要试你的心理素质和综合能力。咱们这里只说基本功。通常，试菜试的都是一些很普通的家常菜，像西红柿炒鸡蛋、炒土豆丝之类的，不会太难，都很简单。原因也很简单，越简单、越寻常普通的菜越难做。西红柿炒鸡蛋试不试不一定，炒土豆丝一般都是必试的菜，它考验的是刀工和爆炒火候拿捏的分寸。所以，反过来讲，一个厨师水平的高低看看他土豆丝炒得怎么样就知道。

家庭版炒土豆丝的标准是你爱怎么吃就怎么炒。土豆丝切得头大腿细或者筷子一般粗也没问题，炒得绵了黏了也问题不大，只要你喜欢。因此，炒土豆丝制作过程简单，很容易上手。若是按餐馆的标准做有卖相、有味道的炒土豆丝，这道看似简单的桌上菜操作起来就不是那么容易了。

炒土豆丝切丝很重要，首先你要有一把锋利的菜刀。只有锋利的菜刀在切土豆丝时才能毫不犹豫地、干净利落地走直线。许多人觉得丝切得越细就越显厨师刀工，其实不然，切土豆丝的水平在于均匀，整盘土豆丝粗细均匀才是一盘合格的土豆丝。切好的土豆丝要用清水反复浸泡、清洗几次，这样能把土豆内多余的淀粉洗出来，土豆丝的口感才会更脆，炒起来也不那么容易粘锅。专业吃货强调，土豆丝一定要手工切，机器切出来的千篇一律的土豆丝没有灵魂。

热锅凉油，油的温度升到七成热的时候，加入蒜末爆香，再加入土豆丝翻炒。炒土豆丝需要大火快炒，土豆丝在刚入锅的时候就可以加入适量的盐进行翻炒。炒到这里就该你选择了，若是清炒土豆丝就快速掂翻几下出锅；若是青椒土豆丝，你就投入青椒；若是醋熘土豆丝，你就来点醋，醋要顺着锅边下锅，这样做是让锅边的高温去除醋的生酸，激发醋的香气。新疆版的酸辣土豆丝起锅烧油后先放花椒粒，再放葱姜蒜和干辣椒，然后下土豆丝，快速翻炒后放入青辣椒丝继续翻炒，加盐，然后沿着锅边淋上醋，最后，淋上一点葱油或者花椒油，翻炒出锅。

以上说的是炒土豆丝的大致工序。不要以为这就完了，炒土豆丝远远没有这么简单。还是回到最初的土豆丝上来。土豆丝是否焯水是一个历史遗留下来的问题。有人说："只有厨艺不熟练的人才需要焯水这个步骤，因为焯水比较省事，但是焯水往往会失去土豆丝的脆爽和香气。"有人说："你这样说就是个外行，土豆丝焯水又不是煮，蜻蜓点水一样过一下开水而已，这样炒起来省时又有品相。"也有人说："还是直接炒最合适，直接炒的中途要点水，最好点三次，土豆丝入锅时一次，中途一次，出锅前一次。"还有人说："先焯水或者直接炒都不对，试试大厨的祖传秘方吧。将土豆丝用盐水和醋浸泡 10 分钟，然后起锅热油，放入花椒粒爆香捞出，再放入葱、蒜末、干红辣椒丝爆香，最后倒入土豆丝大火翻炒均匀，一定要大火爆炒才能炒出香味和脆爽的口感。"

酒店的大厨说："酸辣土豆丝是一道看似清淡，其实味道浓郁的素菜，它的成品应该是看起来清清爽爽、象牙色的土豆丝里夹杂着绿色、红色的辣椒丝，不要说吃了，就是看一看也觉得养眼。这样的颜色必须用白醋才能激发出来。它的蒜香是用蒜汁来体现的，还有它的辣，它的辣是小米辣提供的，所以小米辣必须有。"

江湖拌面馆子里也炒酸辣土豆丝，但没有酒楼里土豆丝的风韵雅致。打个不恰当的比喻，我觉得拌面馆子里的酸辣土豆丝更像个中年油腻男。拌面馆子里的酸辣土豆丝油要多放，葱姜蒜跟辣皮子不能少，炒到半中腰的时候要加肉汤，如果西红柿便宜就来点西红柿，要是西红柿贵就来点番茄酱，快出锅的时候放青椒。一份合格的拌面土豆丝要求不脆不绵有汤汁，必须有酸有辣还要花椒味出头。至于颜色深浅和卖相咱不拘泥，味道好才是硬道理。一份拉得细细的、滑滑的拌面上来，把土豆丝连同汤汁一起倒进面里拌一下，挑一筷子，吸溜一声，酸辣的土豆丝和爽滑筋道的拌面瞬间就让新疆的儿子娃娃体会到了啥叫最美的还是我们新疆。

毫无疑问，在新疆，土豆也是一种仅次于主粮的蔬菜品种。它备受各民族青睐，除了土豆丝之外，它的身影在其他饭食、菜肴里随处可见。各种汤饭臊子面没有土豆参与，熬制的起沙味道就不醇厚；大盘鸡没有土豆当配角就不完美；草原上的哈萨克土豆片没有土豆参与就显得单调。和许多家常菜一样，以炒土豆丝为基础还能变化出其他菜品。土豆丝炒韭菜，土豆丝炒芹菜，土豆丝炒胡萝卜丝，还有拌面馆子里的大杂烩，把土豆丝、韭菜、芹菜、胡萝卜全部放到一起炒，你不要怕它们组合在一起不香，有肉和肉汤把它们融合在一起，经过时间的催化，不香都不行。相比之下，简单易操作、受众面广的西红柿炒鸡蛋作为国菜的地位是不是要被重新考虑一下呢！

椒麻鸡

新疆以鸡为主料的菜品除了大名鼎鼎的大盘鸡、柴窝堡辣子鸡之外，还有一盘声名远播的鸡，它就是椒麻鸡。这三盘鸡就是新疆餐饮界的“三驾马车”，给新疆餐饮拉票无数。椒麻鸡的成名史和大盘鸡、辣子鸡不同，后者依托的是“马路经济”、交通运输的带动，而众人对椒麻鸡的了解大多来自30年前的夜市。

20世纪90年代初期，刚刚开放的夜市对新疆人来讲既新鲜又好奇。夜市是我国非常有特色的饮食文化的汇集地。了解一个地方、一座城市不但要在书本上做功课，还要去它的博物馆，同时也要去它的农贸市场和夜市，夜市就是一个城市的脾性和口味。

众所周知，新疆是喜欢大口吃肉者的天堂，这样多民族聚居地的夜市和其他地区的也有所不同。首先，卖的食物不同。新疆夜市里的米肠子、面肺子、烤包子、馕坑肉、烤全羊、牛蹄筋等都带有鲜明的地域特色。就连各地常见的烤肉串在新疆也是不一样的，与新疆豪迈的大串肉相比较，其他地区的肉串简直小得像是在嘲扦子。还有一家挨着一家的椒麻鸡摊子，更是新疆夜市的主流。其次是营业时间的不同。新疆夜市的周期比较短，不像其他地区，一年 12 个月都有夜市，新疆由于气候的原因，夜市基本上从 5 月开始至 10 月结束。最后要说的就是人了。在新疆夜市上，你可以听到很多种语言，这也是一个与众不同的体验。逛新疆夜市不像其他地区那样，老板只顾忙着自己的活计。在新疆，小摊老板忙里偷闲也可以坐下来和你谝一会儿闲传，和你喧一喧椒麻鸡的前世今生。

话说很久前，在乌鲁木齐有一个姓宋的矮老头，江湖人称“宋矬子”，他的椒麻鸡名扬全城。据谢彬《新疆游记》中所记，清末民初，乌鲁木齐“南关之南，南梁以北”，即今日解放南路一带，有俄国商埠，洋楼鳞次栉比，商贾云集，以布帛、铁器、皮革为大宗，可谓是乌鲁木齐的一个贸易中心了。当年，乌鲁木齐曾修过一座跨街牌楼。牌楼的规模颇大，似城门一般，上边建有庙宇等房舍，里边供奉着财神赵公明的塑像，民间俗称“财神楼子”。相传每年农历二月初二，这一带都要搭台唱戏三五天，其间锣鼓喧天、热闹非凡。20 世纪 30 年代初期，地方当局以阻碍交通为由，将财神楼子拆除。

每天快到中午时，宋师傅就挑着担子，将制作好的椒麻鸡挑到财神楼子固定点销售。他仔细地把每只鸡的大腿、胸脯从中间分开为两件，这叫作四大件，两个鸡翅膀、鸡脖子和鸡尾部分为四小件，每只鸡都分成八件。另用大瓷盆煨着半盆卤汤，冬天盆下有煤火，卤汤一直都是热的，老远就香气扑鼻。夏季还可以吃凉的。鸡的大小件价格各异，任顾客挑选。这是老乌鲁木齐人的说法。

再不要说椒麻鸡是乌鲁木齐的。椒麻鸡是四川传统名菜，它比新疆椒麻鸡历史悠久。毕竟四川是我国最喜欢在饭食中放入花椒的地方，椒麻味型是川菜二十四味型之一，《川菜椒麻菜》里面介绍有一大堆椒麻味的菜。可以说，麻味是四川人民最爱的味道，麻的使用率超过辣。看新疆椒麻鸡的做法，其实跟四川的很像，感觉还是当时新疆人从四川学的，不过现在新疆的椒麻鸡也很有特色。

椒麻鸡兴起不过二三十年的时间，但说起它的起源真的是众说纷纭。几乎每个椒麻鸡师傅都有不同的制作方法。那么我们就先来看看新疆椒麻鸡最基本的做法。往往最基本的也是最原始的：先把鸡用清汤炖熟，就是炖到可以直接吃的状态，将炖好的鸡肉撕成条待用。将切成丝的尖椒及葱姜蒜（也可以切末，但是觉得不好看）连同花椒油、盐、味精、香油等放入撕好的鸡肉上，再拌匀就可以吃了。这是家庭版最简单的椒麻鸡制作方法。

这样烹制而成的椒麻鸡和其他地区各种版本、各种称谓的凉拌鸡的制作手法也相差无几，只是浇汁的配料不同而已。如此手法制作出的鸡在最大程度上保持着鸡肉本身的味道。用今天的味蕾来品味这道菜会觉得也就那么回事，在口感上并没有其他特殊的表现。但你想想看，在几十年前，经过漫长饲养期自然成长的土鸡又何必重油重料地进行烹制呢！如此品质的鸡哪怕就是一锅清水煮熟也是揭盖香十里，哪怕只是蘸点盐食也是口齿留香吧。

下面让我们再来看一下现在椒麻鸡店里的制作方法。将整鸡洗净，用备好的花椒、胡椒粉和盐将整只鸡身及内腔均匀涂抹并腌制半小时，腌制好的鸡放入锅内并添适量的水滚开，撇去浮沫。生姜切片、大葱切段放在煮鸡的锅里，并且依次加入花椒、胡椒、八角、香叶等，调小火慢炖。出锅前 10 分钟的时候放盐。大概炖到鸡肉九成熟时捞出控干水分，注意一定不要煮得过于酥烂，不然鸡肉就失去弹性了。也有店家说，鸡要趁热在凉水中激一下，洗个凉水澡，这样会使鸡肉变得紧实。小火将准备好的花椒、胡椒以及泡好的辣椒炒出香味来。椒麻鸡的主要味道本身就是麻辣，因此辣椒和麻椒要根据自己的口味增加或者减少分量。炒好后盛在碗里，放上少许盐备用。再一次起锅烧油，油温烧至六七成热时倒入盛料的碗里，搅拌均匀即可。将煮好的鸡肉撕成小拇指粗细的鸡丝，混合进皮芽子丝、葱段、青椒、鸡汤，再放上花椒油和麻油等，这是椒麻鸡的第一道调制工序。而后再将调好的鸡丝放入盛花椒和胡椒、辣椒的碗中，进行第二次搅拌。这时候一定要充分搅拌均匀，将其中的调料充分地混合进鸡肉里，椒麻鸡就算完成了。

照如此程序完成的椒麻鸡，麻辣咸鲜，辣味突出，在过瘾的重口味中又不失凉拌菜所特有的清爽适口，这两种原本矛盾的口感在椒麻鸡身上融合，让人回味无穷。更有追求极端口感的吃货所喜爱的那种非常独特的、刺激的味道，麻到让你嘴唇哆嗦，如同过电，如同嘴边刮大风；辣到让你火烧火燎，满头大汗。如此烹制，鸡肉本身的味道早已掩盖在重味之下。《舌尖上的中国》里有句著名的解说词："高端的食材往往只需要最朴素的烹饪方式。"一语道破天机，这是烹饪的金科玉律。这也从另一方面证明，我们现在吃的椒麻鸡历史肯定不长。它是现代化养殖所催生的烹饪手段，重味之下遮掩着速成家禽在口感上的瑕疵。我们回过头来看，今天风靡餐饮江湖的新疆特色——大盘鸡、辣子鸡、大盘肚、胡辣羊蹄，包括貌似清淡的椒麻鸡都是重油重味的。就是今天的各种红烧类菜肴所用的调味料也比过去猛得多。

事实上，某种食物成为一方特色首先要满足两个条件：一个是环境因素，另一个就是其原料本身就是该区域的特产。新疆的优质小麦成就了拌面，贵州的辣椒成就了老干妈品牌。新疆不产花椒，也不产辣力十足的朝天椒。在过去，驼队不远万里地将花椒、辣皮子运来已经不易，金贵的花椒、朝天椒也不能这么大把大把地使，所以椒麻鸡成为新疆传统小吃的可能性不大。正解应该是最初的椒麻鸡都是第一种家庭版的做法，浇汁各有取舍，叫法也是凉拌鸡、葱油鸡、麻辣鸡各种随意叫。经过长时间的改良，特别是近30年来现代化养殖的成功推广，随着食材的改变，烹饪手法也有了改变，既而形成今天的椒麻鸡。今天的椒麻鸡包含着新疆人在新环境下对新美食的理解和创造。可以肯定地说，是新疆人热情奔放，喜食花椒、辣椒的重口味，成就了今天的椒麻鸡。

新疆人的饮食习惯除了无肉不欢之外，还有无面不欢。饭菜合一也是新疆人的饮食习惯之一。不管三七二十一，最终你都得给我下盘面，否则我不买单。羊肉焖饼、丸子汤油塔子、土鸡焖花卷等自带面食的就不说了，大盘鸡、大盘鱼、红烧鹅、剁椒鱼头、爆肚丝……无一幸免地都得配一份皮带面，而且是豪迈的皮带面。当然，椒麻鸡也不能幸免。有人说："哎！我觉得椒麻鸡里面的菜和皮带面比鸡肉香。"一盘子皮带面下肚，这才算完整。如果面不够就唤老板加面，加面不丢人，眼大肚子小，加了又吃不完才叫丢人。

听老年人讲，过去下馆子，即便是有钱人出手大方，在点菜方面也是克制的，很少有过多的剩菜。毕竟铺张浪费是令人不齿的，这是共识。所以若是菜剩得多，不是厨师布菜不合理出现了浪费，就是吃客嫌弃厨师手艺差。因此，过去下馆子讲究"两面光"，客人吃得光，厨师脸面才有光。所以饭馆的厨师必须学会"看人下菜"，这是一项技能，绝非贬义。到饭馆吃饭的人什么阶层都有，厨师得在合理既定的成本内根据来的是怎样的客人，有几位，点的是什么菜，来决定如何下食材，如何炒制。若来的客人是穿着体面的富贵人，那做菜的时候下料就得精细了，色香味形都要面面俱到，菜量宜少不宜多。因为这样的客人不缺油水，吃的是味道，要的是讲究。若来的客人穿着普通，点的菜也一般，这样的客人首先是奔着吃饱来的，其次才是吃好，那厨师做菜就得主料多点，辅料少点，油大点，菜量足足的、香香的满满一盘。这样客人即便不够吃，也挑不出馆子的毛病。

随着椒麻鸡从业人员的增加，竞争日益激烈，烹调高手们也是八仙过海，各显神通。浇汁麻辣味可重可轻，青椒、葱段可多可少。除此之外有的椒麻鸡店利用椒麻鸡的汤汁扩大经营范围，鸡汤馄饨、鸡肉粉汤以及椒麻鸡中的各类附加菜品，黄喉、腐竹、木耳、海带等，任你根据人数的多少、口味的偏好挑选。如此一来也就彻底省去了老话里厨师“看人下菜”的环节。一份小小的椒麻鸡里就承载了大学问。

椒麻鸡从家庭饭桌走到夜市摊点，又从夜市脱颖而出，成为新疆饮食的名片之一。如今，无论你走到天山南北的哪个地方，都能看到椒麻鸡店，它已经深深地扎根于这片土地，成为大众喜爱的新疆菜肴。说新疆夏天的夜晚属于椒麻鸡，这一点也不为过。椒麻鸡一年四季都很受欢迎，冬天店里浇热汁吃，夏天凉凉地拌着吃。但最惬意的吃法还是在椒麻鸡起家的地方——夜市上吃。

太阳落山后，约上三朋四友在椒麻鸡摊子坐定：“老板，冰冰凉的夺命大乌苏、卡瓦斯上给，撕半只鸡，皮芽子、青椒、葱段多放点。”然后左边摊子叫一把烤肉，右边摊子来 10 个烤包子，阿婶再来盘水煮花生。晚风习习，杯盏碰撞声里，人们的感情仿佛离得很近，原本平凡而寻常的一个傍晚因此而值得铭记。

酸辣里脊

“南甜北咸，东辣西酸”这句话在一定程度上反映了我国饮食文化的地域差异，同时也反映了人的口味与地理环境存在着一定的联系。

南方多雨，盛产甘蔗，糖是他们做菜必不可少的原料。“南甜”的代表是中国八大菜系之一的苏菜，鲁菜为“北咸”的代表。北方夏季高温干燥，冬季寒冷漫长，仅靠少量的蔬菜难以挨过漫长的冬季。因此，北方人便有了腌菜的习惯，积习成俗，慢慢也就养成了吃咸的习惯。这也是老新疆人的餐桌上一年四季都有一碟小咸菜的由来。“东辣”的形成与气候潮湿的环境有关，吃辣能排汗、祛湿、驱寒。湖南、湖北、江西、贵州、四川等地居民及东北的朝鲜族多喜辣，辣味菜以川湘菜肴为代表。黄土高原、云贵高原及其周边地区的水土中含有大量的钙，因而他们食物中钙的含量也相应较多，通过饮食，易在人体内引起钙质淀积，形成结石。多吃酸性食物有利于减少结石等疾病的发生，久而久之就养成了喜酸的习惯。山西人能吃醋，可谓“西酸”之首。新疆人也喜酸，这也和新疆水质偏硬、碱性强有关系。

酸辣是老新疆人的口味。汤饭出锅前要来一股醋，拌面端上来要浇一股醋，凉皮、凉面的汤汁，包子、饺子的蘸料更少不了醋。与醋同在的则永远是新疆人桌上那一碗舀不完、蘸不干的油泼辣子，还有一碟一年四季吃也吃不够、吃也吃不完的酸菜或咸菜。在新疆的旧式宴席上也不乏酸辣味的菜肴，酸辣肚丝、酸辣肉丁、酸辣鱼块、酸辣里脊、酸辣汤……这其中出菜率最高、名声最响、普及最广的当属酸辣里脊，它与过油肉、生烧肉等构成了新疆旧式宴席中的主打菜肴。

中餐以里脊肉为主料的菜肴很多。里脊肉是家畜脊椎骨两侧的嫩肉，分大里脊和小里脊。大里脊就是脊椎与大肋骨相连处外侧有筋覆盖的瘦肉，通常所用的里脊肉也泛指肋骨上端的肉；小里脊是脊椎骨内侧的一条肌肉，比较少，很嫩。里脊差不多是家畜肉类中最贵的部分，因此，以里脊为主料烹制的菜肴自然价格不低。所以，酸辣里脊过去能成为新疆菜肴中的主打菜品，无论原料还是制作流程以及口感、外观都是响当当的。

将里脊切条，以少许葱姜花椒水腌制之后与淀粉、蛋清搅拌和匀。油烧至八成热，逐个投入里脊条，炸成淡黄色时沥油出锅。待油温升高复炸至金黄盛盘备用。起锅烧油，放入葱、干辣椒及木耳、玉兰片、红绿辣椒等配菜，配好的醋汁淋湿淀粉勾芡后加入里脊迅速翻炒即可出锅。这道菜特点是色泽明亮，有半透明感，口感外酥里嫩。以此类制作方法加入糖醋芡汁则制成另一道菜肴——糖醋里脊。在旧式新疆宴席上，糖醋里脊和酸辣里脊是并存的菜肴。但是现在，你去任何一家餐厅，如果点糖醋里脊，都会分分钟出菜上桌。可你要是点酸辣里脊，年轻的厨师则会不知所措，甚至追问你是不是说错了，应该是糖醋里脊吧。

在中餐菜肴中，糖醋里脊是一道传播面非常广的经典传统名菜之一。在浙菜、鲁菜、川菜、淮扬菜、粤菜、闽菜里均有此菜。所以你把它归属于哪个菜系都不对，都会有其他菜系站出来要给糖醋里脊发身份证。据说酸酸甜甜的糖醋里脊也是外国人最认可的一道中国菜。因此，我们有理由相信，酸辣里脊的前半生应该是糖醋里脊，它应该是从中原向西北传播，由西北穿过河西走廊在新疆安家落户的。在此传播过程中，不断地根据当地口味调整味型，最终形成西北的酸辣口味。而经典终归是经典，作为它的原型，糖醋里脊并没有像其他菜肴被改造融合之后就变得面目全非，而是依然酸甜红亮、外脆里嫩地存在着。

酸辣里脊是以味型和原料命名的。中国人向来讲究名正言顺，传统的中餐菜肴取名都很有规矩，不单单采用平铺直叙以味型加原料或者原料加原料的方法，也采用写意的方法，不但有神话传说、民俗的情趣，也有各地文化、地理背景以及历史人物的掌故。一道道菜名也是了解中餐文化的窗口。甘肃与新疆相邻，新疆几次大的人口输入都以甘肃为主，所以老新疆人的饮食习惯和甘肃也很相近。

追本溯源，酸辣里脊应该是由糖醋里脊转换而来的。糖醋里脊来到大西北，一支保持着原貌，一支为了适应当地的水土而将原来的酸甜味型变换成西北人更喜食的酸辣味型。酸辣里脊是甘肃天水传统名菜，秦州八大碗之一。酸辣里脊同时也是青海人的最爱，它是青海老八盘之一。据说青海湟源的酸辣里脊最有名气，有文章称其肉酥脆鲜香，其汁酸辣爽口，汤汁入盘响声大作，让人赞不绝口。甘肃的酸辣里脊与新疆近似，青海湟源的酸辣里脊与新疆的区别较大，主要表现在湟源的酸辣里脊汤汁特别多，使其几乎成为一道汤菜。至于酸辣里脊的上菜方式，也与新疆有所不同。新疆的酸辣里脊是浇汁，将浓稠的芡汁浇在里脊上，一次成形后端上桌。以青海酸辣里脊为代表的是另一种上菜方式，上菜时分两盆，一盆是炸好的里脊，一盆是烹制好的比新疆做法中的芡汁要薄的汤汁，里脊上桌后“滋啦”一声将汤汁浇在里脊上。

以肉类为原料挂糊、过油、勾芡的菜品不在少数，与酸辣里脊或者糖醋里脊相近的菜肴也有很多，如粤菜中的咕咾肉、东北的锅包肉。这里只以这两道菜为例，以此说明菜肴的变化及传统与改良之间的取舍。

咕咾肉是粤菜，起源于酸甜猪肉。咕咾肉这个名字很古怪，据说是因为其菜上桌香气四溢，使人不禁咕噜咕噜咽口水，因此而得名。另一个说法是这道菜品历史悠久，故名古老肉，后逐渐转化成咕咾肉。广东那边的泡菜都是用糖醋腌渍出来的，据说当年厨师觉得糖醋水倒掉太可惜，就会用来炒肉，所以最初的咕咾肉中的配菜是酸菜，后经不断改良，现在的咕咾肉中配菠萝，酸甜适口的菠萝与香酥咸鲜的肉块结合，更完美地体现出这道菜酸甜咸香的特色，所以现在咕咾肉又叫菠萝咕咾肉。

锅包肉是东北菜，起源于哈尔滨道台府里姓郑的厨子，最初是为了招待来访的外国人，将一道咸鲜味型的焦炒肉片改成了酸甜味型而形成了这道菜。起初名为锅爆肉，因为俄国人发不准“爆”的音，时间一长就变成了锅包肉了。这个变化与糖醋里脊转化为酸辣里脊如出一辙。主流的锅包肉有两个版本。黑龙江版本的菜成色是金黄的，不放番茄酱，而是放糖醋酱油汁、葱姜蒜和香菜，盘子里面的汁子很少。辽宁版本与其区别在于调味放的是番茄酱。为此，黑龙江和辽宁的锅包肉总是互掐，其糖醋的味型不变，争的无非是用酱油的颜色好还是用番茄酱的颜色好。当然，有一点不得不承认，黑龙江的是传统口味，辽宁的算是改良过的。

这种争执在中餐中是普遍存在的现象。新疆人嫌弃青海的酸辣里脊，酸辣里脊吃的就是表皮酥脆的口感，你一盆汤倒进去算什么，全泡软了。青海人则说咱们不懂，吃的就是被炸干然后浸泡回软的口感。在地域口味方面，你很难用谁对谁错、谁好谁坏来评价一道相同的菜肴。

顾名思义，用里脊肉做的糖醋里脊、酸辣里脊才名副其实。但现在餐厅、饭店里的糖醋里脊基本全部是用鸡肉代替，这几乎是行业里公开的秘密。鸡肉口感嫩，而且价格低廉。再者，现在的食客只在乎口感的好坏，又有几人能分辨或者追究到底是鸡肉还是其他肉类。与传统做法相比较，番茄酱的使用也大大降低了糖醋里脊的烹制难度。传统的糖醋汁是用糖来熬制的，其颜色、浓度、甜度都是凭大厨的经验来掌握的。由此也就理解了锅包肉两派关于用番茄酱还是用酱油的争论了。

糖醋里脊、酸辣里脊都是旧式新疆宴席中的主打菜肴，而现在餐厅、饭店的菜单食谱中，酸辣里脊早已不见踪影，糖醋里脊却依然像百年前一样备受众人青睐。究其原因，思来想去没有结果。某日在一美食论坛里见新疆本地人吐槽："抓饭就抓饭，干吗要叫手抓饭，抓饭不用手抓还用脚……我给你说哦，叫手抓饭的一定是口里人。"我觉得他说得没毛病。接着他又吐槽："还有馕，馕就是馕，不是饼子，干吗非要叫个馕饼子？"看到这里我忍不住了。"哎！娃娃，叫馕饼子的不一定是口里人，老新疆人也把馕叫馕饼子，但这个叫法是有讲究的，你不知道我就给你普及一下。在老新疆人这里，大多数时候也将馕叫馕，这个馕饼子的叫法通常会用在有点调侃、戏谑意味的语句中。比如用来形容一个地方小：一个馕饼子顺坡滚下去，下面的人拾起来馕还是热的。馕饼子的叫法更强调了玩笑。"

说完这些，忽然间我似乎明白了为什么糖醋里脊还在，酸辣里脊却消失了的原因。因历史及地域原因，新疆菜肴不成体系，形成时间短。随着祖国各地支援边疆、建设边疆，五湖四海的人来到新疆，使得酸辣味型变得不再是新疆人的主流口味，多元化的饮食文化使得原生态饮食习惯发生改变。新疆更是以博大的胸怀包容着来自四面八方的人们以及他们所携带的饮食习惯，以至酸辣里脊消失，不，应该说酸辣里脊又还原成了本初的糖醋里脊。

实际上那个在论坛上吐槽的本地青年，在一定程度上代表着新疆本土文化与外来文化的碰撞，但年轻人又对老新疆本土风物缺乏深入了解。还是那句话，饮食文化很难用好坏、对错来评判。对于有传统饮食情结的人来讲，他们念念不忘的总是过去的那一口，对于漂泊异乡的游子来讲，故乡的那一口更是难忘，这都是对传统的守望和对家乡的热爱。这不，兰州牛肉面的铁杆粉丝又不愿意了："什么兰州拉面，兰州牛肉面就是兰州牛肉面，凡是叫兰州拉面的一满不正宗……"

新疆包子

新疆有一句谚语："一个人的家乡在他的胃里。"无论你现在身在何处，但凡是生于20世纪六七十年代的乌鲁木齐人，没有不知道鸿春园包子的。鸿春园包子馆坐落在小十字西北角，两三间平房，十几张桌子，每天蒸多少包子都能销售一空。到了饭点儿，客人掂着桶、端着盆，排着长队开票领包子。即使寒冬腊月的大雪天，吃包子的人仍然排长队。后来鸿春园包子馆消失在人们的视野，乌鲁木齐坊间民众中口口相传、老少皆知的鸿春园包子便成了乌鲁木齐几代人心中永久的记忆。

有着天津狗不理、上海城隍庙包子血统的鸿春园包子融合了新疆各种优质食材和调料而形成了所谓乌鲁木齐老味道，但它还不能当作新疆包子的标准。新疆包子自然有新疆包子的长相和味道。其他地区的包子都是蒸的，新疆的包子有蒸的，也有烤的。

相比其他地区，新疆饭食烹饪操作要简单得多。新疆的烹调基本不讲求刀工，也没有太多的复合味型。这本来是个硬伤，但因存在食品安全问题，多一道加工程序就可能多一道污染环节，这就使得工序简单反而成了它的优点。

新疆包子也分死面和发面。除却那些和其他地区一样的馅料，新疆人爱吃的发面包子传统馅料多为羊肉皮芽子、牛肉皮芽子、羊肉韭菜等，还有糖包子。相比其他地区，新疆牛羊肉包子在馅料制作工序上相对简单。牛肉或者羊肉、羊尾油切丁，加皮芽子末、孜然粉、胡椒粉、精盐和少量的水搅拌，便形成了新疆特色的万能馅料，无论是饺子、薄皮包子、烤包子，还是卡瓦（“卡瓦”，维吾尔语“南瓜”的意思）包子，只需更换面皮或蒸或烤或煮，馅料都是它。要说新疆馅料的讲究，就是肉要新鲜，强调手工切丁，切丁保证了入口时食材的质感，同时入口的食材看得清清楚楚、明明白白也是新疆馅料的特征。也有嫌弃牛肉馅太瘦、羊肉馅太肥的，就选取牛羊肉各一半做馅。

调制羊肉韭菜馅则讲究多一点，羊肉切丁后放花椒粉、盐，用一半植物油一半动物油烧开泼一下。韭菜要提前洗好控干水分，切得不能太碎，太碎容易出水，而且口感不好。馅料先不搅拌，尽量肉馅在上韭菜在下，包的时候在包入韭菜的同时放几个肉丁，这样的手法一是防止搅拌后韭菜出水，二是防止混合后的味道没有层次感。如果人多手快，可以在短时间内包完，也可以搅拌后再包。天气热时，如果怕韭菜出水，则在搅拌后把馅料在冰箱里放一会儿，这时动物的油脂就会凝固形成一层油膜，锁住韭菜的水分。

油瓤包子也是新疆发面包子中的大家族。油瓤是动物肥肉经过提炼油脂后剩余的部分，我们也称其为油渣。油瓤包子分糖馅和咸馅两种。糖馅是将油瓤切成丁，混合白糖或红糖加芝麻以及各类干果碎制作而成，因蒸熟的包子馅料中的油瓤晶莹剔透，故此馅又被称作水晶馅。为了区分咸甜，油瓤糖包子在包的时候沿边捏起三道褶儿形成三角形，因此糖包子又被称为糖三角。咸馅的油瓤包子馅则是将面粉炒熟加香豆子、盐、花椒粉，按比例掺入切碎的油瓤中。

晋代《饼赋》中记载，馒头就是肉馅的包子。当时其实还有一种食物叫作包子，是一种用荷叶、豆皮包裹馅料所做的食物。到这里我们就能发现，宋朝的馒头叫炊饼，面条叫面饼，包子叫馒头，豆包叫包子。宋朝之后，随着人口迁徙、时代更替等因素，馒头和包子的叫法也逐渐混乱了起来。时至今日，才逐渐形成了北方人管没馅的叫馒头，有馅的叫包子；而南方人有馅没馅的都叫馒头，或者没馅的反而叫包子。

新疆包子中的死面包子分为两种——薄皮包子和烤包子。在维吾尔语中，薄皮包子叫作皮提曼塔。据懂行的介绍，“皮提”意为“死面”，“曼塔”和“馒头”的发音近似。无独有偶，在新疆饮食名称中，类似的还有拌面，维吾尔语的发音是“拉曼”，这个发音类似“拉面”。

薄皮包子面皮要擀得很薄，薄到几乎可以透亮。包好的包子在笼里蒸 20 多分钟即熟。薄皮包子也分两种，一种为普通的加入新疆馅料的薄皮包子，另一种为卡瓦包子。将南瓜切丁，掺入少许新疆馅料即可做成卡瓦包子。也可以将所掺新疆馅料换成动物油脂和植物油，加少许皮芽子末及胡椒粉做成素包子，这种包子馅汁多味甜，一口下去口齿留香。

薄皮包子常见的搭配是抓饭，统称抓饭包子。薄皮包子有薄得像纸一样的包子皮，从外面就能看到里面的馅，将它铺在黄亮的抓饭上面，咬一口包子，里面的肉馅和汁水就流了出来，和抓饭融合在一起，你就肉馅就着抓饭，浸着油香的包子皮拌着米粒痛痛快快地吃吧。另一种则是配馕一块吃，先把薄馕放进笼屉蒸一小会儿，然后把包子放置薄馕之上，一口荤一口素，一口馕一口包子。要说过瘾的还是什么都不配，就奢侈地要一盘刚下笼的、热气腾腾的薄皮包子敞开了吃，吃得满嘴流油。不论哪种吃法，吃的时候都要在薄皮包子上撒适量胡椒粉，这样可以提味。

烤包子在新疆的小吃中也是非常独特的一种。它不像抓饭和薄皮包子那样互相依赖、互相成就，也不像烤肉那样随时随地出现在任何场合都能流光溢彩。烤包子就是烤包子，特立独行的烤包子。吃烤包子只需要一壶烫茶或者一碗奶茶。一个异乡人到新疆，你一定要感受一下，陌生的街头，一个人，一壶茶，几个烤包子和片刻的沉静时光。

烤包子也是一个大家族。北疆的烤包子大多只是加入新疆万能馅料的普通烤包子。南疆的烤包子则花样多，有碗口大的圆烤包子，有长方形手掌大的方烤包子，有带着骨头的羊排烤包子，还有馅里掺着少许青椒、西红柿的改良烤包子。最值得称道的是酥皮的甜烤包子，馅料是由白糖、葡萄干、核桃仁、芝麻等拌成的，类似火烧。吃遍南北疆的烤包子之后就会有小小的心得，地方经济越好的地方，烤包子的皮越薄、馅儿越大。相反，经济落后地区的烤包子，馅儿小皮厚。想想这个也不奇怪，吃饱是第一位的，只有吃饱才能往享受的层面上靠。在新疆，许多人美好的一天往往是从一份烤包子和一碗热茶开始的。

新疆有句谚语："油肉一家亲，皮芽子受煎熬。"在新疆，皮芽子与牛羊肉像是一对如影随形的灵魂伴侣，即便是粉身碎骨剁成泥也要撒上孜然、胡椒粉一起包进新疆人的包子、饺子里，任凭馕坑烤，大笼蒸，沸水煮。如此一来，便有了新疆生活特有的味道。

风干肉

在新疆，10 月过后，远山的雪线越来越低，带着寒意的秋风越过山冈、掠过草原，所经之处秋风萧瑟，花木凋零，原野一片苍茫。天空中有南飞雁阵在啼鸣，荒原上有成群转场的牛羊，夏日里漫天飞舞的蝇虫也找好地方蛰伏起来，它们都要赶在寒冬到来之前安顿好，用睡眠忘却这个寒冷的冬天。

深秋初冬之季也是家畜上市的旺季。对于新疆人来讲，到了西风烈、蝇虫灭的深秋就是制作风干肉的好时节。《现代汉语词典》对“风干”这样解释：“放在阴凉的地方，让风吹干。”风干肉是古老而且庞大的肉类食材门类，它除了可以长期保存之外，还获得了鲜肉之外的独特口感，极大地丰富了餐桌上的内容，满足了挑剔的味蕾多样化的需求。据记载，周朝时一种叫脯的食品成为常见食物。脯即是今天的风干肉。孔子收学生的时候，学费中就有“束脩”，也就是捆好的风干肉。制作风干肉的原料很多，几乎囊括所有可食用的肉类。制法方式主要分为盐腌和直接阴干两类，时间多半在天气寒冷的农历腊月。

腊月，是农历岁末十二月的别称。关于“腊”，早在《周易》与《周礼》等著作中就有“肉甫”和“腊味”的记载。“腊”的本义是“干肉”。农历岁末十二月有多种称呼，其中最为人们熟知的当属“腊月”这一别称。这个月的天气最适合风干制作腊味，所以有“腊月”之称，因此风干肉又叫腊肉。

风干肉、腊肉、腌肉其实都是你中有我、我中有你的一大类，其关系密不可分，它们都是人的祖先为了更长久地储存肉类而掌握的手段。盐腌的风干肉又叫咸肉，可分为两类。一种是将牛肉、羊肉、猪肉等切条下锅清水煮，撇去浮沫，下盐、花椒、姜片、葱花等香料使之入味，然后取出来用细绳串起来挂在屋檐下阴干，吃时稍微加工便可。还有一种不经水煮，就像新疆的风干肉，属于阴干，基本做法很简单，只是将新鲜的肉类连骨割成条状，抹了盐之后码放腌制五六个小时，然后将肉挂在通风阴凉处，任凭劲风吹透。

其他省市主要是以家禽、猪肉、鱼类为主要原料制作风干肉的。地域不同，风干的肉品也有差异，但口感多数都是肉质紧实、干中带鲜香。云贵川湘的腊肉、新疆的风干肉、云南的宣威火腿、江浙的咸鱼咸鸭等，无不是鲜肉在风中、在时间的消磨下慢慢变干，最后便有了时间和风糅在一起的味道。按照现在的叫法，腊肉和火腿都是专指的。大家只习惯把云贵川湘一带经过柏木烟熏的咸肉叫腊肉，这种肉也是在腊月制作。我曾在四川看到，腊月之时，每家都把川盐腌制过的肉挂在一个大炉子里，上面密闭，下面用柏树锯末生烟，袅袅数日，熏出的肉、鱼等颜色发黄，外面油腻，像是涂了一层蜡，吃起来带烟熏香。

腊肉家族中最著名的当属火腿。“火腿”又称“兰熏”，由猪腿腌制或熏制，比一般腌肉程序复杂，需要独特的气温，以浙江金华、江西安福、云南宣威三地的最为出名。火腿表皮颜色不佳，但切开后颜色似火，以至于其他地方肉色不好的腌猪腿都不敢妄称火腿。

新疆风干肉主要是用马、牛、羊肉为原料，个别地区也用鸡、鸭、鹅肉。新疆风干肉的大家庭里，最独树一帜的当属伊犁熏马肉和熏马肠。外地人很少吃马肉，他们认为马肉臭，驴肉香。但马肉在遥远的西北边陲却是一道独特的美味。了解马肉的人说它是上天赋予的美味。人们常说羊肉性热，猪肉性寒，新疆人对马肉有独到的认识和见解，认为马肉是冬季性热。夏季是忌食马肉的，说这个季节的马肉是发物。何为发物？就是能诱发旧疾的食物。牧区每每到了初冬都有宰冬马的习俗，这和农耕文化里宰冬猪一样，都是为了储备过冬的肉食。

宰好的马肉有两种制作方法：一种是将马肉用盐腌一下直接晾，一种是将腌好的马肉脱骨割成块或者细条灌入马肠中。据说，一匹马的肠子正好灌一匹马的肉。也有将一整根带肉的马肋骨直接塞入马肠的，如此豪放制作手法的肋骨马肠子也只有牧区的大铁锅方能容下。

只是用盐腌了直接晾的马肉、马肠叫原味。还有一种为熏马肉、熏马肠，就是将腌好、灌好的马肉、马肠挂在晾房里，将晾房用树枝、树叶熏一下再晾。此类熏马肉、熏马肠以伊犁出产的最为著名。熏马肉、熏马肠的材料也有讲究，可以用果木，也可以用松木，但最为讲究的是用爬地松。爬地松为多年生灌木，富含油脂，用它熏制的马肉、马肠具有浓郁的松香味。除此之外，塔城的风干肉在新疆风干肉家族中也是一张名片。风干肉从原料到制作都带有鲜明的草原风味，但塔城风干肉则与其他地区味道不同。塔城风干肉以牛肉为主，制作时加以蒜末腌制，以蒜香浓郁著称。

制作风干肉最好的原料是羊肉，腌好的羊肉挂晾 10 天左右味道最佳。风干牦牛肉也是风干肉家族中独树一帜的。当下畜栏养殖都喂饲料，放养在雪线附近的牦牛肉就显得尤其健康。牦牛肉肉质较粗，非常适合风干成牦牛肉干。

在草原牧区的毡房里，往往是一锅风干肉煮好端上桌的同时会配一盘肉汤煮的纳仁。大家围坐成圆圈，主人用小刀将肉削在纳仁中，大家伙就你一把我一把地抓着吃。如果运气好，遇到心灵手巧的女主人，她会端来一盘手工擀的面条，在面条上面铺上厚厚的一层切碎的风干肉，然后浇一勺有蔬菜的肉汤，这让粗犷的风干肉蒙上了一层细腻的温情。

在城市中，草原粗犷的风干肉吃法是行不通的，因此出现在城市酒店餐厅的风干肉多数都改头换面了。风干肉切成薄片后整齐地码放在精致的瓷盘中，周围陪衬着切成丝的皮芽子，这样的风干肉等同于凉拌牛肉。也有类似草原吃法的风干肉专营店，隐身在城市的犄角旮旯中，等候着那些执着于传统、迷恋草原吃法的小众食客。

新疆风干肉参与的饭食也不少。草原上的胡尔达克，改头换面到城市里学名叫哈萨克土豆片。将风干肉切成小块，锅中放底油将肉块炒断生后放入切成厚片的土豆，放少许水改小火慢炖，直至土豆片软烂。此乃哈萨克土豆片的大致做法。少数民族菜品讲究原味，不怎么放作料。走出草原立足于城镇的风干肉纳仁，是将风干肉切成丁，与白菜、芹菜、茄子、土豆等切碎的蔬菜烩一下，然后浇在煮好的面条上。在城市，风干肉也会成为抓饭的主题和卖点，风干肉抓饭也备受城里人喜爱。

平生吃过的最令人难忘的风干肉是在南疆塔克拉玛干沙漠南缘的大山里。与其说那是间房子，倒不如说是个地窝子。爬了 2 天山没见到一个人的我们，精疲力竭地走进那间房子，房子的主人是兄弟俩，大的 10 岁，小的 7 岁。我们和兄弟俩说了一会儿话，就见他们将父母留给他们一周的吃食——一串挂在房梁上黑乎乎的风干羊肉拿了下来，一股脑儿全部煮进了锅。兄弟俩说他们的父母去山那边赴婚宴去了，一个来回最少也得走4天。他们显然不经常见陌生人，小脸蛋兴奋得通红。土炕上扔着一个自制的、粗糙的热瓦普，我把它递给哥哥，哥哥就边弹边唱着一首感觉很古老的歌，问他歌叫什么名字，牧工翻译说《木卡姆》。就着小哥俩的歌声，我们一口气就吃光了兄弟俩给我们煮的风干羊肉，吃光了他们未来一周的口粮。

第二天一大早，懂事的兄弟俩早早就给我们烧好水。我拿出方便面、火腿肠、苹果、馕给他们，这些食物足够兄弟俩吃一周了。走出很远了我回头望，远远的地方有两个小黑点，兄弟俩仍然站在门前的土梁上向我们张望。

在新疆边远地区和荒原上，我经常能感受到如那兄弟俩般倾其所有对人的那种好。有人说，新疆人之所以好客、对人好，是因为他们太寂寞了，关于这一点，这里有我十几年前写的一篇短文与大家分享。

羊贩子在牧场转了半天也没谈成一桩买卖，没买到一只羊，没收到一张羊皮，无奈之下他开着空空的皮卡车朝大山深处驶去。一个买卖人总不能两手空空地返回城里吧，再不济也得把汽油钱赚回来。羊贩子边使劲儿把着方向盘边咒骂颠簸不平的路（如果这改道的河床也能算是路的话），直到汽车再也无法继续前行了，才将汽车拐上了山梁。破旧的皮卡“吭哧吭哧”地冒着黑烟费劲地爬着。羊贩子熟悉这片草原，但此时他也不知道自己要去哪里，哪里会有毡房。他全凭感觉朝着有可能有毡房的地方去。有毡房的地方就会有牧民，有牧民就会有牲畜，而对于一个羊贩子来讲，有牲畜就有买卖成交的可能性。

下了山梁，绕过松树林，羊贩子就看到了洼地处的一群羊。正午的阳光白花花射下来，晒得人脑门儿直冒油。每只都穿着大皮袄的羊三五成群地伸着脖子，头对头围成圈，像是开会时的分组讨论，又像是在扎堆窃窃私语。听见一声尖锐的鸣笛声，羊群才极不情愿地散去。

羊贩子看见一只毛色黑亮的小羯羊摇晃着大尾巴不紧不慢地走着，心里盘算着这只羊的行市。此刻，他的心情又变得愉悦了，他嘴唇一噘，愉快地吹了声口哨，腾出一只手将一盘录音带在方向盘上磕了磕塞进了录音机。录音机没声，他又伸手将一条油乎乎的毛巾抖了抖，将毛巾的一角塞进了录音机，于是就传来了“吱吱啦啦”的音乐声。

牧民正在毡房的背阴处修马鞍子。就在昨天，这鞍子一侧的夹板松脱，露出的一截钉子磨破了他坐骑的背，让他好不心痛。那匹雪青大走马可是他的脸面，草原上有一匹长脸面的好马一点都不亚于城里人开一部长面子的好车。这马背磨破了要长好至少半个月，而对于马背上的民族来讲，出门不骑马就像威风的骑士落了难。就在牧民咬着牙狠狠地将那颗松脱后又磨破了蒙在夹板上的毛毡，最后磨破了他心爱的坐骑脊背上一大块皮肉的钉子狠狠地重新钉入夹板时，一辆皮卡车晃晃悠悠地开了过来。

毡房里，客人没有主动套近乎，主人也没有表示太多的热情。气氛因随意而显得有些冷清。在草原就是这样，一切都是顺其自然。羊儿在半坡吃着草，它们远远地看见这个时间毡房又升起了炊烟，不用讨论就知道又有客人来了。

羊贩子坐在朝门的上座，他沉默地看着牧民的妻子在忙碌。牧民是个寡言的汉子，大多数时间里他的感情都和自家的马呀牛呀羊呀交流了。他谙熟它们的习性和爱好，但面对陌生人他却有交流障碍。直到羊贩子甩过一支烟来，牧民还未想好应该和这个陌生人说点什么。好在羊贩子见多识广，他东一句西一句地打破了沉闷的气氛。天气啦，草场啦，家畜生长的情况啦，终归是买卖人，做买卖自然有买卖人的路数。渐渐地，牧民的话也多了起来。最后牧民表示，如果价钱合适想卖掉几只羊。

吃罢馕，喝够奶茶后，羊贩子躺在炕上歇息，牧民去赶羊。太阳斜斜地从西边照过来，将毡房前那截拴马桩的阴影拉得老长老长。

毡房里，迷迷瞪瞪的牧民被由远及近杂沓的声音惊醒。毡房外，老羊唤小羊，小羊唤老羊，公羊唤母羊，母羊唤公羊，羊群一路喊叫着回来了。

牧民站在栏圈边看着羊们闹哄哄地往圈里涌，等羊都入圈了说少了 3 只羊，这几个家伙一定是耐不住热跑进松树林子了。在外行眼里，很难记住百十只相差无几的羊，但在牧人的眼里却瞅得一清二楚，牧人的心里装着每一只羊的户口档案，这是牧羊人的本领。

羊贩子瞅着被挑出来的几只羊，他端详了一会儿便给牧民出了个价。这个价钱出得让牧民卖了心疼，不卖又怕错过。精于牲畜买卖的人不用摸，不用掂，只需瞄一眼便可估摸出这只羊宰了能出多少肉，毛皮能卖多少钱，甚至就连杂碎的价钱都算得八九不离十。这是买卖人的本事。

几番认真地讨价还价后，牧民拍了一下羊贩子伸过来的手算是成交。这时，羊贩子又掉头指着中午来时看到的那只黑色的小羯羊让牧民出个价，牧民开价 1000，羊贩子说只出 800。牧民坚持不让，羊贩子觉得再加 200 没了利润，二人最终没能成交。

为了让羊站在车厢里不打滑，羊贩子往车厢里撂了些土。等羊装好了，羊贩子才发现有了麻烦，破皮卡怎么也发动不了。牧民见此情形过来帮忙。羊贩子把皮卡车挂成空档，然后把着方向盘让牧民在后面推，他想把车打着。可牧民一直推到汗流浃背、眼冒金星，皮卡车的发动机也还是一声不响。束手无策的牧民在一旁喘着粗气，他修马鞍子是行家里手，摆弄机器却一窍不通。

半山腰没有光线的松林黑黢黢的，像是隐藏着巨大的秘密。下不了山的羊贩子只能在牧民家留宿。牧民宰了羊，煮了手抓肉招待这个不速之客。晚上躺下后，羊贩子左思右想，觉得这家人还真不错，又是帮自己推车，又是宰羊招待自己。转而他又想到了那只黑羯羊，想到了因为200元的差价而未能成交的买卖，羊贩子翻了个身，心里竟生出些不安来。

一大早起来，羊贩子便去捣鼓车，不承想只是钥匙轻轻一拧，车便“吭哧吭哧”打着了。闻声而来的牧民说吃了再走，羊贩子一摆手说：“不了，你把昨天那只小羯羊牵过来，1000我要了。”这时就听见牧民说：“宰了，昨晚你吃的就是。”

油馃子

腊八节一过就到了备年货、准备过年的阶段。蒸包子、包饺子、炸油馃子这三样是新疆人过年必备的大项。大白菜肉馅包子、萝卜肉馅包子一层摞一层地蒸，大白菜肉馅饺子、萝卜肉馅饺子一盘子接一盘子地包。没办法，巧妇难为无米之炊，早些年新疆人过冬的蔬菜只有菜窖里储存的土豆、萝卜、大白菜。蒸好的包子、包好的饺子一股脑儿地往冰窖一般的储物间里一冻，只等春节到了之后从初一吃到十五，从十五吃到天气转暖，一直吃到包子、饺子都冻不住的时候。盆里的油馃子也是这样，堆得满满当当。那句话怎么说来着，家有余粮，心里不慌。这个阶段大人忙活着，但孩子们是满心欢喜的，过年有盼头了。

炸油馃子、油饼放在今天是件稀松平常的事，但放在三四十年前粮油凭票定量的年代，你拿个油饼出门试试，一准能把其他小朋友馋哭。所以，平时省吃俭用积攒下来的油都是为了过年炸油馃子。

人们都知道天津人把油条叫馃子，其实在北方的大多数地区都把油条称作馃子。油条是现在北京人的叫法，这种称呼时间并不长。在民国初期再往前，北京人都叫馃子或油炸鬼，油条的叫法是南方文化的北移。

天津人最早把油条叫棒槌馃子，后来简化掉了“棒槌”二字，直接叫馃子了。再后来有了点心的总称，馃子的名称被油条继承了，因为这是食用最频繁的食物，几乎成了北方人早点的代名词。因此，也就不难理解北方人把煎饼卷油条叫煎饼馃子了。

清末、民国时期有大批天津杨柳青人来新疆落户，新疆的炸油馃子应该是从这条线路上传承了油馃子的叫法以及制作方法。在新疆，炸油馃子不是炸油条，而是好多样油炸食物的统称，四股子、花花子、麻叶子、鸟娃子，细分起来花样多多，手工复杂。但通常被称作油馃子的是那种将面团抹油擀薄，切成一指长、二指宽的条，将两条叠在一起顺长在中间划一刀，然后将两端从划口中穿过翻出来即成的油炸面食。油条、油饼、馓子、麻花成品是单独称呼的，但在制作中也一律被称作炸油馃子。这里只说具有新疆特色的油馃子。

油馃子分咸、甜两大类。甜的无非是面粉中添加糖、牛奶、蜂蜜、鸡蛋之类，还有一种甜味油馃子为葫芦油馃子。新疆的葫芦不是我们说的那种炒菜吃的葫芦，新疆人将炒菜吃的葫芦叫西葫芦。新疆的葫芦类似于南瓜，表皮厚实，内瓤金黄，但形状是长的，每年秋季采摘，然后就放在窗台上晒着，晒透了表皮的水分，一直能放到来年的春天。

将葫芦去皮切块上笼屉蒸 15 分钟，然后放凉捏碎，放植物油、白糖，如果喜欢还可以加鸡蛋，与面粉揉在一起，制作成圆饼、甜圈以及其他各种形状的甜油馃子。此类葫芦油馃子颜色金黄、口感松软。

相比其他油馃子，馓子和包尔萨克是新疆油炸面食中独树一帜的品种。馓子在我国历史悠久，北魏贾思勰《齐民要术》载："细环饼，一名寒具，脆美。"细环饼即馓子，而寒具则是馓子的古名。《本草纲目》载："寒具，即今日馓子也。"馓子其形颇像扭绳或髻发型，细如面条。宋代苏东坡曾这样描写馓子："纤手搓来玉色匀，碧油煎出嫩黄深。夜来春睡知轻重，压匾佳人缠臂金。"

馓子是新疆的风味名点之一。每逢节日，几乎家家户户的案几上都有一盘黄澄澄的、一层一层摞得高高的馓子，既美味又增添节日的气氛。

炸馓子要有娴熟的技巧。将面粉加少许盐和成面团，反复揉醒。先将面团搓成圆条抹油盘入盆内，1 小时后再搓成手指粗的条盘入盆内，醒 20 分钟后搓成笔杆粗的条。每盘一层，抹一次油。馓子的制作要领：和面用水夏凉冬温，以利于醒面。对和面这道工序，每个炸馓子的高手都有自己独到的见解和操作手法。面和得好坏直接影响到馓子的品质。有人说，和面的时候要加花椒水，这样和出来的面、炸出来的馓子不但有花椒的香气，而且馓子上面密密麻麻布满小气泡，这样的馓子才是又酥又脆的上品。

炸馓子时将面条绕在手臂上来回抻开，粗细均匀一致，折叠造型，放入油锅，用筷子轻轻翻动，掌握火候，炸成大把或小把的馓子。馓子在油锅中折叠造型这个程序也很关键，炸馓子的老把式折叠出的馓子条形饱满，线条流畅，炸好的馓子色泽金黄，入口酥脆。掌握不好要领，炸不好则口感绵软。

草原牧民在转场迁徙之前，往往要做一些便于携带的方便食品，包尔萨克就是其中之一。包尔萨克也是草原上的日常小吃。哈萨克族、蒙古族一般招待客人就是用这种油炸的面食和奶茶，与此同时一并出现在客人面前的还有馕、奶疙瘩、奶皮子、酥油等。而在毡房里做客一般也要礼节性带些礼物，最标准的礼物是砖茶和方块糖。也有忘了带礼物，或者中途转念要去毡房没带礼物却想喝茶的时候。我就有过这样的事情，我有些不好意思，支支吾吾地给牧民解释，谁料毡房的男主人却说："嗨！没关系，出门在外，有谁会带着房子一起上路？"言语间透着包容和草原民族的幽默。

包尔萨克的基本做法就是将盐水发的面切块放在油锅中炸。草原牧民不拘小节，有些毡房里甚至是切都懒得切，直接一盆发面端到油锅旁，用手将发面撕扯成一团一团的面坯下到油锅中炸。这么炸熟的面疙瘩参差不齐，一大盆里竟然没有一个重样的。

相对于草原牧区的饮食，城市当中的饮食是不断发展变化的。包尔萨克进了城市就讲究多了。很多哈萨克族奶茶馆里早餐都提供包尔萨克和奶茶。热气腾腾的、奶香浓郁的奶茶搭配几块咸香的包尔萨克，新疆人的一天就这么开始了。除却草原上最原始的包尔萨克，城市里改良的做法是：用牛奶、酥油、糖、发酵粉发面，糖和发酵粉用温水化开，酥油用热水化开（也可放些蜂蜜）。面发好后多揉几遍，这样能使成品的口感更好，在面板上擀成薄片，再切成小菱形或四五厘米的正方形、长方形，把切好的包尔萨克放在热油里炸黄即可。

都说现在没年味了，我也觉得过年的年味越来越淡了。思来想去，我觉得不备年货，不炸油馃子，不蒸包子，不包饺子也是其中的原因之一。

烤肉

明火为烧，暗火为烤。烧烤是人类最简单、最原始的烹调方式，它伴随着人类文明一路走来。放眼国内，各省都有烧烤；纵观世界各地，烧烤无处不在。尤其是国内，向来以碳水化合物为主的国人随着物质的丰足，对烧烤的热爱更是有增无减。

1986 年的春晚，朱时茂、陈佩斯表演的小品就是以新疆羊肉串展开的。尽管这个小品有点黑新疆羊肉串，但也为新疆羊肉串做了广告宣传。应着小品内容还有了相应的新疆吆喝：“哎——烤肉、烤肉，没结婚的羊娃子肉，新鲜的，自产的，吃到肚子里保险的。”走遍新疆，关于烤肉的吆喝到处都是：“哎——南来的，北往的，瞧一瞧，看一看，吃一哈我们新疆的羊肉串。男人吃了有力量，女人吃了更漂亮。你看，孜然香得很，花椒麻得很，辣子辣得很，口袋里没钱你还话大得很。”……

何必别寻清静处，烟熏火燎过来人。国内烧烤界，新疆是鼎鼎大名的大户人家。它的名气来源于丰足、优质的原料和喜欢食肉的地域饮食习惯。新疆烤肉和其他地区烤肉最大不同处就是新疆的烤肉个头大，其次是烤制过程中不刷油，然后就是不用烧烤料，除了孜然、辣椒面、盐，没有其他作料参与。由此不难看出新疆羊肉的好品质，不用过多地用其他作料来干预它纯正的味道，或是用复杂的手段来遮掩肉的瑕疵。新疆烤肉就是这样，简简单单，素面朝天。

新疆烧烤是个种类繁多的大门类。从烧烤器具上大致划分为馕坑和烤槽两大类。烤肉的馕坑是有别于烤馕的馕坑的，烤肉的馕坑内腔小。

馕坑烤制的食物最有名的当属色泽金黄、外焦里嫩，嘴里叼着一绺香菜，披红挂彩用手推车推上场的烤全羊。馕坑肉、烤羊腿、架子肉一类都属于馕坑系列。此外，馕坑还可以烤制其他材质的食物。最出名的还是烤槽上诞生的食物——烤肉。新疆本土的叫法，烤肉就是烤肉，不叫羊肉串，这就和抓饭就是抓饭，不叫手抓饭一样。羊肉串这个名称本来就狭义，新疆人讲烤肉是广义的。现在新疆大部分城市也广泛地接受了羊肉串的叫法，这些叫法的变化是时代变革所带来的。

新疆烧烤叫法因随意而让不熟悉的人听起来很复杂。以烧烤燃料分，有木炭烤肉和炭烤肉，木炭烤肉又分为果木烤肉、梭梭烤肉、胡杨烤肉。红柳烤肉可不是用红柳烤的肉，它只是强调用红柳枝穿肉串。

在新疆烧烤中，烤肉只是统称。如果我说请你吃烤肉，那就包括烤羊排、烤肉筋、烤丸子、烤羊心、烤羊肝、烤羊腰、烤心管、烤肚片、烤肠子、烤板筋，甚至是烧烤界的黑暗料理——烤假腰子、烤塞脾、烤奶泡、烤羊蛋。

烤肉原料很重要，肉选对了就成功了 80%。羊羔肉太嫩没有味道，老羊肉质柴，发硬。最香的烤肉食材为体重在 15—17 公斤，不超过 2 岁的羊。新疆烤肉一根扦子上一般穿四疙瘩肉、一块羊油。肉不能切片，切片不经烤，标准的烤肉必须切成不规则的疙瘩，这样才能经得起炙烤而不萎缩，而羊油在高温的作用下会在肉串表面形成一层油膜从而锁住肉的水分，保证口感鲜嫩。

烹饪讲究火候，烧烤也讲究火候。不论是木炭还是炭火都要等烧过劲儿后方可开始烤肉。所谓烧过劲儿就是等燃料燃烧正旺状态过去之后，燃烧正旺时明火温度太高，容易烤煳，还起烟熏黑肉，这样烤出来的肉有一股烟熏味，影响外观和口感。

剩下的就是调料了。烤肉最好用现磨的孜然，孜然含挥发性油脂，只有新鲜磨制的孜然才香味浓郁。烧烤用的辣椒面要用颗粒略粗的，颗粒会更具有质感，这种质感类似层次感。烤肉一入口时孜然是孜然的味道，辣椒面是辣椒面的味道，而不似粉状的辣椒面全部都附着在肉的表面，入口时各种味道已经混淆一团了。等把以上准备工作做好了之后，你烤的烤肉不好吃都难。

南疆的烤肉和北疆有所不同。在北疆吃烤肉，孜然、辣椒面、盐必不可少，除了馕坑肉和架子肉外，很少吃挂浆烤肉。南疆不同，早些年，在南疆吃烤肉，烤肉都是半成品，在烤肉摊子前坐定，你坐下只管吃，等你吃完了摊主会数扦子算账。南疆吃烤肉的口味比较两极化，一种喜欢用蛋液、面粉、皮芽子水、姜黄等各种香辛料混合制作的面浆将肉串裹透；另一种则是不放其他作料，只是在盐水中一蘸就烤的原味烤肉。

肥瘦相间烤羊排是连骨烤的，贴着骨头的肉最香。烤肉筋是羊脊骨以及羊脖子处连筋带肉的部分，有嚼劲，越嚼越香，牙口好的人最爱。烤丸子实际就是烤肉馅，和肉筋相反，适合牙口不好的人。烤羊肝要看羊肝的颜色，肝子颜色要均匀无斑点，颜色浅、细嫩的小羊肝是首选。羊肝一般也是和羊油搭配在一起烤的，俗话说：“油包肝，一吃一个不言传。”其他省市的烤腰子是切碎来烤的，新疆烤羊腰只是简单地从中间一剖为二，连着裹腰子的油一并烤了。油腻腻的烤肠子是喜欢重口味的人的最爱，尤其是肥油滋润着黄灿灿苞谷面的那种，咬一口外酥里嫩，油水顺着嘴角流。烤肚片、烤板筋、烤心管都是想吃烧烤又怕油腻的人的首选。

烧烤界的黑暗料理所选用的特殊原料让一般吃客望而却步，但它是一小部分发烧级吃货的最爱。这不奇怪，极致的事物从来都是小众的。假腰子，黑暗程度一颗星。据说假腰子在过去是巴依老爷的私房菜。把羊肝和皮芽子都剁得很碎，放入孜然、胡椒等香辛料入味，然后包在羊网油里，包好后和羊腰子的形状很像，估计这假腰子的名字就是这么来的。江苏常州地区的网油卷也是类似的做法，不过网油卷包的是豆沙。一般烤假腰子的时间比烤肉的时间要长一些，文火慢烤，这样才能让网油充分地和羊肝、皮芽子融合在一起，达到最佳口感。

烤塞脾，黑暗程度两颗星。把羊的脾脏掏空洗干净，然后往里面塞进剁碎的皮芽子、肥羊肉、羊肝，填满后封口，然后穿铁扦子烤制。烤的过程中将表皮用铁扦子戳穿，让馅味渗入肉皮，肉皮裹着馅香，两两相补，使得滋味升华。

烤羊蛋，黑暗程度三颗星。羊蛋又名羊白腰，公羊的外肾（睾丸）。制作时将羊蛋切开，去除筋膜，用铁扦子穿上放在烤肉槽子上，撒少许辣椒面、孜然、盐烘烤即可。

烤奶泡，黑暗程度四颗星。羊的乳房基本成分是脂肪以及乳腺和乳腺管，含有丰富的钙，也含有一些能促进人体对钙吸收的磷。将羊乳切块和烤肉一起混烤是牧区常见的吃法。

豪华气派的地方一般是吃不到好烤肉的，好吃的烤肉都藏在城市中某个不起眼的角落或者是小巷胡同里。如果吃烤肉的摊点多，不知道选择哪一家，建议你仔细观察，看谁家的扦子干净，烤肉槽子边沿擦拭得干净。

新疆人吃烤肉的正确方式有好几种，其实什么也不配，就一串一串地撸烤肉就好，一直撸到肉吃起来有点像嚼馒头时才作罢。但这样似乎行不通。烤肉这玩意儿特别不经吃，一不小心就撸十多串、几十串。要知道在过去，吃烤肉是个挺奢侈的事情，纯吃烤肉吃到饱更是一件奢侈的事情。所以我们一般都是几串烤肉一个馕，这样既节省开支，又符合我们主食配菜的饮食习惯。以农耕文化为背景，以碳水化合物为主的我们，向来讲求“君子食无求饱，居无求安”。体现在吃肉方面也是这样，胃和思想都要求我们肉必须配合主食吃，不知道这是不是所谓的节俭基因让我们养成的饮食习惯。

最香的吃烤肉方式应该是站在烤肉槽子前现烤现吃，而且旁边恰好有一个馕坑，你吃烤肉的时候馕坑的馕也正好出坑。一切都是最好的安排。这时你可以向摊主要几串烤肉、一个热热的馕，再来一壶烫烫的茶，这就是新疆人很正式、很常见的一顿饭。

餐厅里要个拌面或者臊子面，顺便再来几串烤肉填个缝子也不错。黄面、凉皮也是烤肉的绝配。将烤肉和黄面、凉皮一拌，一荤一素，一冷一热，那滋味别提有多美了。

在新疆，除去馕坑和烤槽的烧烤外，还有不常见的烧烤形式——塔巴烤肉。塔巴是一种没有把手的平底锅。将新鲜的连骨肉里放盐、胡椒、孜然、皮芽子和少许植物油腌好放置一段时间使其入味，在塔巴锅底铺一层新鲜的、切成薄片的羊尾油，然后将腌制好的肉放入。与此同时也可根据个人口味将萝卜、土豆一并放入锅内，再扣上另一个塔巴，上下两面都用炭火烤，大约 40 分钟后，塔巴里的羊肉就焖烤熟了。

石板烤肉以天然石板作为烹饪工具，将两片石板加热后把羊肉放置石板之间烤制而成。石板烤肉不同于铁板和炭火烤肉，它利用石板自身的重量以及石板的特性烤制而成，烤出的羊肉肥而不腻、外焦里嫩。

多年前的深秋，我在车尔臣河流域的荒原上吃过一只毕生难忘的羊。为什么说是车尔臣河流域，而不是某一个地方或者是具体的地名呢？那是因为我们从且末县到吐拉牧场后就一直沿着车尔臣河骑驴、骑骆驼，百折千回地在山里绕，一直绕到没有地名的大山深处。三天后，所有的食物即将吃完时，我们决定让向导帮忙买一只羊来补充营养和体力。没有锅，没有碗，羊宰了之后我很纳闷该怎么吃。天快黑的时候就见向导点了一堆篝火，然后将羊分成两半，将半只用两条木棍从两端穿起来撑开，插在靠近篝火的沙土里。展平的半只羊就这样被篝火慢慢地烤熟。向导用小刀将肉一块块地分割给我们。第二天黄昏，到了该做饭的时间，就见向导将昨日剩下的半只羊分割成小块，然后让我们将连骨肉穿在他白天捡的一些红柳枝上。我们穿肉时，他在山地上挖了一道槽子，然后找了些相对规整的石头沿着槽子两边的边沿码放。他在槽子里把火生着时，我们的肉也穿好了。向导将肉一串串地放在石头垒就的烤槽上，不一会儿工夫，我们就吃到了红柳烤肉。

作为一个新疆人，不管你去过多少地方，无论你吃过多少种烤肉，你都会告诉身边的人，你家乡的烤肉是最好吃的。或许每一个新疆人记忆深处都有一盏灯，那是黑夜的十字路口烤肉摊子前昏黄却有温度的灯光。常去的烤肉摊，摊主知道你的口味，所以不用嘱咐他多放孜然少放盐，他也知道你要的烤肉是个啥火候。在深夜，围着烤肉摊子，一边吃着现烤的烤肉，一边跟摊主有一句没一句地闲聊，聊的都是和同事、和身边的人说不了的话，也说不定会在街角的小商店里弄瓶酒邀请摊主加入，你一口，我一口。这些都是特别放松的事情。

搅汤

我们有一句老话说“民以食为天”，其实说得精准些是“民以主食为天”。这么说并不夸张，许多食材只要加上一点点面，就能够成为不分主食配菜的饭菜一锅。这样的食物除了制作方便之外，也能填饱肚子，搅汤便是其中的一种。

早饭时间，我把盘子里最后的一点土豆丝倒入玉米糊糊中，搅了搅尝了一口说：“这糊糊如果再稠点，土豆丝再绵软些就完美了。”坐在对面的维吾尔族同事说：“你也喜欢这么吃呀，我奶奶的搅汤就是这样做的。土豆丝切得粗粗的，或者土豆片切得厚厚的，重点是炒得绵软些。玉米糊糊放点碱，小火熬得稠烂的时候，将炒好的土豆丝或者土豆片往玉米糊糊里一倒，两样掺和在一起，你中有我、我中有你。”同事津津有味地说着。

我外婆也经常这样做，但不仅限于玉米糊糊，也可以将大米稀饭或者小米稀饭熬得稠稠的如法炮制。如果条件允许，再来一张烙饼或者一个热馕，或者是两片炉盘上烤得两面焦黄的馍馍片，这便是一餐有滋味的完美早餐。

“搅汤只能用炒土豆丝或者土豆片来搅吗？”我问他。“当然不是，只要是你喜欢吃的菜都可以搅进去。”本来我还有些迷惑，听他这么一说我就彻底明白了。

搅汤类似拌汤，它们都是寻常的家常饭。将杂面或者白面淋少许水搅拌成絮状。热锅放油，油热后放入西红柿和土豆片翻炒，然后放盐、五香粉，滴入几滴香醋，翻炒均匀后加入适量清水煮开。待土豆绵软时，将面絮一点一点均匀地往锅里倒，一边倒，一边用筷子搅散，这时要注意别煳锅，出锅时再撒点葱花、香菜。

一个擅长茶饭的人讲起拌汤能给你说半个时辰。葱花炒过了发黑，酸菜炝不好缺味。先放什么再放什么，要按程序来不能颠倒，汤清稠要有度，但也并非一成不变，要根据当时的人员结构和天气变化做调整。比如年轻人多就清点，天气冷就稠些。土豆拌汤上桌后，配个饼，配个馕，来点腌韭菜、咸辣子、腌萝卜，再放些油泼辣子，这味道好极了。“来碗土豆拌汤饭，给个神仙都不换。”虽有点夸张，却反映了老百姓对这些朴素食物的特殊情感。

拌汤、疙瘩汤等类似搅汤的饭食在新疆被统称为乌玛什，其意大致为糊糊。有年秋天，大概是玉米灌浆的时节，在南疆叶城乡下的老乡家吃过一顿类似搅汤的饭食，主人说叫亚玛勒。大概做法是羊肉翻炒后加入土豆、萝卜等蔬菜后添水，将嫩玉米揉碎加入锅中做成。亚玛勒非常鲜香可口，主人说这种饭他们也不经常做，太麻烦了。他们有个说法，说这种饭是“十个女人忙一天，一个男人吃一顿”。

上了年岁的人都知道，六七十年代买面要粮本，70%的杂粮、30%的细粮，白面留着过年、过节包饺子，平常就吃杂粮做的发糕、搅汤、糊涂面。在那个节俭得连面汤都必须喝掉的年代，家家的生活状态都一样，虽然贫穷，但很快乐。

严格地讲，搅汤并不是一种小吃，它只是一种吃法而已。在食物匮乏的年月里，我们将残汤剩羹搅和在一起一并吃下，让胃反馈给我们一个吃饱了的信息，我想这就是搅汤或者拌汤最初的样貌。无拘无束的搅汤没有特定的烹饪手段，也没有特定的食材，甚至是没有一个固定的外形，但却实实在在地存在于我们饮食之中。这分明是暗合了我们“大音希声，大象无形”，对美、对艺术追求的最高境界。

油塔子

西北人吃汤食时喜欢搭配一些干粮。不知道其他地区把或蒸或烤的馍馍、花卷、饼子、锅盔之类称作什么，新疆人把这些或蒸或烤的面食统称为干粮。

广东人吃一碗砂锅粥就会结束一餐，云南人来一碗汤汤水水的米线也是一餐。老新疆人则不然，老新疆人但凡是吃汤水的饭食总要搭配点干货。茶水泡馍馍、奶茶泡馕都算是一餐；砂锅配个葱花饼是妈妈的味道；杂烩汤和花卷，丸子汤和油塔子都是如影随形的伙伴；就连一碗汤饭吃完还要就着汤饭的汁水掰半个馍馍吃，说是勾缝子。我觉得这半个馍馍很重要，它对于老新疆人来讲就是个句号，只有把这半个馍馍吃完才算是一餐结束，否则，无论吃得再饱还是觉得要吃点什么。

馍馍、花卷、烤饼、馕都司空见惯，它们都是能够脱离这些汤食而独立存在的干粮，唯独搭配丸子汤的油塔子有些特殊，现在它被人们所熟悉是依赖于丸子汤，是作为配角出现在餐桌上的。换句话说，如果没有全疆各地的丸子汤连锁店，年轻人甚至都不知道油塔子为何物，说不定油塔子就和曾经风靡新疆的稍梅一样消失了。

油塔子的特殊是它不能被列入干粮的行列。干粮的另一层含义是耐储存、携带方便，可以带出门在路上吃的食物。所以在过去，干粮是驼户、车户们最熟悉不过的吃食。油塔子不行，凉了还不如馍馍好吃，更别说是带着出门上路了。

早先“油塔子”在新疆不是这几个字，而是“油沓子”，意为层层叠叠沓在一起。据说更早以前它还有个名字叫油塌，其祖师爷可以追溯到唐朝。据说唐朝宰相段文昌家中的一个老女仆将此技艺传给100多个女婢，但真正能掌握其精髓的只有一人。由此可见，看似普通的油塔子的制作工艺并不简单。

制作油塔子要用温水和面，加入适量的酵母粉将面和成后饧发至半发酵状态，取出来用盐水揉好静置一会儿。将面团用擀面杖擀成面皮，然后在面上抹植物油或者动物油脂。将面皮从一边开始卷成圆条，然后将条状的面切成若干小段，将小段面拧转成塔状。将拧好的油塔子生胚放入笼屉用火蒸20分钟即可。

现在很少有专门卖油塔子的门店，也没有专门吃油塔子的人。之所以强调现在，那是因为在几十年前，油塔子是新疆人民喜爱的一道吃食，甚至有专门做油塔子的店铺，还有不少因油塔子做得好而生意兴隆的店铺和声名远播的师傅。

30多年前在小城，机缘巧合，我初次步入社会就遇到过两位大厨：一位是在餐厅上头灶，脖子上搭一条白毛巾，手里端着个搪瓷缸子，一仰脖子后脑勺就堆起一沓子肉的马大师；另一位是干白案的瘦得像猴的何师傅。他们都是学徒出来的餐饮人。

这肥头大耳的马大师最拿手的一道菜叫生烧肉。穿着大白褂的瘦猴何师傅拉面手艺一般，包子蒸得一般，饺子皮擀得也不出众，各种手艺都一般，但何师傅却是个牛气冲天的人，每每后堂忙得不可开交的时候，他从来都是气定神闲地坐在那里看大家忙，而敢骂天骂地的马大师却不敢说他一句。他牛气冲天的资本就是油塔子做得好，在小城首屈一指。何师傅蒸的包子般大小的油塔子从蒸笼里拿出来用手轻轻拍几下，然后一抖，就见那油塔子层层环绕，薄如蝉翼的面层就丝丝缕缕垂下来半人多高。若用筷子挑散盛入盘中，那蓬松得如一团棉絮般的油塔子竟能堆成满满一盘。这时你要夸他手艺高，何师傅必故作谦虚地说："也没啥，面匠嘛，就是要把功夫下到。"

何师傅的油塔子不同于别人。他在发面里掺一定比例的死面，不断地揉、饧、拉、搋（chuāi）。当面揉到家饧好后，再往面里抹油。油要分层抹，即将面擀开，抹上一层油，折起再擀开，再抹上一层油，如此往复多次，然后搓成长条，切成小段，将小段用两手一扭，油塔子就做成了，上笼蒸好即可上盘待客。上盘的油塔子，层薄如纸，层层环绕，上下一体。

以前能下得起饭馆的是少数人，按现在的话说就是有钱又有闲的主儿，去饭馆吃饭是为了品味和享受美食，你只要做得好，钱多少是次要的。现在人们去饭馆吃饭是稀松平常的事，只要你愿意，天天都可以在外边吃。可现在大部分人对菜品的品质要求降低了，普通百姓对价格比较关注。在这样的大环境下，餐饮行业为了追求利润，降低成本、控制价格，就会简化传统制作工序，毕竟懂吃的人是少数，大部分客人是分辨不出细微口感变化的。餐馆还会淘汰一些既费工又卖不出价格的菜品。所以餐饮行业就形成了恶性循环，尤其是那些功夫菜、手艺活就慢慢地消失了。

稍梅的消失和油塔子"退居二线"也与其繁复的制作工序有关系。稍梅和油塔子曾经都是新疆传统面点中的奇葩，只不过稍梅的命运更悲催些，今天的餐饮舞台上早已不见稍梅的踪影。

稍梅是薄皮包子的花样翻新，但比薄皮包子更为讲究。稍梅需要上好的面粉，面不仅要白，而且还要有筋骨。一般是头一天就要和好面，次日制作上笼，面要揉到位、饧到位。制作稍梅皮要用空心双层擀面杖，擀面皮时不断旋转，使皮的边沿形成褶儿，如同裙褶一样，做稍梅的技巧也正在这里。馅儿是精选肥瘦相间的羊肉，拌上少许葱花加调料做成的。稍梅捏成形后，顶端如一朵盛开的梅花，花瓣是粉白而干的，皮薄得透亮，能看清里面的馅儿。上桌时，一盘 5—10 个不等，5 个是五朵梅，10 个是十朵梅，但必须平放在盘中，不能像包子一样垒起来，吃起来馅鲜皮嫩，回味无穷。

稍梅对面皮制作要求较高，包捏制作也比较麻烦。其馅料和薄皮包子类似，因此，忽略细微口感差别，在制作上节省成本、价格也相对低的薄皮包子取代稍梅也是再正常不过的事。

油塔子也是这样两头不讨好的食物。你价卖高了，说白了就是面和油做的东西，顾客不买账，卖低了店家费心费力觉得亏，所以慢慢地就不愿意在油塔子上多下功夫了。而现在被各种口感、各种食材滋养的食客似乎也对那丝丝缕缕的油塔子兴趣不大。油塔子从人们的早餐中消失了，从饭庄、酒楼的主食中消失了。到今天，丸子汤店是收留油塔子的最后一个家。在丸子汤专卖店里，一份标配的丸子汤通常包括一碗丸子汤、一碟小咸菜和几个油塔子。人们在丸子汤店里吃到的油塔子是徒有其表、没有灵魂的油塔子，充其量是简配版的油塔子。

我从未觉得油塔子有多好吃，也没有觉得它不好吃。现在回忆起它来，油塔子那丝丝缕缕微微带着咸，带着荤油和小麦自身的香气的面层，竟然在记忆中散发着诱人的味道。如果回到四五十年前，甚至是更早的时候，回到节衣缩食、肚子里没有油水的时候，只怕是想说油亮亮的油塔子不香都难。30 多年前，涉世未深的我没觉得两位大厨有什么高超的本领，甚至在内心里或多或少有点瞧不上他们，觉得他们不过是做了一份又忙又累，别人都不愿意做的工作养家糊口而已。

炒馍馍

在你的记忆里，一定有某种气息或者味道让你难以忘记，甚至是无法释怀。离开家越走越远，回望过去越来越模糊，然而那种说不清、道不明的味道却如影随形，从来不曾忘却。或许它是故乡黄昏一缕炊烟的气息，或许它是妈妈饭菜的味道。这种味道只是留在童年的记忆中，在后来的人生经历中再没有其他味道能够填充、替代。

有时候在不经意间嗅到相近的味道，便会唤起内心的某种不安或者是欣慰，它就像是一把开启过去记忆的钥匙，顺着这缕气息将你带回遥远的从前。这味道不具体，甚至可能是一种感觉，是乡愁，是关于家、关于成长的点点滴滴。《感官回忆录》里这样写道：人的一切回忆，都能在感官的昭示下，沿着原路返还。

如果没记错，我人生中会做的第一种饭就是炒馍馍。千里之行，始于足下，它是我现在能蒸、炒、煎、炸做一桌有荤有素的酒席，能半个月不重样地做家常饭菜的源头。

将馍馍切成小块，锅里放一点油，放葱花翻炒一下，倒入切好的馒头块，然后不停翻炒，一直炒到边角发黄，放点盐。这是我最初的做法。

在没有菜佐餐的前提下，将原本的主食转化成饭菜合一的食物，炒馍馍的确是个不错的选择。因为操作简单，所以它就经常出现在我的日常生活里。肚子饿的时候，踩着板凳从蒸笼里取个冷馍馍，敷衍了事地操作，就是以哄饱肚子为原则。日子一天天过去，个子一天天长高，馍馍炒得多了就积累了些许经验，比如炒的过程中淋一点水，然后盖锅盖焖一下会使馍馍变得松软；比如在最初只放盐的基础上放点花椒粉，会使炒馍馍除了单一的葱油香气之外再增加一味花椒的香气。

后来长大了，物质生活也变得丰富了。炒馍馍的时候就毫不犹豫地先炒一两个鸡蛋，馍馍炒好的时候将炒好的蛋放进去，增加内容的同时丰富口感。

以我的见识和理解，我对炒馍馍的创新探索和改良也就到此为止了。哪里知道，在外面的世界里，我这些手段连雕虫小技都算不上。同样的鸡蛋炒馍馍，人家是把蛋液直接裹在馍馍丁上下锅炒的，在辅助材料上更是因地制宜地用火腿或香肠或其他熟肉切小丁炝锅炒制馍馍丁。也有炒馍馍丁时加入各种蔬菜的，丰富内容，均衡营养。在调料上，别人的炒馍馍丁更是大胆地超越了葱油、花椒味，用胡椒，用孜然，用辣椒面。这些操作让我大开眼界的同时也拓展了思路，外面的世界果真很精彩。

炒馍馍是个大家族，同样的操作流程，把馍馍换成烧饼就是炒烧饼，把馍馍换成馕就是炒馕，把蒸出来的死面饼切成条就是炒饼。我唯一不认同的就是外界制作炒馍馍时对馍馍的叫法，按照他们的叫法，做炒馍馍用的是剩馍馍。什么叫剩馍馍？在我的认知里，只有新鲜馍馍和凉馍馍的区别。

在没有发酵粉之前，传统的酵头发面的工序烦琐、时间长，因此老新疆人家里蒸馍馍从来都是用大笼屉，蒸出来的馍馍至少吃十天半个月。吃新鲜出笼的馍馍是少数，而吃凉馍馍是常态，所以不能把才蒸好吃一顿之后的馍馍叫剩馍馍。其实，我知道自己这个想法是一厢情愿的老皇历。现在的人已经很少蒸馍馍了，想吃了就去馍馍店里买，顿顿都吃新鲜出炉的馍馍，那隔了顿的凉馍馍可不就是剩馍馍嘛。

无论过去还是现在，炒馍馍需要注意的是不能多放油。过去只放一点点油是因为油金贵，舍不得多放；现在只放一点点油是为了健康，馍馍有像海绵一样的吸附能力。

炒馍馍是很多人童年的美味。在食材匮乏且单一时期，将有限的、单一的食材变着法儿地做是母亲表达爱的方式。将看似平淡无奇的馍馍变成“身价倍增”的炒馍馍就是经典案例。下面就介绍一种炒馍馍的做法：凉馍馍若干（根据自己需要），喜欢的蔬菜若干（最好是适合炒来吃的，这里以豆角、青椒、莲花白为例），盐，花椒粉，鸡蛋。另外也可以加入一些肉丁之类的，纯粹根据个人喜好来就好。豆角、青椒切丝，莲花白切丝或者掰碎，馍馍切大拇指肚大的块，鸡蛋打入碗中搅拌均匀。锅中加入适量油，待油热加入肉丁或者肉片炝锅，若素炒则葱花炝锅后倒入豆角翻炒，后加适量水（防止干锅）。待豆角炒至九成熟，倒入馍馍丁翻炒半分钟，将打好的鸡蛋均匀浇在馍馍丁上，继续翻炒，直至馍馍丁表皮微黄。待豆角熟时，加入青椒、莲花白继续翻炒，然后加入盐、花椒粉，在这个环节上也有放碎韭菜或者葱花的，完成装盘。

我把炒馍馍的秘诀与一个朋友分享，哪知道朋友还有新花样，他家一般都用米饭炒馍馍。把馍馍切成条与剩米饭一起炒，放鸡蛋或者火腿和蔬菜，这样的话就饭和菜都有了，所以这个又叫懒人饭。最后朋友补充说：“这米饭炒馍馍还有一个学名叫蚯蚓钻沙，馍馍条是蚯蚓，米饭是沙。”

扁豆汤

电影《一江春水向东流》中，丈夫张忠良离开后，素芬又和儿子、婆婆回到上海，过着贫苦的生活。影片中有这样一个镜头：素芬熬稀饭，一锅水中只有几粒米。这一锅清汤寡水的稀饭是用来反映拮据的生活状态。在新疆长大的我看到这个桥段时，内心的感受肯定不如爱吃米粥的南方人那么强烈。

稀饭和粥的区别其实很大，稀饭从它的名字当中就可以知道它的汤很寡淡，没有那么黏稠，稀饭的水和米是分明的。从外观上区别也是很简单的，稀的有米汤的就是稀饭，黏稠的混为一体的就是粥。

新疆人的口味不喜欢黏稠而偏清汤，因此，新疆人的食谱里没有黏稠的粥类。外省份的人煮稀饭、熬米粥，新疆人则熬米汤。古人云："汤，热水也。"一个"汤"字就说明了问题。你说新疆人熬米汤只是丢几粒米加一大瓢水有点夸张，但新疆人清汤寡水的米汤确实也能顾影自怜当镜子照。

西北人喜好吃干粮，新疆人的饮食习惯更喜好吃馍馍、烤饼、馕。桌上的一碟小咸菜、笼屉里脑袋大的馍馍都是新疆人汤水类饭食的标配，不管汤饭、汤面条、臊子面还是拌汤等，吃得再饱，不掰点干货，就几筷子咸菜，这顿饭就没吃饱。

南方人爱粥，甚至是一碗干饭兑点汤水也要弄成泡饭，一碗米粥就点小菜也是一顿饭。新疆人则不然，新疆米汤永远都是一副清汤寡水的模样，无论是绿豆汤，还是小米汤。要是换花样的话，大不了再在米汤中添一勺牛奶，变成奶子米汤。但不管怎么变，清汤寡水的米汤也只能是给干粮当配角。

啰唆这许多，目的就是为了表明新疆人对汤水饭食的喜好和态度。但这些在扁豆汤面前却是错误的、不成立的。扁豆汤是个特例。

新疆的扁豆汤有两种做法。解渴降暑的扁豆汤也还是和米汤一样稀，只是将洗净泡软的扁豆放入锅中熬煮即可。我们这里着重讲作为早餐或者晚餐的扁豆汤。

将洗净泡软的扁豆放置锅内添水，煮软烂之后加少许食用碱提色增香。取少许面粉加水搅成稀糊状，将面糊倒入锅内并搅拌均匀，然后放入适量盐。准备一点葱花，起锅烧油，将葱花放入锅内稍微煸炒一下即倒入汤锅内，要是图省事，你也可以直接烧点热油，然后将油直接泼在葱花上，一锅浓稠的、散发着葱油香味的扁豆汤即成。

我第一次吃扁豆汤是上初中的时候，在木垒的舅舅家，舅妈熬了浓稠的一锅，让我吃了再也忘不掉。在后来的日子里，只要有人去木垒，我就会推荐扁豆汤，末了总得来一句：“你一定要尝尝，特别好喝。”

扁豆汤里加面糊是起增稠作用的，这样会使得原本汤是汤、豆是豆的扁豆汤化作浓稠的一锅。这样的操作手法，我在邻居二狗家也见过。二狗妈做汤面条也是这样，面条快好时就把案板上擀面条剩的面粉一把一把撒进锅里，然后一锅稀里糊涂的面条就成了。可能是小时候二狗家孩子多，粮食不够吃，二狗妈才这样做的，我当时是这样理解的。

那时候，我认为二狗长得比我壮实，力气比我大，我打不过他，都是得益于他家经常吃这锅糊涂面。二狗家的大锅糊涂面里，除了没有肉之外什么都有，大白菜、土豆、萝卜，全都是我不爱吃的。

后来我问过二狗，糊涂面是为了哄饱肚子，还是本就是一种小吃。已经从壮实变成皮糙肉厚的二狗告诉我，做糊涂面条原本是为了弥补主食的不足，那时候光吃面不喝汤怎么能吃饱，所以要往锅里添加一些东西来凑数。现在的糊涂面条，可不是从前的那样随便糊弄糊弄做熟了哄饱肚子就算完事。现在老家做糊涂面是非常讲究的，面条要手工擀，面糊要用新玉米面或太行山产的高钙小米熬才行。熬面糊要放入花生米、干豆角、萝卜干、干南瓜片、肥肉丁、姜片，待把面糊熬得又稠又黏、香味四溢的时候下手工面条。面条熟后关火，上面放花椒、葱花、蒜瓣，淋上热花生油，加鸡精、味精，至此，糊涂面条才算做成。说起糊涂面，二狗如数家珍。很明显，二狗讲的改良版的糊涂面比他家过去的糊涂面多了一道倒炝锅的程序。

倒炝锅是烹调中常用的手法，川菜的水煮鱼、水煮肉片就是这个做法。很多菜品制作后味道未必能够激发出来，尤其是制作一些味道重和香味足的菜品时，出锅后都要采用倒炝锅的方法，也就是把油烧热趁热淋在已经成熟的菜品上，从而把菜品的香味激发出来。我们在日常制作清蒸类菜品、凉菜、水煮类菜肴时都要加上倒炝锅这一步，也就是菜品调好味后，上面码上葱、姜、蒜、干辣椒、芝麻或花椒这类增香调料，把油烧热趁热浇在上面。

不管是去木垒，还是日常居家，扁豆汤一直是我的最爱。我做扁豆汤喜欢将食用碱多放些，碱味会使扁豆的香味更突出，除此之外也没有什么变化。要说有变化，那就是我总觉得现在的扁豆不如过去的香，也可能扁豆并没变，不过是尝遍了酸甜苦辣的我，味蕾变得迟钝了。

家常拌粉条

我们习惯上称昌吉回族自治州的吉木萨尔、奇台、木垒三县为东三县。就饮食方面来讲，这片地域以奇台为中心，东至木垒甚至巴里坤，西至吉木萨尔都是一脉相承的。在历史上这里也曾是一路相连、往来密切的丝路古道，到了近代，这里依旧是商贸不绝的驮运商路。

烹饪是随着环境变化而变化的，比如过油肉从山西作为一道菜肴进入新疆，最初是以猪肉为原料，因为环境的变化，过油肉的原料更改为新疆优质的牛羊肉，配料上也有很大的不同。在没有大棚养殖以前，宴席上的过油肉是用黑木耳、玉兰片为辅料的，黑的木耳和白的玉兰片都是水发的干货，它们易储存，不受季节制约。现在的过油肉基本上已经不再以菜肴的身份登上酒席，它更为人们广泛认知的身份是拌面的配菜。

餐饮业繁荣发展的今天，如果想找一道推陈出新的菜肴很容易，但要找一道几十年前甚至更久远历史且至今一成不变的菜品还真不容易，如果真有的话，那么这道菜也算是菜肴中的活化石了。东三县的凉拌粉条就是这样一道从始至终一直没有改变过的家常菜。它历经岁月洗礼、时代变迁，依旧保持着原本的样貌。

东三县的沙质土壤盛产含淀粉高、口感沙软的优质土豆，优质土豆可以制作成优质淀粉，优质淀粉又可以制作成优质粉条、粉块、粉皮、凉粉。它们虽然同出一门，但各自都有各自的归宿。粉块入汤成粉汤的主角，粉皮和凉粉切条凉拌是炎热夏日时节小吃中的一股清流。

秋天收土豆，冬季做粉条。粉条好吃，但是制作过程并不简单。从最初的土豆最后变成洁白筋道的粉条需要几十道工序，包括打芡、和面、漏粉、捞粉、冷却等工序。每一道工序听上去简单，但操作起来并不简单，还有很多讲究。在过去相当长的一段时间里，在冬季漫长、食材单调的环境下，粉条曾在新疆饮食中扮演过重要角色，许多小吃、菜肴都离不开粉条。丸子汤里有粉条，炭火锅里有粉条，白菜豆腐炖粉条、蚂蚁上树、粉条包子里都放粉条，更有家家户户都喜爱的家常菜——凉拌粉条。

凉拌粉条的做法：干粉条泡 2 小时，土豆、胡萝卜切丝（不能太细），菠菜去根。开水焯胡萝卜丝、土豆丝，然后焯菠菜，断生后捞出切碎攥干水分，最后将泡好的粉条煮 2 分钟，以粉条呈透明状为好。将准备好的原料盛入盆内，放入蒜蓉、葱丝、辣椒面、盐、花椒粉。起锅烧油，将热油泼在作料上，然后加入酱油、醋搅拌均匀即可。

土豆、萝卜、大白菜是新疆人冬储的老三样，这道凉拌粉条从用料到做法都不难看出，它承载和完整保留着 20 世纪甚至更久远的信息。在传统新疆饭菜中，无论冬夏，菠菜是最佳配角，随处都能见到它的身影。在过去，冬天唯一能见到的绿色蔬菜就是菠菜和香菜了。每年到了深秋，在其他蔬菜都退市的时候，耐寒的菠菜和香菜依旧保持着绿色和旺盛的生命力。新疆的冬天来得突然，往往是一夜之间就从秋天迈进了冬季。大雪到来之际，选避风背阴处将菠菜和香菜整捆根朝下、头朝上码放整齐，再用草帘子遮盖着储存起来，整个冬天食材里的绿色就靠菠菜来提供了。除了耐储存的菠菜和香菜，若是再想获得新鲜口感，那就在家里用碗盆种点蒜苗，像葱花一样调剂一下单调的饭食，用这星星点点的绿色装点大西北寒冷的冬天。

老新疆人过春节，蒸一笼菜放在凉房子里冻着，一蒸屉就是一桌菜。蒸屉里有黄焖鸡、黄焖肉、烧条子、蛋卷夹沙、珍珠丸子……家里来了客人就上笼馏一屉，再切一盘卤菜、拌一盆凉拌粉条就齐活了。凉拌粉条中的粉条、胡萝卜、土豆、菠菜并没有严格的比例，每种食材投放多少完全根据个人喜好决定。如果拌的粉条多了，则先将一顿的量盛入盘中再放醋，没有放醋的凉拌粉条可以保存到第二天，不影响口感。也有将卤肉直接切片、切丝拌入粉条当中的，如此一来，原本一道朴素的凉菜就多了一道奢华的光彩。

制作简单、原料简单、作料简单的凉拌粉条突出的是醋的酸和葱、蒜的香。即便是到了现在，你到东三县的人家做客，无论多么简单随意，一瓶酒是有的，一盘手抓肉、一盘凉拌粉条是有的。或者是他们请你去酒店、餐厅，不管上多少道菜，凉拌粉条则是必上的菜，而且不管是家里还是餐厅，凉拌粉条的内容一定是土豆、粉条、胡萝卜、菠菜，这个是绝对不能变的。在当地人的眼里，放了其他食材的凉拌粉条就变成了其他菜品，老菜就要老味道，这是东三县人的共识。仅此一点就不难看出这道菜在当地人心目中的位置，没有长久的沉淀和积累是无法达成这种共识的。

市面上的丸子汤专卖店里选用的是红薯粉条，不用地产的土豆粉条，我曾经问过开丸子汤店的人为什么不用地产的土豆粉条，得到的回答是：土豆粉条虽然好吃，但使用前要提前泡，临时泡煮会发黏，红薯粉条泡发容易，即煮即软，口感好；另一个原因是红薯粉条的受众面更广。想想也是，在有着全国六分之一土地面积的新疆，东三县才是多大一点地方。但东三县的人说，粉条就属土豆粉条最好吃。

多年以来，我在餐厅里吃过各式凉拌粉条，有的放芹菜、韭菜，有的加豆芽、豆腐皮，有的放海带、腐竹，还有的加鸡肉丝。这些都是改良后的凉拌粉条，不能说这些改良后的凉拌粉条味道不好，但这和童年时妈妈做的凉拌粉条真的不是一回事。无论时下食材如何丰富，东三县的凉拌粉条一直都不曾改变。

骆驼客的臊子面

臊子面是西北诸省的小吃，当然也包括新疆，而各地的臊子面又因当地的物产习俗各具特色，其称谓也不尽相同。有传说此面和“嫂子”有关。相传很久以前，一户人家的小叔子非常爱吃这种面，后来小叔子金榜题名在外面当官，宴客时就用嫂子做的这种面待客，客人吃了都赞不绝口，问及名称，小叔子就说是嫂子面。也有叫哨子面的，说此面吸溜起来有响声，故此得名。也有人说是由于西北人发音前后舌音不分造成的误会。

经常看到有报道说这道菜是某某独创的，某某面又是谁发明的。严格地讲，除却那些几乎成为神话的民间传说，没有哪一样食物能凭一己之力一夜之间横空出世，我们今天所能享用到的美食都是人们长期积累、传承和发展的结果。臊子面也是如此。

从配料和口味很难将西北诸省的臊子面分清楚，就像民族融合一样，西北小吃本来就是你中有我、我中有你。如果要区分，也只能是一个高度概括。民风民俗也是这样，即便是一个省份的两个地方也会存在方言习俗及饮食方面的差异。甘肃臊子面的做法及配料相对简单些，辅料以胡萝卜、土豆为主，放韭菜。宁夏臊子面结合蒿子面的特色，有的放切细的豆角。山西的臊子面有的放白菜。在风格众多的臊子面中，最著名的当属以薄、筋、光而著称的陕西岐山臊子面。岐山臊子面讲究面要擀得薄，薄得可以透过面认出书本上的字迹。如果按照面的不同来细分，新疆臊子面则分为两种，一种为普通臊子面，一种为碱面臊子面。还有个别店面经营的另类臊子面——干拌臊子面，它是青海的风格。

何为臊子？据史实，臊子肉最早出现在北宋时期。《梦粱录》中记载有专门加工出售臊子肉的店铺。如果寥寥几行字还不能说明问题，那么请看《水浒传》第三回。鲁达坐下道：“奉着经略相公钧旨，要十斤精肉，切作臊子，不要见半点肥的在上面。”郑屠道：“使得，你们快选好的，切十斤去。”鲁提辖道：“不要那等腌臜厮们动手，你自与我切。”郑屠道：“说得是，小人自切便了。”自去肉案上拣了十斤精肉，细细切作臊子。这郑屠整整自切了半个时辰，用荷叶包了道：“提辖，叫人送去？”鲁达道：“送甚么？且住！再要十斤都是肥的，不要见些精的在上面，也要切作臊子。”

由此不难看出，臊子乃碎肉丁之意。在没有冰箱之前，人们为了储存肉类竭尽所能——腌肉、熏肉、腊肉、风干肉。新疆人在夏季短期储存肉的方法就是小火重盐将肉臊子中的水分炒干，这样制作的肉臊子放置一两个月都不变质。

在漫长的历史长河中，驼队一直承担着西北的运输重任。即便是到了 20 世纪 70 年代早期，新疆有些县城里还有畜力社的存在。畜力社的作用相当于现在的运输公司。曾经听熟悉本土风物的老新疆人讲，新疆最早的臊子面是由拉骆驼的人传入的。拉骆驼的人即为古丝绸之路上的驼队，后来演变为驮运商路上的主角——骆驼客。驼队一般的行程是每天 25—30 公里，如此算来，我们今天从哈密到乌鲁木齐坐动车只需两个半小时，在旧时赶骆驼得走半个月。所以，驮运时期的驼队从外地运货来疆，一走几个月是常有的事。

骆驼客的唱词里有："出了嘉峪关两眼泪不干，向前看，戈壁滩，向后看，鬼门关……"穿越茫茫戈壁无人区，肉臊子自然是金贵的食物。风餐露宿中能烧一壶开水兑一碗臊子汤，也的确可解了一日三餐凉水干馕的心慌。更何况臊子面所用的萝卜、土豆也都是耐储运之物，歇息之时和一团面，做一餐简易版的户外臊子面也不是难事。

臊子面在西北诸省各有各的做法。以肉臊子为锅底，加以白萝卜、胡萝卜、土豆构成臊子面的主体，辅料为碎木耳、蘑菇、黄花菜、豆腐、鸡蛋、葱花、香菜等，根据各地的口味各有取舍。所不同的是，岐山臊子面以五花猪肉做臊子，新疆猪肉腥气重，所以新疆臊子面多以牛羊肉做臊子。而现今的臊子面也绝非是从嘉峪关出来后戈壁荒漠中顶饥荒的那碗灰头土脸、简简单单的臊子面了。

一碗成功的臊子面首先在外观上应该是赏心悦目的。红的是胡萝卜，白的是豆腐，黑的是木耳，黄的是黄花菜，绿的是小葱、香菜。汤是一碗臊子面成功与否的关键，早些年，每家饭馆都有自家汤头的熬制秘诀。什么叫汤头？汤头最先是中药的说法，即药方，习中医者要背诵《汤头歌诀》。用在烹调上也是如此，吊什么样的汤，下什么样的料，各家有各家秘而不宣的"武功秘籍"。一家没有"武功秘籍"的饭馆是没有根、没有灵魂的，无论如何它也无法立身于高手如林的餐饮江湖。

用牛棒骨熬制的汤来调制的臊子汤是最优质的。可以毫不客气地说，不用肉汤的臊子面是简配、低配臊子面。没有牛棒骨，用羊架子骨吊汤也不错，但这对于口味清淡、不喜羊膻的人来讲是个考验。牛棒骨吊汤：选牛腿骨截断，大火去浮沫，小火慢炖几个小时。如果燃料成本太高就用高压锅上压力，上气压后改小火压半小时即可。在勾兑臊子汤时要注意比例。请注意“勾兑”这个词，勾兑是白酒工艺术语，本意是按比例掺兑。百分之百的纯骨汤太浓不适宜调汤，臊子面的汤应该是六到七成的骨汤兑三到四成的水，这个配比也适用于其他各种汤的勾兑。最后一点就是面条了。我们现在基本都是在切面店里买机械加工的宽面、细面、皮带面，方便快捷。但从饮食方面来讲，方便快捷的不一定是好的食物，好的食物一定是费时费工的。讲究的臊子面用的一定得是手工面，这就好比一块名贵的和田籽玉一定要配行家的手工雕刻。

生面揉团，蒙湿布放五六个小时后再擀，这样面有韧劲，易于成形，出锅之后溜光水滑。在过去的岁月里，母亲的手擀面是人间最美味的。其区别是，机械流水线制造的是冷冰冰的商品，而母亲手擀出来的才是有温度的饭食。一团有感情的面是有针对性、目的性的，可以什么都不放，也可以加个鸡蛋；可以放碱，也可以放盐；可宽，可细；可薄，可厚。也许这些变化都是微不足道的，入口只是一丝细小的口感变化，细小得对一个习惯于囫囵吞枣的人来说可以忽略不计。而对于制作的人来讲，这是心意。你我又何曾不是当年那个浑然不觉的囫囵吞枣者，而随着时光流转又变成这碗面的制作者哪！活着活着，我就变成了你，这就是光阴的故事。

故乡的月饼

农历八月十五是一年秋季的中期，所以称之为中秋。在新疆，这个时节已经送走夏日的燥热，迎来秋日的凉爽。这个时节，塔里木的胡杨已经穿上了橘红、金黄、浓绿的盛装，和夏天做最后的告别。这个时节，原本常年驻扎在托木尔峰和博格达峰的皑皑白雪也恣意地向山脚下蔓延，雪线越来越近。草原上的羊群已经开始转场，你要知道，在夏牧场整整吃了一个夏天的牛羊早已膘肥体壮。

祖国幅员辽阔，各地过中秋的习俗五花八门，但古往今来，中秋吃月饼的风俗是完全一致的。“小饼如嚼月，中有酥和饴。”这是苏东坡所作《月饼》一诗中的诗句。

月饼是点心的一个种类，而点心又属于面点的范畴。面点在饮食行业中通常被称为白案，去繁就简地讲就是主食。随着餐饮业的发展，如今面点早已从白案中被划分出来成为独立的门类，制售糕点有专门的字号门脸儿，大酒店里也有专门制作糕点的面点师。

百里不同风，千里不同俗。各地根据本地食材及特产制作出具有本地特色的糕点。综合归纳起来，传统的点心月饼按产地可分五大类——京式、苏式、广式、潮式、滇式。近年来随着物质生活的丰富，糕点行业的发展也是日新月异。北方传统的点心月饼按馅料可分为枣泥、五仁、豆沙、莲蓉、黑芝麻等；按饼皮分，则大致分酥皮、油皮两类。新派中秋月饼的开发更是花样百出，水果馅、蛋黄馅、巧克力馅、绿茶馅、冰激凌馅等，五花八门，各具特色。

说起中秋节，每个人的记忆中都储存着许多关于月饼的记忆。小时候在县城，我经常见到那个推着小车从东门到南门，从老满城到魁星桥卖点心的老头儿，母亲说他做的点心和月饼是小城最好的。

听老辈人说，小城过去的零嘴小吃是从犁铧尖那边开始的，因为那片早起做买卖的人多。一直到日上三竿，小商贩才转悠到老满城，这个时间才是生活优裕的满族人起床的时间。据小城的文史记载，辛亥革命之后，县城的满族人有背景的回了京城，有本钱的经了商，家道中落的就学了手艺，毕竟没了朝廷的俸禄也得活下去。

老头儿的手推车比一般的推车小，箱板也浅，里面全是用薄板隔开的木格，木格中按类别盛放着各种造型各异的点心。夹着枣泥的点心软糯适口；圆的桃酥、方的绿豆糕，干香酥软；萨其马裹着厚厚的糖霜，在它甜腻的滋味中我获得了极大的幸福感。这些点心的名目也是母亲在一次次买点心时告诉我的。母亲说：“点心就要吃用猪油做的，猪油做的点心比其他油脂做的都要软糯。”留给我印象最深的就是老头儿做的各种薄如蝉翼、层层叠叠的酥皮点心，里面包裹着五仁、芝麻、什锦、豆沙、枣泥。猪油做的点心皮酥馅软，那软糯的点心即便是你用手掰，它也会随着你的手形弯曲，而不像用其他油脂做的点心，比较硬脆，一掰即断。有些馅料里还点缀着桂花、玫瑰、青红丝，这些东西在物流发达的今天都不算什么，但在40年前，在偏僻的小城，这些都是稀罕物，也不知道在那个年月，他是从哪里弄到的。可能是老头儿做的点心太好吃的缘故，以至于到今天都是我甜蜜的记忆。

老头儿做点心的手工极为细腻，圆形素面的糕点中间一律用红曲点着红点，桃形点心的桃尖处的红色渲染由浓变淡，每个细节都不马虎。用模具倒模出来的点心，月饼上有印着“芝麻”“五仁”“枣泥”“豆沙”等馅料名称的，也有印着“花好月圆”“五谷丰登”等吉祥语的。

我见过面点师做点心月饼，抛开各式馅料，单就面皮造型，简单地讲，所有令人眼花缭乱的、五花八门的花样和名堂，都是由一团油面和一团生面，两个面团变化出来的。油面团是用植物油或者动物油和出来的，它的任务是起酥，生面团的任务是定型包裹。

老头儿是个清瘦、穿着干净的小个儿，他经年累月地推着小车沿街转悠，遇着买卖便停下来。他没有秤，点心是论个卖的。想想也是，那年月大家兜里都没有多少钱。老头儿按照客人的意思将各色点心从方格里小心翼翼地取出，然后又轻轻地放在浅褐色的油光纸上，那动作就好像手里拿的不是点心，而是贵重的、易碎的艺术品。然后就见他熟练地将纸折起打包，在点心包的表面再附一张红纸，然后用刷了胶的纸筋绳打十字捆绑好，末了还留个用手提的拉手。与其取点心时小心翼翼的动作相比较，他打包的动作娴熟老练，行云流水，一气呵成。这样的扎绳手艺，我在百货公司里或者国营商店里也见过。

毫无疑问，吃一回精致美味的点心在那个物资匮乏的年代是件奢侈的事情，也就是到了春节或者是中秋节才可以意犹未尽、欲罢不能地浅尝几块。我仔细回忆了一下，记忆中从来没有痛痛快快地吃腻、吃够过老头儿的点心，哪怕一次。似乎每次都是在以超人的毅力克制住自己的欲望中结束吃点心这桩事的。

1980 年的中秋节，母亲带着上五年级的我买老头儿的点心，这是记忆中最后一次买老头儿的点心。老头儿一边打包点心，一边和母亲寒暄。回来的路上母亲告诉我，老头儿是满族人，做点心的手艺是祖传的。小城里的满族人在过去都是识字的贵族。我们住的地方叫老满城，我的一个同学说他家很早以前就一直住在这里，我相信他的话，他家有着宽敞的大院子，两扇老旧、巨大的院门上横排纵列地钉着锈迹斑斑的铁钉。某个炎热的中午，那同学神秘兮兮地告诉我，他爷爷此前是拉骆驼的，曾经把好多金子埋在院子里，后来找不着了。我问为啥找不着了，他说爷爷喝醉酒睡在外面被冻死了。的确，儿时的冬天经常冻死人。

吃过晚饭，母亲让我把小方桌放在当院。母亲把甜瓜、西瓜切开，瓜不是像平时那样一刀平切的，而是刀尖斜着从瓜中间插进去，左一刀右一刀呈“八”字沿着瓜中间插一圈，将瓜切成两半后再顺着齿形竖着切，并不切透，如此一来，摆上桌的瓜便呈现出莲花的形状，然后一盘月饼、一盘葡萄、一盘苹果，很有仪式感地摆在桌子上。一切准备就绪后，就只等比馕饼子还大的月亮从南山那边过来，等仙子嫦娥带着玉兔检阅完毕，我就可以开吃了。先吃瓜果葡萄，然后吃月饼，如果先吃了月饼，水果就寡淡得没法吃了。

后来又到了某个中秋节，母亲吃了一口从大礼盒里拿出来又套着小盒子，小盒子打开又套着密封袋的包装精良的月饼后说：“现在的月饼卖的都是包装钱，想当年尕老汉推推车里的点心那才叫好吃，人家都是真材实料的点心月饼。”

母亲这一说，我才猛地想起这个卖点心的老头儿，从记忆里追寻，模模糊糊便没了下文。估计后来我也经常能见到他，经过他盛着点心的推推车，只是没有留意罢了，开始发育的少年心里已经有了比吃点心月饼更具吸引力的事。我问母亲那老头儿后来怎么样了，母亲说早死了。我又问他祖传的点心手艺是否传下来，母亲说几个子女没一个愿意学这门走街串巷的营生。末了，面无表情地嚼着月饼的母亲又追加了一句："可惜了他做点心的好手艺。"

在没有离开小城之前，我一直以为月饼都是甜的。后来见多了，才知道月饼有咸的，不但有咸的，还有肉的。尝遍人间百味，吃遍各种点心，过了好多个中秋节之后我才知道，当年小城里老头儿卖的是京式糕点。现在城市里过中秋节，没有平房小院，鳞次栉比的高楼大厦也遮掩了那一轮挂在树梢上的月亮。尽管如此，到了中秋节我依然会买月饼、瓜果，像当年母亲教我那样切完瓜对儿子说："来，我们供月亮吧。"

大盘鸡的江湖

在新疆饮食文化当中，如果说其他小吃都带有明显的移民痕迹和特征，那大盘鸡则是一道生于斯、长于斯，土生土长的新疆菜肴。也正是如此，大盘鸡没有老新疆的叫法和普通话的叫法，从一开始它就字正腔圆叫大盘鸡。如果大盘鸡是一件艺术品，那么在创作理念方面它绝对是一件摒弃继承模仿、大胆创新的本土原创作品。

大盘鸡的名称取自盛鸡的盘子。这种将食材盛入直径四五十厘米，甚至更大盘子内的就餐形式随着大盘鸡的盛行而流行开来，一种新的餐饮经营模式应运而生。市面上经营大盘系列的餐馆纷至沓来，大盘牛肚、大盘羊肚、大盘羊头、大盘鱼、大盘风干肉、大盘红烧鹅……可以说，大盘鸡开创了新疆餐饮的新纪元。大盘里盛装的是边疆人民的粗放和豪情，同时也暴露出新疆餐饮豪放有余、细腻不足的特点。吃的是大盘，感受到的是酣畅淋漓的爽快与豪气，与此同时，你的胃也在告诉你，整个晚上你就吃了一个大盘子。

在这里首先要说的是标准。无论怎么变化，大盘鸡都有两个固化的标准：在形式上它以大盘装盛，在内容上它必须是一只整鸡，否则你只能叫青椒鸡块、红烧鸡块。大盘鸡没有出世之前，在餐馆吃鸡大多都是一只鸡剁碎了分开卖，辣子鸡块、红烧鸡块、黄焖鸡之类。一盘鸡上桌，经常有食客和餐厅老板涨红着脸高声探讨，到底是辣子炒鸡还是鸡炒辣子。有食客说："哦吼！老板，你过来看一哈，你炒的是九头鸟吧，一盘子鸡咋好几个头？"还有的食客将鸡脖子长长地摆成一溜喊："哎！老板，你炒错了，我点的是鸡，你咋给我炒的是长脖子雁！"

任何一道菜品都和某种文化一样，不是一朝一夕就诞生的。随着大盘鸡火爆走红而来的是新疆餐饮江湖上的一场争论，这就是关于新疆大盘鸡的发源地之争。沙湾人说大盘鸡是他们最先卖的，柴窝堡人说大盘鸡是他们开的先河。有更玄的说法，说此乃宫廷秘制流传至民间。说此话者无脑，如此江湖味道十足、浑身上下都透着草根性的吃食怎么可能出自宫廷？

大盘鸡这篇文章不好写。在新疆大盘鸡初出江湖，扬名声、闯牌子的阶段，沙湾大盘鸡和柴窝堡辣子鸡都叫大盘鸡或者辣子鸡，这两个名称被经营者和消费者互相转换指代，老板和食客一说都明白，也并没有太多隔阂。彼时大盘鸡在制作手法上也不像现在这样，大盘鸡、辣子鸡各有固定的做法。最初的大盘鸡经营者是八仙过海，各显神通，只要食客竖大拇指，我管你什么沙湾、柴窝堡。食客也是，只要味道好，我不管你是烧炖还是干煸。

由此可见，大盘鸡形成之初也经历了你中有我、我中有你的过程。所以，大盘鸡的称谓也应该分为广义和狭义。广义上理解，大盘鸡是沙湾大盘鸡和柴窝堡辣子鸡的总称。狭义上理解，大盘鸡只指后来由“沙湾血统”逐渐演化形成的新疆大盘鸡。

柴窝堡是通往南疆和东疆的必经之路，国道 312 线由此贯穿。

据相关资料记载：柴窝堡在20世纪90年代之前只有3家单位——林场、渔场和农业大队，公路边没有一间房子。1991年为解决职工家属的就业问题才在路边盖了几间方便过路的司机师傅和南来北往的旅客吃饭歇脚的小平房。那时候有2家饭店，一家以制作当地的鱼为主，一家以快餐为主。此后这里的饭馆逐年增多，到了1994年，柴窝堡这里的大盘鸡店已经林林总总地成了一大片，1997年形成一条街道。至此，柴窝堡迎来了它最辉煌的一段历史时期，大盘鸡一条街综合性产业链逐步形成。

柴窝堡最早卖大盘鸡是食客自己到后院选活鸡，用一根带钩的竹竿，看上哪只鸡就用钩子钩住鸡腿捉来称，按鸡的重量算钱。这种方法推行了一段时间后就不适用了，因为慕名而来的食客太多，现宰活鸡费时费工根本来不及。因此，饭馆每天清早就将一天要用的鸡提前宰好洗净，将鸡的分量写一张小条放入鸡腔内，由食客自己挑选后再加工。

柴窝堡大盘鸡的做法是将整鸡剁块过油，或者放重油炒制后将几乎与主料1∶1的干辣椒投入其中，其火辣干香的口感丝毫不输川湘菜肴。待鸡吃个差不多时，就着盘底的油汁、红辣皮子、大葱、青椒块吃个花卷，以此抵消辣力。一顿愉快的旅途午餐。

沙湾县也是地处国道312线旁，东接石河子，西邻奎屯、独山子。据相关报道：20世纪80年代初，有四川张姓厨师落户沙湾，结合新疆本地辣子鸡的做法开了一家专门经营辣子鸡的饭馆，生意特别好，于是周围餐馆竞相开始专营特色辣子鸡。至此就逐渐形成了沙湾特色大盘鸡的雏形。

沙湾大盘鸡最初的做法众口不一，但大致做法是将整鸡剁块，锅内放入底油煸炒，也可过油断生，加糖色或老抽上色，再投入调料，添适量的水，加盖小火焖炖至九成熟后投入切好的土豆块继续焖炖……沙湾大盘鸡讲究软烂入味，汤汁浓郁，搭配的是皮带面。

由此不难看出柴窝堡大盘鸡和沙湾大盘鸡的区别。前者为干煸，后者则为烧炖；前者辅料主要是辣椒和辣皮子，配餐为花卷，后者放土豆，配餐为皮带面。这两种大盘鸡出现在公众视野的时间都为 20 世纪 90 年代初期，所以在大盘鸡发源地之争中双方各执一词，互不相让……随着时间的推移，最终二者分庭抗礼，各自为政，致使新疆大盘鸡按制作方法和口味分成两大派系：一派是以沙湾大盘鸡为代表的新疆大盘鸡，一派是以柴窝堡大盘鸡为代表的柴窝堡辣子鸡。至此，这两派大盘鸡大佬平分了新疆餐饮江湖的大盘市场。新疆大盘鸡又衍生出了以各种辅料搭配的大盘炖炒鸡系列，柴窝堡辣子鸡也衍生出了爆炒小公鸡……

应该说一个厨艺高超的厨师绝对有将一种食物因服务对象的不同而做细微调整的能力。这样变化多端的烹调手法也是中餐不适用于开设标准化的连锁餐饮店的主要原因，用大白话说中餐师傅这种烹调手法叫“看人下菜”。在不同区域开店则针对该区域的饮食特点做调整：面对江浙一带的食客，炒鸡时少放盐多放糖，让甜味稍出头；应付两湖、四川的食客，则多放辣椒、花椒；北方人口味重，盐不能少。如此一来也就把大盘鸡做得千变万化，风生水起。

沙湾大盘鸡、柴窝堡辣子鸡有了区分，众食客也是根据情况进行选择。分量足，汁稠味浓、有肉有面的大盘鸡适合当饭吃，三五个人点一个大盘鸡足矣，不够的话再加份面。在咱大新疆这个地方，加面是免费的，这是老辈传下来的规矩。曾经听朋友讲过这样一件关于大盘鸡加面的趣事。哥几个去外地贩运，结果失手赔了钱而囊中羞涩。正是午饭时间，哥几个进了大盘鸡店就喊：“老板，上个大盘鸡。”大盘鸡端上来，哥几个一通如狼似虎地操作后喊老板加面，加了 2 个面后，大盘里的味道寡淡了，哥几个就将桌上的油泼辣子、酱油醋加生蒜一并倒入盘中调了味，然后又唤老板加面，一连加了 8 个面后，老板苦笑着过来结账时仍不失幽默地说："鸡钱就算了，你们把面钱给一下。"现在大盘鸡店只有随鸡赠送的一份面是免费的，再加就要收费了。

干香入味、有嚼头的柴窝堡辣子鸡更适合哥几个下酒或者闲来无事消遣磨牙。不管是趁热还是放凉，柴窝堡辣子鸡的口感都不变，甚至还有那种"汤饭姓张，越热越香"的感觉。因此，出门时带一份柴窝堡辣子鸡路途中消磨，也不失为一种好选择。如果你是追求极端口味饮食风格的人，不妨要求师傅在烹制时多放点辣椒，尝一尝辣味十足、火烧火燎的辣子鸡。

路边餐馆常见这样的对子：闻香下马，知味停车。最先闻香下车的应该是司机这类常年在路上的人，都说这些人口味刁钻、难伺候。这也难怪，常年在路上走南闯北的人在吃上也是经验丰富，因此，在刁钻挑剔的背后是具有美食家一般敏感的味蕾。无论是沙湾大盘鸡还是柴窝堡辣子鸡，它们的声名远扬都离不开 312 国道，都以发达的交通为背景，这些人在大盘鸡的传播过程中起到了至关重要的作用。随着全封闭高等级公路的出现，红极一时的"马路经济"也随之而去。柴窝堡、沙湾也都成了高速公路上从车窗外一闪而过的城镇。

每一种菜肴都会随着时间的推移而有所改变，或因食材的变化而改变，或因社会环境和生活环境的变化而改变。在养殖业还未培育出 30 天就出栏的鸡时，市面上是不可能诞生出价格亲民、一炒就烂、重口味的大盘鸡的。在此之前，自然放养、生长缓慢的土鸡本身就价格不菲，没事就吃一整只鸡，除非是家里有矿。自然生长的鸡怎么做都香，哪怕是一瓢凉水、一把盐煮熟了都香。在大盘鸡出世之前，清炖鸡是饭桌上必不可少的一道菜肴。而今宴席上这道菜早已淡出人们的视线，即使有也只出现在乡野百姓私家菜谱里。如今的速成鸡用清水炖了估计没人愿意下口。选用优质食材在烹制过程中也应该最大限度地保持原汁原味，这是烹饪永远遵循的规律。在餐饮江湖中，粤菜深得此中精髓。

新疆菜肴的构成并不复杂，烹饪手段也远不及其他省市丰富。所以新疆菜肴不成体系、流派。在这样的大背景下，新疆大盘鸡的做法也不复杂。现在市面上的大盘鸡、辣子鸡，除了固化的手段，依旧是各种做法、各种用料，有炒糖色的，调味有老抽、生抽并用的，有放蚝油的。调料有八角、草果、丁香、桂皮……几乎涵盖了所有卤制品用到的调料。本着追本溯源的态度来细究，地道的新疆味大盘鸡应该是只放花椒、辣皮子和酱油醋、葱姜蒜，还有就是新疆地产的、安集海的线椒……

新疆有句老话："祖先留下的遗产，一半是给客人的。"在新疆招待朋友，即便是简单的一餐也要有鸡有鱼，这是仪式感，也是江湖规矩。新疆菜肴自然带有它环境的色彩，简单且爽快中保留着自然而然的风格。新疆菜肴的这种简单是质朴的简单，而绝不是简陋的简单，它是精心烹制过的率直坦露。在生活日益走向精致的今天，在脚步匆匆的时光中，人们更需偶尔回头，回顾一下往昔时光，招呼亲朋好友相聚，点一道鲜香浓郁、原汁原味的大盘鸡，体会一下狂放不羁、草根野性的新疆味道。

商品社会，每个人都是时间机器上一个不停运转的零件，快节奏的生活让我们已失去了耐心。我们在电梯里不停地按着关门键，我们在公交车门前争先恐后地挤，我们开车在公路上不停地变线加塞。当然，我们也失去了等待一只鸡在自然规律中慢慢长大的耐心。

最香不过羊杂碎

大概是 1992 年秋天，我在木垒县城郊碰到一个正在自家门前用柴火燎羊头、羊蹄子的老汉。等的人迟迟不来但又不能离开，百无聊赖的我就和老头喧荒。老汉佝偻着身子，80 多岁的样子，慢腾腾地翻着燎得黢黑的羊头、羊蹄子。不用问也知道，老汉拾掇的羊头、羊蹄子是别人白给的，这些羊杂碎在城市里金贵，在乡野农村却不稀罕，特别是家里摆酒席的时候，牛羊宰完一堆杂碎，谁想要谁拿。都知道这玩意儿好吃，但拾掇起来太麻烦。

能看出老汉捣鼓杂碎是个老手，他用小刀熟练地从羊蹄子两半蹄中间一剜，一坨羊毛丁就被挑了出来。一问，老汉果然说他以前是厨子。他告诉我，杂碎在过去都是穷苦人吃的。小时候家里穷，吃一次肉不容易，但杂碎便宜，一套杂碎能吃好几顿。可能是人老了孤单的缘故，我一搭话，老汉便打开了话匣子，说自己一辈子不容易，把儿女拉扯大，老了儿女却没有一个孝敬的。“哎！小伙子，你记着，年轻享福不叫福，老了享福才叫福……”

“杂碎”一词本指杂乱零碎。但在《西游记》第七十五回：“老孙保唐僧取经，从广里过，带了个折叠锅儿，进来煮杂碎吃。将你这里边的肝、肠、肚、肺，细细儿受用。”这里的杂碎就已经有了内脏总称的含义了。北方人把肉类中上不了台面的都称作杂碎。在新疆方言中，“杂碎”是个贬义词。新疆人把猪的内脏称为下水，而其他动物的内脏一并称为杂碎。猪的下水里不含头蹄，而羊杂碎会包括羊头和羊蹄这些部件。

一碗杂碎就是一个江湖。全国各地都有吃杂碎的传统，但北方人比南方人喜食杂碎，与之相比，西北地区的人对羊杂碎的情更深、爱更浓。杂碎是总称，杂碎的做法五花八门，除去烧烤中的各种杂碎，在烹调中参与菜品、饭食的杂碎也比比皆是。今天咱们不说爆肚、熘肝尖、葫芦头、卤煮，也不说风味腰花、爆羊头、胡辣羊蹄、夫妻肺片，咱今天只讲用最原始单一的手法煮食的羊杂。

陕西不愧是文化大省，一碗江湖羊杂碎也有“杂碎三汤”的说道。一副羊杂下锅煮好，连汤带水这叫原汤杂碎。先将洗好的羊杂锅里一氽，把汤倒掉，再将杂碎蒸熟切好，重新入锅添水放调料一煮，这叫清汤杂碎。新的杂碎时时不断地往一个大锅里续，一锅汤用文火常熬不换，这叫老汤杂碎。除此之外，那年冬天去丹凤县，大清早，朋友带我到县城的自由市场里美美地吃了一碗羊杂碎泡馍。

山西人也不含糊，太原人把羊杂碎叫羊杂割。在不同地区叫法不同，吃法也有不同。有以曲沃、太原、大同为代表的南、中、北三路做法。南路（曲沃）杂割讲求用水熬煮，原汁原汤，汤色乳白，其味醇香。中路（太原）杂割料全，熬煮、兑汤时均加了葱、姜、香菜，有的还加粉条、豆腐，另有一番风味。北路（大同）杂割的吃法和制法均显得粗犷，连汤带料一锅烩煮，随食随留，不拘形式，又叫乱炖杂割。

宁夏人对杂碎的烹制方法和新疆的有点类似。不过面肺子是宁夏人羊杂汤中的灵魂所在，他们在吃羊杂汤时会特别说明带面肺子羊杂。青海、甘肃羊杂类似，一碗杂碎汤、一个饼构成的羊杂汤泡馍是青海人民及甘肃部分地区人民心目中最美味的早餐。在新疆吃杂碎，你不用强调羊杂碎，你只需说杂碎。新疆人吃杂碎指的就是煮的羊杂碎，里面除了羊肝、羊肚、油肠之外，主要是面肺子和米肠子及面筋。而灌了胡萝卜、大米、羊肝的米肠子则是新疆杂碎里所特有的一物。

那个木垒老汉说的不错，杂碎本就是穷人、苦力吃的。老北京也有这个说法。按此说法，现在爱吃杂碎的人也应该是最底层的人，但事实并非如此。其实这不矛盾，饮食也是随着时间推移、社会变化而变化，随着生活条件改变而改变的。这就好比过去穷苦人用以果腹的野菜，现在都成了菜肴中价格不菲的养生菜了。

对于杂碎，不同区域有不同吃法，但总体来讲，新疆羊杂碎是只卖杂碎不卖汤的。煮羊杂碎的锅大都有个箅子，羊杂碎有先熟后熟的，熟一样捞一样，捞起就放在置于锅口边沿的箅子上让热气哈着。也有将燎过毛洗净后的羊头、羊蹄一并入锅的。待所有物件都熟了，买卖也就开张了。面肺子多些，清肺子少点，米肠子少些，油肠子多些，面筋少来点……按照食客的要求，一碗杂碎切好，回锅一焯，连汤带水盛进碗里，佐以香葱、孜然、辣椒面，也有的地区少了孜然多了蒜泥。有爱喝杂碎汤的人，老板会从箅子下面给你舀，喝多少管够，而且免费。

伊犁的杂碎讲究面肺子和米肠子的工艺。奇台的杂碎，羊肝、羊肚、面肺子、米肠子，一样都不能少，调料用孜然粉、辣椒面，再配上皮芽子。博尔塔拉蒙古自治州以及部分靠近牧区的地方，杂碎没有米肠子、面肺子参与，是名副其实、货真价实、味道浓烈的杂碎，因为他们有充足的原料，他们更讲究主料扎实，原汁原味。

巴里坤县城向北 15 公里就到大河镇，这里是我在疆内吃到的唯一由汉人做的杂碎，其味道丝毫不输少数民族做的。大河镇的羊头、羊蹄是将收拾好的羊头、羊蹄放入不加任何调料的老汤内大火煮开、小火炖烂，出锅后也只是蘸点盐、就点葱或者皮芽子就开吃，原汁原味，味道特别香。

查阅过许多资料，也曾咨询过加工出售杂碎的业内人士，想了解米肠子、面肺子的起源，大多都只是说两三代相传的手艺，均不知道米肠子和面肺子的由来。这也难怪，对于操此行业的人而言，这只是一门安身立命讨生活的手艺，谁还关心它的历史。网上更有词条显示：米肠子、面肺子的出处在伊犁，其历史不过三四十年。这个说法实在荒唐，即使在今天，你随便找个老新疆人打听一下，它的历史也远远不止三四十年。《奇台文史》中记载，五六十年前，县城有个绰号叫“黄胡子”的维吾尔族人做的杂碎是县城一绝，他的秘诀是用老汤将杂碎焖煮。顺着这个线索我打听到他的后代至今仍然生活在县城，于是我就继续托人打听，想知道他父亲煮杂碎的手艺是哪里来的，得到的答案是爷爷辈在吐鲁番学的。

据宋代《梦粱录》记载，当时的市食中就有香辣灌肺，也就是说早在南宋时期的杭州就曾有人将羊肺做成灌肺在市面上出售，很受当时人们的欢迎。而《武林旧事》则记载有香药灌肺。稍晚的元代《居家必用事类全集》中说得很清楚：“羊肺带心一具，洗干净如玉叶。用生姜六两，取自然汁，如无，以干姜代之；麻泥（芝麻酱）、杏仁（杏仁泥）共一盏；白面三两、豆粉二两、熟油二两，一处拌匀，入盐、肉汁，看肺大小用之，灌满煮熟。”用这么多配料及调味品和着面粉、豆粉灌入洗干净的羊肺里，煮熟后切块取食，味道自然非常可口。这些都应该算是有关面肺子的最早的文字记载，充分证明了面肺子制作由来已久。

新疆属于多民族聚居区，历来与中原地区交往密切，政治、经济、文化都有着千丝万缕的联系。新疆盛产牛羊，以牛羊肉为原料的小吃名类繁多自不待言，就是以羊的内脏为原料烹制出鲜香异常的美味也是顺理成章的事。

各民族都有关于杂碎的习俗。维吾尔族人擅长做米肠子，哈萨克族和柯尔克孜族都是以羊头待客最显尊敬。订婚和婚礼仪式，柯尔克孜族人会将羊尾油和羊肝切片配以酸奶递给亲家享用，名为“白夹黑”。此外，柯尔克孜族人还有用牛奶灌羊肺做牛奶肺的传统。哈萨克族人吃羊头最有仪式感。主人将煮好的羊头敬给在座年纪最长或有名望的、最尊贵的客人。客人一手托羊头，一手持刀，先削下羊面颊上的几片肉，分给身边的年长者和次尊贵的客人，企望他们广受欢迎，更有脸面；然后削下羊耳朵给儿童，企望孩子在成长中多听大人的话；再削下一片羊上颚给在座的小辈，企望男孩子长大后能说会道，女孩子长大后有百灵鸟般的歌喉；最后把羊头递还给主人。主人再请旁人将羊头骨打开，将羊脑取出盛在小盘里给最尊贵的客人享用之后，大家共同分享。

新疆羊杂的制作和其他地区最大的区别就体现在面肺子和米肠子上。做面肺子首先要选一套健康的羊肺，将羊肺用清水灌洗数十次，直到把粉红色的肺子洗得发白，然后将羊小肚套在肺的气管上用线缝合，准备往里灌面糊。这面糊是由事先和好的面团在清水中使劲揉洗，洗出面筋，等到面水沉淀后，倒掉大部分水，加入植物油、盐、孜然粉，再搅拌成面浆灌入肺中煮熟。米肠子的做法是用清水将羊肠翻洗干净备用。将羊肝、羊心和少量肠油切成小粒，胡萝卜切丝，然后加适量胡椒粉、孜然粉、精盐与洗净的大米和植物油，用开水拌成馅灌入羊肠，两头用线绳扎紧。煮时要不断地用细铁扦扎遍肠子，使肠衣透气，避免胀破。剩下就是由灌面肺而连带出的副产品面筋了。将面筋摊开撒上辣椒面再卷起，随洗净的头蹄、肚肝一并入锅，大火滚开，小火慢炖。

因地域的特点以及历史原因，很难将新疆的杂碎分成流派或者顺理成章地弄成陕西人细致的杂碎三汤，也梳理不成山西人特色鲜明的南、北、中三路风格。新疆杂碎行业多是你吹你的米肠子，我灌我的面肺子，你若敢叫“杂碎大王”，那我就是“天下第一香”。单从主料方面来讲，新疆的杂碎有这样的规律可循：杂碎金贵的地方，羊头、羊蹄是单卖的；杂碎里没有羊肝的地方，烤羊肉串生意好；杂碎中没有羊肚，说明此地餐厅多；杂碎里只有米肠子和面肺子，说明此地外来人口多。你品，你从小吃中、从一碗杂碎里仔细品。

如果按高配的标准来要求，新疆名副其实的羊杂碎在做法上应该是最大限度地保持原汁原味，除了盐不放任何调料。在内容上应该由羊头、羊蹄、米肠子、油肠、面肺子、清肺子、羊肚、羊肝、面筋组成。在这里要强调一下，面肺子和米肠子不能占比例太多，占的太多有米面卖肉价的嫌疑。在吃法上应该是将以上食材称重切好，然后回一下锅，再拌入辣椒面、孜然、皮芽子或香葱等。

现在吃杂碎的人少了。有资料说，动物内脏中含有较高的胆固醇，吃多了会危害身体健康。的确，现在生活条件好了，食物种类丰富而充足，已经不需要靠杂碎来解馋了。但明知山有虎，偏向虎山行，喜好羊杂碎的仍大有人在。明知影响健康、危害身体，却力排众议，“吃”心不改，仍然好一口杂碎的，大多都是老牌吃货。他们深深地明白一个道理，但凡是吃得舒坦、吃得过瘾的食物大都是影响身体健康的垃圾食品。满口肉的寻常滋味已经无法满足他们挑剔的味蕾。因此，没有什么食物能比来一碗地道的、味道浓烈的羊杂碎更为过瘾了。喜食肉的人大都会将终极目标锁定在杂碎上，不仅仅是新疆，放眼全国概莫能外。

人的一生，到哪个阶段就做哪个阶段该做的事。一日三餐也是如此，到哪个钟点吃哪种食物。比如早晨的牛肉面汤浓面香，中午一过不吃凉皮凉面，因为汤汁越兑越淡，调料一经挥发就没那个鲜香的味道了。而新疆的杂碎，是只有在黄昏才能吃到的美味。

一辆手推车，一盏昏黄的煤油灯，就是一个热气腾腾、飘着羊杂特殊香气的杂碎摊子。在过去的很长一段时间里，黄昏的街市、巷道、转角处，随处可见这样的杂碎摊点。大家不管是否相识，都随意率性地围坐在手推车周围，这个说切一份杂碎，面肺子多些，清肺子少点，不要油肠；那个让肝子多来点，面筋少点，孜然、辣椒多些……而在这样的氛围中，羊杂碎的味道似乎也变得愈发浓烈。路边人来车往，这些都不影响一个人因一份杂碎而获得的愉悦，此番场景一直延续到天黑，黑到曲终人散，远远地望去，街角处仍有一团昏黄的灯光。

我说的此番场景是多年以前新疆各地街头巷尾常见的景象。杂碎本来就是街边小吃，带有浓重的草根烙印。如今，高楼林立、车水马龙的城市里早已不见卖杂碎的手推车，零零星星分布在城市角落里的杂碎店安慰着为数不多的老食客。偶尔光临一家宁夏人开的杂碎店，寒暄之中谈及现在杂碎的行情，老板说："一方面是现在的人生活好了，吃杂碎的人少了；另一方面是没多少人愿意干这臭气熏天翻肠子、倒肚子的营生了。"和他寒暄的时候，忽而我就想起了多年前在木垒郊区拾掇杂碎的那个老汉。老汉说过，厨行这个营生不好干，有道是"人上的裁缝，人下的厨"。老汉带着他对子女的抱怨早已经过世了吧。

消失的生烧肉

传统的新疆菜肴所用的作料较少，常用的只是花椒、胡椒、姜粉。味道独特的孜然是新疆菜肴标志性的一味作料，只要是它参与的菜品一般都会在菜名前面冠以“风味”二字，比如风味羊肉、风味羊腿、风味羊腰、风味羊排等，这“风味”二字即为“新疆风味”的省略。所以，哪怕你是对新疆菜肴一窍不通的异乡人，如果你想品味新疆味道，看见带“风味”二字的菜名只管点。

在新疆旧式宴席中，过油肉、生烧肉、酸辣里脊等都是宴席中的主打菜肴。除却那些从其他地区照单搬来没有改动或者改动很小的菜肴，新疆本土菜肴品种真的不多。这也是新疆只有小吃、没有菜肴这种说法的缘由。

正所谓“食无定味，适口者珍”。将烤羊肉串以菜肴的形式端上席面也是近几十年的事。在过去，新疆的宴席上是没有炒烤肉这道菜的，有一道类似的菜肴叫生烧肉。

相信城市中成长起来的新一代对生烧肉这道菜很陌生，也有夹在两代人之间的对生烧肉似曾相识，甚至是把炒烤肉和生烧肉混为一谈。但这道菜对于上了年岁的老新疆人来说一定记忆深刻。过去它可是一道能上得了台面的馆子菜。在很长一段时间里，它一直是新疆宴席上除了过油肉之外的另一道重要菜肴。近在乌鲁木齐的鸿春园、百花村，远到全疆各地州城乡的席面上，都有它的一席之地。可不要小瞧了生烧肉这道菜，它甚至出现在国家领导人招待外宾的国宴上。

生烧肉和炒烤肉的大众做法主料都是牛肉或羊肉，作料也都是辣椒面、孜然、盐，只是生烧肉的做法考究些。这里整理了一种传统生烧肉的做法分享给大家：羊后腿肉（略带脂肪）切成斜方条，将水一点点打入切好的肉内，将蛋液、水淀粉放入肉中抓拌均匀。油温七成热时放入肉过油，注意将肉划散，适时沥出。油温继续烧至八成热将肉复炸沥出。锅内放辣椒面小火炒香，放入炸好的肉，加入盐、孜然翻炒出锅。此菜极具地方色彩，肉形饱满，鲜亮色黄，外酥里嫩，浓郁芳香。

相比生烧肉的做法，炒烤肉要简单得多。将牛羊肉（稍微肥一些）切成略厚的片（口感好），热锅凉油，油温八成热放入肉煸炒，注意放作料的顺序，先放盐，再放辣椒面，等快出锅时再放孜然。这是炒烤肉的基本做法。然而再简单的菜肴也有秘诀。话说一厨师的韭菜鸡蛋拌面做得特别好，同样的材料、相同的锅灶，徒弟炒的却没有卖相且味道差，韭菜不是没断生就是叶子炒枯黄了。徒弟屡试不得要领。最后师傅告诉他，炒韭菜时先下韭菜根部翻炒，然后再放韭菜叶子，如此这般韭菜根部和叶子一起熟才能保持韭菜的颜色和鲜嫩。经师傅这一点拨，徒弟果然炒出了色香味美的韭菜鸡蛋。

做风味类的菜肴一定要记住孜然是最后放的，因为孜然富含的挥发性油脂在高温下会被分解，从而弱化孜然的香气。而炒烤肉的秘诀是用羊自己的油炒自己的肉。直接下肥肉稍微炒出一点油再放瘦肉炒，断生后放辣椒面炒出颜色和香味，临出锅前放孜然。如此这般烹制的炒烤肉才是地地道道的新疆风味。

单从字义分析，生烧肉即用生肉直接加工而成的菜肴。查了一下这道菜品的名称，其他地区也有此菜名，但做法和新疆的生烧肉大相径庭。私下里也问过不少内行及通晓新疆习俗的老人，均没有得到想要的答案。但得知过去新疆宴席上有一道叫熟烧肉的菜肴，并几经周折得到了熟烧肉的制作方法：羊肉冷水下锅，大火滚开撇去浮沫，煮至断生捞出放凉，然后切成筷子般厚的大片。打一鸡蛋搅匀，将蛋液均匀裹在肉片上。油温烧至八成热将肉片放入锅中炸至金黄起泡，捞出后切块码放入盘撒以椒盐。这个烹制手法和我们现在所谓的椒盐羊排之类的菜肴很相似。

由此不难看出，熟烧肉是先将肉煮熟再过油。与熟烧肉相比较，生烧肉不就是直接用生肉加工而成的嘛，也许这道菜的菜名是针对熟烧肉的做法起的。而对比一下同一时期、同一席面上共同出现的其他过油的菜肴，如过油肉、酸辣里脊、浇汁夹沙、红烧丸子等，生烧肉是没有炒或者炖这个环节的，因此，生烧这个菜名也算是名副其实吧。

今天，生烧肉这道菜对许多人来讲是陌生的，但它却有着非同寻常的经历。20 世纪 70 年代初，国家领导人在北京宴请外宾，其中有一道菜深受外宾喜爱，希望能见一下烹制这道菜的厨师。国家领导人随即叫现场工作人员将这名厨师从后堂请出来。此厨师是新疆的大厨，曾多次荣获国内烹饪大奖。领导人表扬他这道菜做得好并询问这道菜的菜名。大厨回答：“生烧肉。”领导人听了之后说：“就这么简单？”厨师想了想又说：“带泡生烧肉。”

讲这段故事的是这位新疆大厨的同行，他们都曾是疆内技艺超群的厨师，是为新疆烹饪做出过贡献的前辈。这位退居二线、站在讲台上传道授业的厨行前辈讲这个故事时是结合新疆餐饮文化讲的，他说："生烧肉是新疆菜肴中非常出色的一道菜，只是没有一个与其相衬、画龙点睛的名字，否则这道菜一定会在新疆菜肴乃至中华菜肴中占有一席之地。"其实这也是新疆菜肴的软肋。新疆菜肴有特色，但大多没有一个好听的名字。

我们把话题拉回到生烧肉本身。那位厨师回答国家领导人时说的带泡生烧肉是普通生烧肉的升级版。就如同糖洋芋和拔丝洋芋这两道菜肴，做法雷同，但糖洋芋又多了道工序。带泡生烧肉在喂料时蛋液要抽打搅拌出气泡并加入一定比例的面粉，在火候、油温上更是有严格要求。此菜完成装盘时色泽金黄，肉片布满气泡，口感上更加酥脆。

食不厌精，如此这般有来头的一道菜怎么就这么消失了，被做法简单的炒烤肉取代了？就菜名来讲，炒烤肉更口语化、更直白。但炒和烤是截然不同的两种烹饪手法，既然炒了，烤又从何而来？可以说炒烤肉从原料到菜名都没有什么讲究，除了作料基本固定为盐、辣椒面、孜然外，在色、香、味、形上都没个准谱，厨师发挥的余地很大，百家有百家的做法。有的做法是生烧肉简配版，打水加蛋液，有的只是勾淀粉。在此基础上又加各种辅料，最常见的是加皮芽子撑盘子。加馕块叫馕炒烤肉，将炒好的烤肉铺在凉面上叫黄面卡瓦普。

上了年纪的人是否还记得计划经济年代下馆子的那些事。"那个年代，能下馆子点菜的许多都是行家里手，不好伺候。因此，上灶的大厨们时刻铆着一股劲儿。事实上那个年代各行各业都铆着一股劲儿，一股认真踏实的劲儿。客观上，食客的挑剔也促成了厨师厨艺上的精益求精。"不敢说那个年代的厨师比现在的厨师手艺高，但那个年代的饮食服务行业规范比现在严格得多，什么样的菜品则必须达到什么样的要求，那是有标准的。这里有个传承有序和严格学习的过程，大厨大都是功底深厚、恪尽职守的手艺人，他们更懂得厨艺这个安身立命的本领在生活中存在的意义。它不仅仅是赚钱生存的一项技能，也是做人做事的操守。

随着时代的变迁、生活环境的改变，消失的菜肴小吃很多，这都不足为奇，推陈出新是自然选择。比如过去老新疆人喜爱的氽汤肉，如今早已不见踪影。氽汤肉属于汤菜，选新鲜羊肉的肥膘做的。在肚子缺油水的年月里，进了菜馆饭庄子，谁不渴望来一碗连汤带肉、价廉物美、漂着油疙瘩的氽汤肉滋润一下肠胃，感受一把荤腥给味蕾带来的愉悦？而今众多食客看见油脂就避让三分。因此，氽汤肉的消失或者被取代是必然的。

生烧肉原料简单普通，但做法很烦琐，对烹饪技能要求也比较高，在价格上就很难定位。这道菜食材、原料简单，只有里脊肉和鸡蛋、淀粉，但做这道菜对原料上浆很讲究，其间大火转小火、小火转大火要多次转换，对火候的要求也非常高，还要考量厨师的勺功。大翻勺的功夫不到家，这道菜就做不出样子。做这道菜很耗时，一般来讲，做这一道菜所下的功夫都能出其他菜品三四道了，你说这道菜的价位怎么定？定高吧，客人不买账，就是里脊和鸡蛋，你卖这么高；定低了，饭店就会觉得费这么大劲儿还不挣钱，不划算。类似这种高不成低不就、两头儿不讨好的菜肴，好多菜馆就不爱做了，慢慢地就消失了。

近几十年，我们的生活发生了翻天覆地的变化，包括饮食。生烧肉被炒烤肉取代的缘由其中很重要的一点就是在传承环节上。厨师的技艺和食客的口味是相辅相成的，大量外来人口进入新疆，他们对炒烤肉和生烧肉的区别是没有概念的。一个学艺不精的厨师炒出的生烧肉在口感上和炒烤肉区别不大，这细微的区别若不是行家里手根本就无法察觉。实际上，许多事物的高级和普通差别并不明显，就是那么细微的区别，你费心尽力地弄出来的生烧肉，和炒烤肉一样的味道，那还不如直接炒烤肉省事。只要是新疆人几乎没有不会炒烤肉的，所以炒烤肉的普及和它受众面广也有很大的关系。

如果某一天你走进一家新疆餐馆，感觉老板是地道的新疆人，而且老派的新疆菜肴炒得好，你不妨用老新疆话对老板说："掌柜子，来个真正的生烧肉。"当老板端来一盘色泽棕红，尤其是表面起泡、外脆里嫩的生烧肉时，你要做两件事：一是请你一定告诉我它的坐标，二是一定要敬老板和大厨一杯。在我看来，这绝对是一种"落日见秋草，暮年逢故人"的感觉。

手抓肉 豪情

对于新疆人来讲，特别是作为一个新疆男人，你可以不会炒菜做饭，甚至是连最简单的西红柿炒鸡蛋都不会，但你得会煮手抓肉。不然的话，不要说朋友了，就连你的爱人都瞧不起你。如果你不懂得羊，不会煮羊肉，那么许多场合你都少了谈资，少了与人交流的渠道。甚至可以这样说，你不懂羊就不是一个合格的新疆男人。

对于羊，新疆男人总有聊不完的话题，对羊的认知见解也各不相同。道行浅的争个脸红脖子粗，道行深的则不多费口舌，一副话不投机半句多的样子。若在关于羊的各方面三观相近，见解相同，则你是我的好兄弟，钟子期遇到了俞伯牙。来来来，酒斟满，我们高山流水，不醉不归。如此说来，在新疆，在牧区，羊已不仅仅是美食，它是男人的成人礼，甚至上升到人生信仰这一精神层面。

手抓肉是新疆人的叫法，内蒙古人称为手把肉，宁夏、青海省去“肉”字，只称手抓。手抓肉是羊肉最简单、原始的烹食手法，同时也是学习烹煮各类肉食的基础，如果你煮不好手抓肉，那么其他炖煮类型的菜品你也不擅长，比如红烧类、风味类、黄焖类，以及由手抓肉、清炖肉衍生出的各种缸子肉、盆盆肉……这里讲的会煮手抓肉有两个标准：一是能做熟，将就着能吃；二是煮得好，同样的食材拿过来，你就是比别人煮得好吃。

通晓烹饪的人大多都知道，越是优质、新鲜的食材，烹饪手段越是简单，因为要最大限度地保留优质食材原本的味道。上好、新鲜的海鲜河鲜一般都是清蒸，优质的肉类也不外乎水煮、清炖。粤菜中的广式蒸鱼、川菜中的蒜泥白肉、京菜中的白水煮肉等，大致都是遵从这个烹饪理念来制作的菜肴。

手抓肉和清炖肉基本做法相同，若非要找个不同，那就是手抓肉属于大碗喝酒、大块吃肉的乡村草原，属于草莽江湖；而清炖肉属于城里，属于精工细作、精打细算的小锅小灶，隐于市井之中。手抓肉讲究整只羊卸成大块凉水入锅，大火滚开撇去血沫，再用文火慢煮，并不停地扬汤止沸。扬汤止沸是个耐心活，将锅内边缘聚集的油汤水舀起来浇在露出汤锅的肉上，如此反反复复，不厌其烦，据说此手法能让羊的油脂进入肉质中，使肉质变得鲜美，所以说，“扬汤”还不仅仅是为了“止沸”。大块肉煮熟捞出后刀削手撕，蘸着盐、就着皮芽子吃。因此，手抓肉从烹煮到吃法上更原始，更适合多人聚餐的场合。

清炖肉则是城里的吃法。将肉切块剁小，大火滚开撇去血沫，然后转小火轻炖慢煮。若是选择高压锅，上气压炖 15 分钟即可，肉烂后根据个人喜好调味并放入各种辅料。

做一锅香喷喷的手抓肉首先要选对羊，食材选对了就等于成功了一半。一般来讲，水草丰茂的美景中长大的羊都是水膘肉，水膘肉虚，味道也不好。羊以戈壁滩放养、吃盐碱地里荒漠植物的羊为好，此类羊为草膘肉，其肉质鲜美，没有腥膻味。新疆荒漠覆盖地区多，尤其东疆和北疆区域，几乎每一地的牧区都有盐碱地，比如伊吾盐池及巴里坤的羊肉就在东疆广有名气。以品种大类区分，细毛羊也就是小尾寒羊，比粗毛羊的肉质鲜美。以地域划分，南疆羊肉普遍比北疆羊肉好吃。从宏观上分，荒漠戈壁放养的羊应该以南疆麦盖提县的刀郎羊和喀什地区的巴尔楚克羊为代表。此外，塔城的巴什拜羊也值得一提。巴什拜羊为民国时期的巴什拜（塔城地区第一任行署专员）家族以本地羊和野羊杂交培育的品种，肉质鲜嫩是其主要特点，巴什拜羔羊更适合爆炒出美味。

亲不亲故乡人，美不美家乡水。在地域辽阔的新疆，几乎各地都有当地引以为豪的羊肉。你说巴楚、麦盖提的羊肉好，于田人肯定不服；你说木垒、巴里坤羊肉好，青河、富蕴人肯定不愿意。这是围绕着羊肉窝里斗。出了新疆，内蒙古人说他们鄂尔多斯的羊肉好，宁夏人说我们宁夏的滩羊肉尝一哈，甘肃人说我们靖远羊羔肉味道不一般，青海人说我们海西的羊肉味道美……这时候全新疆的人肯定是一撇嘴，异口同声地说你们吃过好羊肉吗?

在家畜年龄方面，新疆人有避讳，一般不直称家畜几岁，而是用齿代替，一齿为一岁，4 岁之后的成年羊叫老满口。所以对熟悉牲口的人别撒谎，人家掰开牲口的牙齿一看就什么都明白了。那年在巴音布鲁克草原，我们买了 8 匹马，城市的人不会放牧，就在当地雇了牧民。有经验的牧民挨个将马嘴掰开看了看马的牙口说：“你们不懂马，花了年轻马的价钱买来的却都是些马爷爷、马奶奶。”野外生活条件差，经常干馕就咸菜凑合着吃饭。我吃完后又开始牙痛，连累半个脑袋都痛。草原上没有医生，就是有也是自学成才的兽医，看牲口都是好手，看人却不行，于是便捂着腮帮子下山去镇上看牙。

小镇的诊所里，穿白大褂、戴白帽口罩的老医生以及充满酒精和消毒液味道的环境让我感到踏实。老医生问明缘由就让我坐下，他边用一个冰凉的、有酒精味道的不锈钢条扒拉着我的牙边说：“你年龄不大嘛。”听闻此言，我一边摇晃着头挣扎着，一边龇着牙含混地说：“您该不会也是兽医出身吧？”

作为普通的食客，一般都认为没有结过婚的羊娃子肉好吃。但在资深的老吃货这里，是根据羊的吃法而选择羊的岁数的。做烧烤类及一般口味的手抓肉以当年的春羔到二齿羊为好，这个年龄段的羊肉细嫩。以羊羔肉为食材做手抓肉要掌握火候，大火煮沸，待血沫撇净后再煮几分钟即可开吃。此乃开锅肉，肉味鲜甜，缺陷是羊肉的味道略显不足。骨灰级的老食客更喜欢吃肉味浓郁、能量爆棚的老满口羊。

深秋初冬是吃羊肉的黄金季节，此时的羊膘肥体壮。这个季节也是因饲料紧缺或者家畜自身体质挨不过漫长冬季的原因，有大量家畜上市。因此，这些羊就被称之为淘汰羊。这也许是生物链的暗合，寒冬即将到来的季节，人也需要补充大量的养分和热量迎接寒冬的到来。

这个季节也是吃山羊最好的季节。南疆人把山羊叫艾希盖，北疆这边称其为驹里。北疆这边到了这个季节有吃冰碴儿驹里的习俗。“冰碴儿驹里”，顾名思义，意为结薄冰时吃的山羊，这个时节的山羊最美味。据老辈人讲，在包产到户的年月里，冰碴儿驹里都是给机耕队开铁牛的师傅准备的，自家人根本舍不得吃。铁锅当院支开，当年的小驹里下锅，只要机耕队开铁牛的师傅吃得舒坦，你那一亩三分地准保翻得又密又深。

新疆各族人民都喜爱手抓肉和清炖肉，这其中以哈萨克族制作的手抓肉最为有名。手抓肉也是哈萨克族人最隆重的待客之礼。哈萨克族传统煮肉是将羊分割成12块，讲究用刀从关节处分割羊肉，全程忌用锯子或者斧子砍。据说砍破或者砍断的骨头会形成一种骨碴儿味，这种味道会影响肉和汤的醇香。这是草原民族对羊的理解，这种深入骨血的理解是农耕民族所不能理解的，你无法从一碗骨头汤里尝出骨碴儿的味道，也或许根本就没有什么骨碴儿味，所谓的骨碴儿不过是传统习惯的由头。同样，农民说新麦收了先不磨，等放一年后再磨成面粉味道会更好，而不种地、不磨面的人又怎么能体会到新麦和放置一年的麦子在口感上存在的细微差别呢?

哈萨克族人煮肉看似简单，简单到只是一锅清水加一把盐，其实他们的讲究比较多，这一点颇有大道至简的意味。将羊肉凉水入锅，水的多少以不没过肉为好。内行都知道，汤多肉不香。当年的羊羔肉煮熟了会膨胀，因为小羊肉质松，老羊肉则会紧缩。大火烧开，撇去血沫。血沫一定要撇干净，不然膻腥味大，而且汤色浑浊。血沫撇干净转小火，慢火煮成的羊肉既烂又带着嚼劲。如果羊好，煮出的肉汤汤色白，羊不好则汤色深。煮手抓肉放的盐，有讲究的用土盐，说土盐煮的肉香。放多少不要考虑肉，而是尝汤的咸淡，因为后面进食羊肉时会专门化一碗盐水浇在肉上面。煮手抓肉的要点就是小火慢炖，基本需要一个半小时左右。羊肉在煮的过程中油脂会分解，所以在煮的过程中要把肉上下翻动一下，原则上是大块在下、小块在上。随着慢火滚开，煮肉的人就不停地将聚集在锅边的油脂舀起又浇在肉上。

草原牧区部分地区的哈萨克族人煮手抓肉是将头蹄、杂碎和羊肉一锅煮的，肉中带着杂碎味，对于习惯的人来讲，这是特殊的香气，而不习惯的人则反感如此重口味。如果待客，哈萨克族人吃手抓肉是很有仪式感的。肉出锅了，客人围坐成一个圆圈分食。接待长辈、年轻人、女婿、儿媳等不同身份的人，所递上的羊肉也不同。

和羊肉一并端上桌的是解油腻的皮芽子，皮芽子最好一刀切两半，不能切太碎，太碎了没口感。也有将皮芽子切丁撒盐，用少许肉汤一冲然后浇在盛盘的肉上的。一般来讲，削肉的人应该是主人或者年长的人。削肉看似轻松，其实是件累人的活儿，它考验你的腰力和臂力。一般削肉从肋条开始，讲究一刀下去尽量连肥带瘦。吃完肉再来一碗热腾腾的羊肉汤是最惬意的事。一般情况下，捞完肉的肉汤中还要下面，这种肉汤里下的面叫纳仁。纳仁是新疆游牧民族的面食，它是手抓肉、熏马肉、风干肉等一系列大块煮肉、大碗喝汤而衍生的饭食。纳仁的基础做法是：手抓肉或者清炖肉煮熟捞出后，用原汁煮面片或者面条，捞出盛在盘子里，再把先前煮好的肉切小放在面上，加些皮芽子，就叫纳仁。也就是说，纳仁是用肉汤煮的，如果是用水煮，那就只能叫面片或者面条。吃完纳仁，才预示着这顿手抓肉画上了完美的句号。

手抓肉讲到这里基本也就该收尾了，但关于草原牧民和手抓肉总觉得还想说点什么。就用一个多年前写的短文与大家一起分享吧，或许大家能从中感受到手抓肉以及手抓肉之外的东西。

话说有一起吃馕长大的两兄弟，弟弟学习成绩优异，早早考学离开了草原，而哥哥依旧在草原上延续着古老而传统的游牧生活。多年后，在外漂泊的弟弟回到草原看哥哥。哥哥宰了羊，煮了手抓肉招待弟弟。吃饭的时候，见多识广的弟弟就给哥哥讲这些年在外面的经历。说到吃，弟弟说："我吃遍了天上飞的、地上跑的、水里游的各种美食。省城的羊肉实在是和咱山里的没法比。"哥哥说："那当然，省城的羊都是圈在一起喂饲料育肥的，哪像咱草原上到处走、到处吃草的羊。"弟弟告诉哥哥，大饭店里的海鲜好吃，那螃蟹很大，弟弟用双手比画出一个碗口大小的圆。还有龙虾，那虾很长，弟弟两手比画出的长度有一根黄瓜那么长。听弟弟这么一说一比画，哥哥停下了手中正在削肉的小刀问："那东西好吃吗？""好吃，味道很鲜。"弟弟连声说道。"到底有多好吃？"哥哥不明白，又问。弟弟说："非常好吃。"然后又形容了半天。哥哥听了半天也没明白到底是怎么个好吃法，因为弟弟形容的那些滋味他都没吃过。见哥哥还是一脸茫然，弟弟最后一拍脑门说：“嗨！反正比手抓肉好吃。”这下哥哥明白了，像是自言自语，又像是若有所思：“比手抓肉还好吃，那是真好吃。”说罢，他就削了一片肉递给弟弟，接着说：“城里的羊肉我不是没吃过，不管怎样做，我还是觉得手抓肉好吃。”说罢，他给自己削了一块肉填进了嘴里。

十全大补的抓饭

抓饭是新疆餐饮一张响亮的名片。色泽亮丽、咸鲜适口的抓饭，味道及营养都是诸多饭菜合一类食物中的经典。如此完美的一道美食，自然不属于新疆独有。有资料显示，抓饭是中亚、西亚地区及许多国家都青睐的饭食。据联合国教科文组织消息，塔吉克斯坦与乌兹别克斯坦的抓饭及其相关文化都被列入世界非物质文化遗产名录。

如此国际范儿的抓饭也属于大道至简的一类。它的做法不复杂，所用食材平常而简单，只需大米、清油、胡萝卜和羊肉、皮芽子即可。如果条件受限制，甚至还可以省略成大米、胡萝卜以及清油。在新疆，吃抓饭在各民族的庆典和重要仪式中是一项重要的内容，是待客必备食物之一。同时，抓饭这种饭食也适合大型聚会，它省去了布置、清洗大量碗筷的工作。还有一点就是众口难调，吃抓饭也是求大同存小异，同甘共苦，共吃一锅饭的精神象征。

抓饭的制作相对较简单，从顺序上讲，先将胡萝卜切成小拇指般长短粗细的长条，锅中放入植物油及动物油脂，将皮芽子条炸黄后挑出，将肉块放入锅中炒至表面金黄，然后放入胡萝卜，炒至蔫软时加水，水沸时放入淘洗好的大米，根据实际情况加盖焖40—60分钟。由此不难看出，制作抓饭并不复杂。

在新疆，你要问专业的厨师抓饭怎么做，得到的答案一定是不一样的。传统的老师傅说，做抓饭第一步要先炸油。炸油就是锅里放底油，油温升高后连续不断地往油锅里淋盐水。这样淋了盐水的油炒出的羊肉肉质不紧缩，而且盐分能充分吸收到肉中。估计新疆人都见过做抓饭的厨师不厌其烦地一遍又一遍重复往大锅里淋盐水这个细节：一把一把地从水盆里捞盐水，然后迅速往锅里弹一下，随着“滋啦”一声，锅内就升腾起一团水雾，随即又是“滋啦”一声，如此反复多次。我曾多次询问过做抓饭的高手往锅里淋盐水的目的，得到的答案综合起来是给油降温，让盐分能充分吸收到肉里。我心想锅里直接放盐不也能让肉吸收嘛，你往热油锅里淋盐水，油点子溅得到处都是。后来在南疆的巴扎上看到当地老乡卖土疙瘩一般的土盐时，我忽然就想明白了。以前没有精加工的细盐，新疆人吃的都是颗粒状的土盐，因此，烹调时用的都是化开的盐水。还有一个原因就是以前吃的都是传统方法压榨的植物油，使用这样的植物油必须把油烧熟，不然做出的饭食就会有股生油味，而烧开的油油温太高，不适合做抓饭，所以就要给油降温，往沸油锅里淋盐水，既给油降了温，又解了疙瘩盐溶化慢的缺陷。

即使到了现在有了深加工过的精细盐，有了精细加工不用烧开的植物油，许多厨师在做抓饭时仍然坚持炸油、炝油这道工序，这里面有手艺人固守老传统的思维，有厨师为了保持抓饭传统味道而依然沿用传统压榨植物油的坚持。更多的人选择牺牲一点细微的味觉上的变化，放弃这个烦琐的环节而接受新技术，何况吃色拉油长大的新生代似乎也感觉不到传统压榨植物油与色拉油之间的细微差别。抓饭也是新疆人日常的主要饭食之一。因此，做抓饭不仅是厨师的本领，也是家庭主妇、煮夫们必备的一项生活技能。

关于大米，有人说大米最起码要泡 2 个小时，这样说的厨师都是经常做大锅抓饭的师傅。浸泡了 2 个小时的大米在焖抓饭时已经吃饱了水分，基本不吃水了，所以只需要放少许水即可。还有厨师说，泡大米不能超过 20 分钟，超过了这个时间做出的抓饭米就会开花，变得不筋道，这样做抓饭的厨师一般都是按照焖米饭的水量添水。

有关焖煮抓饭的程序，有人说米进了锅要大火烧开，等抓饭冒泡了就在米上捣些气眼，让热气从一个个窟窿眼里冒出来；有人说米进了锅大火催开，然后改小火盖锅盖，锅盖周围要围严实，防止走风漏气；有人说放了大米之后千万不要立刻盖锅盖，要一直不停地翻，翻到没有水汽了将米抹平扣几个盘子就成。综合各路高手的意见，相同点或者要点是：米进了锅一定要在最短时间里大火烧开，烧开时间的延迟会影响抓饭的口感，最明显的一点就是大米会变得绵软不筋道。

好抓饭是怎样的标准呢？首先从外观来看，抓饭色泽油亮金黄，萝卜红黄搭配、条形完整，米粒晶莹松散。从口感上讲，抓饭入口油而不腻、软硬适度，肉肥瘦搭配、入口即化。当然，这个标准分区域是有变化的。在过去，南疆抓饭只放黄萝卜，黄萝卜味道偏甜，相对软糯，和田、喀什地区还有放木瓜的习惯。北疆抓饭黄萝卜、红萝卜各占一半，讲究米要一粒一粒的，松散筋道。个人感觉北疆抓饭似乎受众面更广，更有代表性。随着社会的发展和交通改善，南北疆之间饮食的差别也越来越小，现在已经没太大的区别了，但仔细品味甄别，多少还能品出一点蛛丝马迹。

在新疆，抓饭还被称作十全大补饭。羊肉以及胡萝卜富含人体所需的营养就不在这里科普了。据说，人体吸收胡萝卜中的营养成分有限，而在动物油脂作用下，胡萝卜中的营养成分更容易得到释放，为人体所吸收。因此，抓饭的这种烹饪形式就将荤素完美地融合在一起，通过时间和温度让它们释放出人体所需的营养。在新疆，胡萝卜分红、黄两种，做抓饭所用的胡萝卜最好是红、黄两种各占一半。红萝卜颜色鲜艳，但比较软，容易碎，还染色。黄萝卜比红萝卜的维生素含量要高许多，口感甜，不容易碎，做出来的抓饭颜色黄亮。

简单地理解，抓饭就是用手抓着吃的饭。以前新疆各民族吃抓饭是用手抓，也可以说抓饭的传统吃法是用手抓，现在用手抓吃抓饭的人越来越少。吃抓饭有很多礼仪规定，比如抓取饭要从盘子的边缘入手；抓饭时拇指弯曲并至掌心，只用四个手指并在一起，不能一次性抓太多，以免手上的饭粒掉入盘中；吃抓饭时不能甩手，不能用手抓摸其他地方；右手抓饭时左手放右手下面，防止饭粒掉下去。吃抓饭需要四指并拢配合完成，在抓饭从业者中流行这样一种说法：要想做一锅好抓饭也需要四个人，一个大方的人切肉、倒油，一个老谋深算的人看火候，一个吝啬的人撒盐，一个偏执的人搅拌。说是读懂悟透了这段话就会做出一锅好抓饭。

新疆的抓饭专卖店到处都是，各种品牌连锁店也是遍地开花。抓饭的种类很多，一般分两大类——大锅抓饭和小锅抓饭。大锅抓饭特别适合在大型活动中当作主食。每每遇到活动，当院开阔地上支起一口大锅，烹羊宰牛，一大锅香喷喷的抓饭迎接到来的宾客是必须的礼节。小锅抓饭在抓饭专卖店里适用。在新疆，什么时间吃什么饭是有诀窍的。早晨适合吃牛肉面，早晨的牛肉汤又浓又新鲜。黄面、凉皮要在中午之前吃，到了下午，黄面、凉皮的浇汁以及油泼蒜、芥末都会挥发变味。吃抓饭的黄金时间应该是中午一点钟左右，你要知道，没有什么饭食的香味能和开锅抓饭的香味比。抓饭熟了，开锅之后就必须撤火，随着抓饭温度降低，米会变硬，香味会变淡。所以小锅抓饭适合抓饭专卖店陆陆续续来就餐的顾客，保证他们吃到的都是开锅抓饭。

羊肉抓饭好吃又富有营养，因此它是抓饭当中的翘楚。羊肉抓饭最常见的有羊腿抓饭、羊排抓饭、碎肉抓饭等。碎肉抓饭因为羊肉块小，容易熟、节省时间而成为抓饭家族中上桌率最高的一种。抓饭一直不断地接受创新，在传统做法基础上推陈出新。牛肉、马肉、风干肉、鸡肉都可以成为抓饭创新中的素材。没有肉也不影响做一锅喷香的抓饭，素抓饭也是广大群众所喜欢的，鹰嘴豆、杏干、葡萄干，甚至是酸奶都可成为抓饭中的元素。

虽然抓饭是饭菜合一的饭食，但清香的抓饭一般上场时总有味道浓郁的配角相伴。在新疆，抓饭的神仙伴侣是凉拌皮芽子、辣子、西红柿，简称“皮辣红”。抓饭配烤肉也是新疆人的最爱。

老新疆人都知道，抓饭和薄皮包子也是强强联手、珠联璧合。通常都是一份抓饭配 4—6 薄皮包子。抓饭清香松散，薄皮包子味道浓郁又多汁，两种食物混搭出一种多层次的味蕾感受。

老新疆人是从来都不会将抓饭称作手抓饭的，这就好比兰州人从不把兰州牛肉面称作兰州拉面一样。但凡是把抓饭称为手抓饭的人肯定不是新疆人。许多疆外人士对抓饭的理解是用手抓的饭，有米有肉的就叫手抓饭。实际上他们也是这样操作的，做抓饭爱吃啥就放啥，土豆、南瓜、山药、红薯，口味也随意，加酱油、料酒、八角、花椒粒、桂皮等。如此这般保留新疆抓饭的基本操作又有创新的饭菜一锅焖叫手抓饭也是能理解的，“烹无定法，食无定味”是老师傅嘴边常挂的一句话。抓饭之所以受人们喜欢的原因就是它因地制宜、兼容并蓄的特点。

我曾经在草原深处的一户牧民家里吃过一餐难忘的抓饭。难忘的是他家抓饭所用的食材。草原上缺乏蔬菜，家里来了客人，主人极尽热情地用胡萝卜、葫芦、蒜薹等家里所有储存的菜做了一锅别开生面的抓饭招待我们这些远道而来的客人。我想，他们对抓饭的理解也是包容的。

凉得败火 雪花凉

市场每到礼拜天便熙熙攘攘的，热闹得像过节。卖烤肉的摊子前围满了人，槽子上的烤肉滋滋作响。馕坑边堆满麦黄脆香的热馕。戴着金耳环、金戒指的阿婶坐在矮小的、拾掇得干干净净的方桌前，从搪瓷缸子里给食客舀着自制的如豆腐脑儿般浓稠的酸奶。小伙一边用双手来回拉着一个装在木桶中锃光瓦亮的铁皮桶，一边吆喝着："哎！雪花凉，凉得败火！"这些都是三四十年前北疆自由市场里司空见惯的生活场景。

雪花凉是个富有诗意的名字，这个名字在新疆诸多口语化的饮食名称中是一股清流，代表的是一款来自纯手工时代的冷饮。

我们现在制冰是小事一桩，只需把水放入冰箱即可。而在过去是如何获得冰的呢？我国藏冰历史久远，《诗经·豳风》中有诗句说："二之日凿冰冲冲，三之日纳于凌阴。四之日其蚤，献羔祭韭。"其意为：腊月里凿冰咚咚响，正月里送进冰窖藏。二月里取冰行祭礼，献上韭菜和羔羊。唐朝以前，私人藏冰极少，大约宋、明之际，私人经营性质的藏冰开始出现。

《梦粱录》记载宋代茶嗣于“暑天添卖雪泡梅花酒”，《西湖老人繁胜录》也载杭州“富家散暑药冰水”，这些说明宋代已有私人藏冰并用于经销冷饮。到了清代，商业藏冰有了更大的发展，出现了专门经营藏冰的冰户。官府也向冰户派购用冰，称为“冰差”。据记载，清乾隆年间，天津耿姓富盛冰窖最为有名，官府发给龙票一张（带有龙形符号的官方文书），许其在河中取冰，不纳捐税，等于徭差。由此可见，清代不允许民间私自采冰。

民间采冰都是在入冬之后进行。有专门以此为营生的人在河里采了冰块，然后用草包一类起隔热作用的东西包裹起来，放入地窖中储藏。储存冰的地窖有四五米深，窖口最后封闭，使冰在地下恒温状态保存，直到来年盛夏时再打开取出使用。

新疆有近半年的寒凉季节，经过漫长的储存期，到了夏季这些冬日里平淡无奇的冰便成了稀罕物。马尔克斯的《百年孤独》开篇著名的开场白是这么写的：“许多年之后，面对行刑队，奥雷良诺·布恩地亚上校将会回想起，他父亲带他去见识冰块的那个遥远的下午。”在亚热带环境里看到一块冰和我们儿时在夏天见到一块冰同样是一件神奇的事。《云仙杂记》说唐代“长安冰雪，至夏日则价等金璧”，足以说明一块从冬天穿越到夏天的冰有多金贵。

我儿时在夏天能体验到冬天的冰，一个来自冰棍，另一个就来自冷饮雪花凉。制作雪花凉的容器是一个高约 1.2 米的粗木桶和一个高约 1.5 米的细铁桶。木桶固定在一辆平板手推车上。为了提取方便，车板上开有一孔，恰好可以把木桶卡住，如此一来就降低了桶的高度。把细铁桶插入粗木桶里，木桶与铁桶之间的空隙用碎冰块加粗盐塞满。放粗盐的目的是保证冰块融化得慢一些。夹层塞满后，将棉布裹棉花做的、形似救生圈状的密封圈严丝合缝地套在木桶和铁桶之间。

将头一天烧开放凉的凉开水倒入铁皮桶内，然后将糖、色素、香料投入桶中，用长棍在桶里使劲搅拌，做好这些就可以盖上铁桶的盖子推车出摊了。这是卖雪花凉的装备。如果是兼营冰激凌，那么这辆小推车就得是加长版的，相同的设备再加装一套。冰激凌的桶中要比雪花凉的多加牛奶、鸡蛋、淀粉等。

剩余的事情就是完成制作雪花凉的最后一道工序。将一根带子套在从木桶中露出的那截细铁桶上端，然后左右拉动带子两端让细铁桶在木桶中旋转摩擦制冷。大约 20 分钟后，铁桶中的糖水就会慢慢被冷却成冰沙状，这个时候的雪花凉就可以用来换钱了。这种手工制冷的雪花凉清凉冰爽，里面的冰沙比冰柔软，如雪初融，其口感细腻柔和，让人欲罢不能。

冰激凌的制作手法相同。这样做出来的冰激凌与我们传统的冰激凌不同，这种冰激凌是流质的，而我们常见的冰激凌是固态的。

新疆冷饮中与雪花凉和冰激凌齐名的是南疆的沙朗刀克。“沙朗刀克”是维吾尔语，指的是一种酸奶刨冰饮品。“沙朗”在维吾尔语中的意思是“傻瓜、笨蛋”，不知道这个词用在这里是有幽默的用意，还是用来形容这种饮料制作简单，就连傻瓜、笨蛋都会做。有一种说法是：最初的沙朗刀克只有酸奶和冰块，后来又有了将糖、糖稀、蜂蜜等加入其中的改良版，其口感更好，喝加过糖稀的刨冰饮品的人说那些以前喝只有酸奶和冰块饮品的人是傻瓜、笨蛋，从此，这款饮品被人们半开玩笑地叫作沙朗刀克。

新疆另一款冷饮是来自塔城的玛洛什。“玛洛什”是俄语“冰激凌”的意思。因历史原因以及地理位置，塔城地区有许多俄罗斯后裔。说是塔城冰激凌，但制作工艺是由俄罗斯人带到新疆塔城的。塔城盛产优质牛奶，传统工艺加上优质的原料，使得塔城玛洛什成为冷饮中的佳品。

许多喜食甜品的人在品尝过玛洛什之后都对这种传统手工制作、不含添加剂的冷饮赞赏有加，说它是初恋的味道，口感甚至超过哈根达斯。玛洛什的制作工艺并不复杂，基本等同于传统雪花凉的制作方法。之所以它能在花样百出的冷饮市场占有一席之地，完全取决于它的真材实料，冰沙细腻、入口即化的马洛什是由牛奶和鸡蛋做成。直白地讲，在没有冷却变成冰激凌之前，它就是香味浓郁的鸡蛋、牛奶。

友好路的牛肉面

20世纪六七十年代生于新疆的人到现在也都五六十岁了，这批人有一个统一的称谓“疆二代”。疆二代和牛肉面是半路结缘的，在兰州有七八十年历史的牛肉面普及到新疆也就是80年代中期的事。

我第一次吃牛肉面是在乌鲁木齐，那也是我第一次到乌鲁木齐。那会儿才进新疆的牛肉面还不成气候，大多都是街头巷尾的一些小摊小店。我对当街变戏法一样的牛肉面摊子很好奇，就见面匠横拉竖拽，三两下将一团面变成面条，然后将面丢进锅里打个转转就马上捞出来盛进碗里，这些都是我见所未见的。80年代本身就是个新鲜事物层出不穷的年代。那天，友好路的沿街店铺里放着刘文正的《阿美阿美》，我坐在路边的牛肉面摊子上美美地吃了人生中的第一碗牛肉面。

经常吃牛肉面是到乌鲁木齐之后。那时，新盖好的友好商场刚刚开始营业，在它旁边相邻着个窄巷子，巷子里一溜高低不一的土屋平房，有馕坑子，有羊杂碎摊，有牛肉面小店。我喜欢在这样充满市井生活气息的巷道转悠，它让一个月只有

19 元津贴的我感觉亲切、踏实。

巷口有棵老榆树，榆树下是家只放得下四五张小桌子的小牛肉面馆。我是这家牛肉面馆的常客。一碗清汤牛肉面，再来一笼热气腾腾的小笼包，这对于一日三餐都吃部队里清汤寡水大锅饭的我来讲简直是美味佳肴。所以，但凡是有外出的机会，我总是早早起床洗漱，换上便装，然后步行 7 公里，再乘 2 小时的公交车到友好路。这一往返就是步行 14 公里，但这些对于精力旺盛的、年轻的我来说都不是事儿。

虽然牛肉面在新疆出现得晚，但这丝毫不影响我对它的喜爱。我喜欢牛肉面中那股特殊的蓬灰味，还有 80 年代散发着草果丁香味的牛骨头汤。话又说回来，一个月不足 20 元的津贴也只能有喜欢牛肉面、小笼包的实力。某一天早晨，在这家牛肉面馆里，我遇到一个老头儿，他见我狼吞虎咽地吃着包子、牛肉面，微笑着说："年轻人好胃口啊！"我告诉他几乎每周都来这吃牛肉面。老头儿说："你算是喜欢对了，牛肉面是个好东西，牛棒骨吊的汤，里面放了草果、桂皮、丁香、花椒……"他罗列了一长串调料单子，还说这些东西不光是调料，也是中药材，常吃对身体有好处。

也就是我到乌鲁木齐不久，我的小伙伴涛也从 200 公里外的小城来到乌鲁木齐。他还未来得及看清这座城市的真面目，便一头扎进了这个窄巷子里的一家牛肉面馆当起了学徒。因涛的到来，我也就改换成了去巷子里他打工的那家店吃牛肉面。每次见到他都是一副睡不醒的样子，穿着件永远都洗不干净、脏兮兮、皱巴巴的工作服。这与先前的他判若两人。他说是他爸逼他来的，他想着能离开寂寥的小城到乌鲁木齐闯荡也就答应了。谁想压根儿就不是那么回事，早晨 6 点起床，一直忙到晚上 11 点才打烊，半夜还要照看灶上熬着的牛骨头汤。即便是我来了，他也一刻不停地跑来跑去，边打着哈欠边忙活着。他和我说话的时候，老板始终都坐在临着门口的柜台前。我对他的老板印象不好，总觉得他看着涛忙来忙去的神情像是老农在田边地头看着自家地里劳作的牛。

每次小伙伴端来的牛肉面，看似与普通的牛肉面一样，上面象征性地撒几粒牛肉丁，其实哥们儿兄弟的感情都藏在面下面，碗底铺着厚厚的一层肉丁。这些牛肉丁足以抵消长大之后我们之间的隔阂而让我铭记。

后来再去涛那里，碗底的牛肉丁就没有了，涛小声说被老板发现了。没办法，不断地有其他小伙伴来乌鲁木齐，只要来了总会来看他，他那时唯一能做的也只能是将一把一把肉丁藏在面下面，把一碗碗感情牛肉面端到朋友面前，时间长了难免露出破绽。于是只要他的手伸进盛放牛肉丁的盆，老板原本眯缝的眼睛顿时就会变得目光如炬，炯炯有神地直盯涛的手。

现如今的友好商圈，密密麻麻挤满了高楼大厦，不见了老榆树，不见了土屋平房的小巷子。虽然我现在的收入已经足够让我不用考虑支出，只考虑是否喜欢，但牛肉面依旧是我所喜欢的。我想，有些喜欢最初是被动接受的，而我对牛肉面的喜欢都是早年因为穷落下的病。

分享一个馕

诗人说馕是离粮食本质最接近的食物。在新疆，不论你在城市还是乡村，在街头巷尾、拐弯抹角处总能见到馕铺子，在土屋平房的院落里几乎家家都有馕坑。1972 年，考古工作者在吐鲁番阿斯塔那古墓中发现了一个馕，呈圆形，出土时碎为 12 块，土黄色，已经脱水干化。其原料为小麦粉，是在馕坑中烤制而成的，中心薄，边缘厚，中央戳有花纹，样子与现在新疆人日常所吃的馕完全一样。也就是说，我们现在吃的馕和千年前，甚至更久远的馕没有区别。在新疆，馕是各民族最普遍的口粮，相当于北方人的馒头、西方人的面包，虽普通却是最具代表性的食物。

馕是新疆人无法割舍的碳水化合物，你无法想象一个刚打出来的热馕对新疆人的诱惑，对于没有在新疆吃过馕的外地人来说，可能很难理解新疆人对热馕的这份执念。热馕塞进嘴里那一刻所产生的不可言状的美妙，只有新疆人才能体会。即便是刚吃过饭的新疆人，走过正在往馕坑子外面钩热馕的馕铺子时，也会忍不住停下脚步买个热馕，并理直气壮地说留着明天当早餐，可是走到家门口时馕就剩一小半了。几串烤肉一个馕在其他地方或许是磨牙的零嘴、休闲小吃，但是在新疆，它绝对是一顿正儿八经的正餐。馕中间抹点油泼辣子，撕着馕边蘸辣子，边看电视边往嘴里塞，别提多美味了。

馕有着馒头无法比拟的优点。它易于出门携带，馒头一挤一蹭就成了碎渣，馕却不怕挤压。馒头放久了会霉变，馕只要透气便可久放不坏，即使干硬得像块石头，只要水中一泡立即回软。所以就有了老乡蹲在小河边把馕往上游一扔，等馕漂下来捞出后软硬刚好这样的说法。

城里馕铺子的经营者多为维吾尔族人。馕由馕坑烤制，不管是从形状还是原料、制作手段上来讲，馕的种类繁多，有薄有厚，有大有小，有咸有甜；有用盐水和面的，有用油和面的，也有用牛奶鸡蛋和面的。总体来讲，日常消耗的口粮馕、薄馕适合现吃，厚馕适合储存或者外出携带，肉馕适合待客或者改善伙食。馕铺子里出售的馕还要在表面撒些“斯亚旦”（黑种草籽，很像黑芝麻），这种馕不仅味道好，而且有一种特别的香味。

馕铺子打馕的时候至少需要两三人配合，如果生意好需要的人更多，有人揉制生坯，有人捏边兼传递。在进入到制馕坯环节之前，打馕的师傅已经把馕坑子预热好了。预热馕坑是个技术活，温度过高，馕底子会煳；温度太低，馕挂不住。打馕师傅会将馕坑子温度烧得高高的，然后将盐水往里弹，弹到自己觉得合适的温度为止，而这一切都是依靠感觉和经验来判断的。

馕坯子到了穿着长围裙的打馕师傅手里便迅速地被“盖章子”，就是在馕坯子中间盖上一圈圈、一层层密密匝匝的圆形针孔图案，然后将扎好孔的馕坯在一盘盛着芝麻、黑种草籽、皮芽子丝的大盘里蘸一下，之后迅速将馕坯覆盖于一蒙着布的半球形的托上，打馕师傅一手按在馕坑边上，一手托着馕，一伏身，“砰”的一下，馕就被妥妥地贴在了馕坑炙热的内壁上。这一系列动作干净利落，行云流水。如此反复，直到整整一馕坑子的内壁贴满为止，然后就将坑口盖住。

这时候，打馕的师傅直起腰，抹一把额头细密的汗珠，接下来的时间就是耐心观察火候了。火大了就将馕坑下的气孔遮小点，或将坑口的盖子敞开个缝隙；火小了就将风孔开大些，让更多的空气参与燃烧，或者加些炭火进坑。时间分分秒秒地过去，馕坯在时间和温度的作用下开始泛黄，并散发出粮食本身的香气。通过对馕的观察，经验丰富的打馕师傅会用一长铁钩将表皮呈麦黄色的馕钩出来，这个时候的馕已经接近成品，粗粝的表面布满小麦粉的颗粒感。俗话说“货卖一张皮”，若是让一个馕看起来足够漂亮和完美，还需要最后一道工序，将蛋液或者油脂刷在馕的表面，使馕看起来油光发亮，诱发你的食欲。也有民风古朴、口味传统的城市一隅或者偏远村镇，那里的馕铺子卖的馕是不刷油的。浸润在古老时光里的众乡亲、老街坊们固守着老传统，咀嚼着千年前的老味道。

刷过油或者蛋液的馕调整角度后重新被置于馕坑底部，再次接受火焰的洗礼。也只有经历了这个过程，馕才会褪去稚嫩，蜕变成一个油光满面，粮食味道中混杂着油脂、鸡蛋香气的馕。如此重复，整个一坑馕都要经过这个过程。也就是说，每个馕被当成商品出售之前都会有两次进出馕坑的经历。一边有新馕被刷了油回炉，一边有烤成的馕出坑，你进我出，来来往往。由此不难看出，打馕是个辛苦差事。早晨，太阳从东边不紧不慢地往西落，在这个过程中，打馕师傅则围着馕坑子不知道要弯多少回腰，往火热的馕坑伸多少次手。因此，打馕的师傅大都是年轻小伙，上了年岁的人是赚不了这份辛苦钱的。

散发着热气的馕被一个一个丢在台面上。刚出坑的馕是最好吃的，如果馕要有年龄的话，刚出坑的馕就是 18 岁的姑娘、20 岁的小伙儿。随之而来的是大嗓门的打馕人的吆喝声，那尾音拉得很长，从巷口一直传到巷尾。以上讲的是城里馕铺子打馕。在乡野，打馕则无拘无束。在草原上也有用两个盘子对扣，中间放一团发面置于燃烧的牛粪中烤制的。“塔巴”，哈萨克语意为“没有把手的平底锅”，塔巴馕就是把两个上下相扣、严丝合缝的无把手平底锅埋在炭灰或燃烧的牛粪里，将锅里的面饼烤熟。而毗邻沙漠地区的人会将沙子挖坑烧到一定的温度后，将馕坯子置于其中，然后埋起来，用沙子的热量将馕烘熟。和田地区的肉馕也是用类似方法，将带有肉馅的馕用纸包起来置于木炭灰中埋烤的。总之，离开居民区，在乡野的馕是以各种因地制宜的手段做成的。

不管城里的馕还是乡野的馕，不管你身处城市还是乡村，不管你是哪个民族，无论你身份贵贱，在新疆这片土地上，但凡要吃馕，都是有讲究的。几个人碰在一起，不管认识不认识，不管馕有多少，吃馕的时候都要将馕掰开，再放回原处，然后大家一起分食。你不可以自顾自地拿起整个馕张嘴就啃，这样会被视为没有教养或者自私的行为。所以，在新疆，即使只有一个馕也得掰开了吃，这个看似简单的习俗背后其实蕴含着深刻的人生哲理，懂得分享，哪怕只是一个馕。

看看一个地方的人吃馕的口味多少也能窥视此地的民风民俗。在哈密，除了老城区，一般的馕铺子里绝少有卖传统皮芽子馕的，他们大多卖油馕和奶子馕，由此便知，作为新疆东大门的哈密地处交通枢纽，外来人口多，喜欢酥软的馕。油馕、奶子馕，此类馕卖得好的还有因兵团而兴起的地方，如石河子、奎屯等地。东三县的馕铺子里用传统酵头发面，除了盐不掺任何其他成分的皮芽子馕卖得最好，爱吃这种馕的人多是老新疆人。乌鲁木齐的馕铺子里什么馕都有，甜的咸的，大的小的，白面的、苞谷面的、荞麦面的、高粱面的，还有互相掺和的杂粮馕。

我曾在博尔塔拉蒙古自治州的一个草原小镇生活过几个月。镇子主街上共有三家馕铺子，是一家兄弟三人开的。北街的那家粗壮中年是老大，他常穿一件灰色的短袖T恤，领口的三颗扣子从来都没扣过，总给人感觉刚出了一身汗在透凉。两个弟弟打馕的手艺都是他教的，不光是两个弟弟，就是城乡接合部加油站对面那家从伊犁来的打馕人也是他教的。

老大的馕用较黑的面粉和面，用传统酵头发面，除了盐不掺任何其他成分，馕入坑前只蘸点皮芽子水，从坑里钩出来也不抹油，就随手撂在铺着个花布单的台面上，馕面素净，没有芝麻。老大的馕有厚厚的黄脆皮壳，它们散乱地堆放在台面上散发着诱人的麦香。要求复杂口感的人不喜欢这种看着朴素、嚼起来颇费咀嚼肌的馕。老大是固守传统的打馕人。三家馕铺，我最喜欢光顾他这里。我对他说："你的黑面馕最地道。"把他激动得仰着脸和我说了好一会儿："别人都问我咋不用白面，他们不懂，黑面香，黑面里面没有杂七杂八的添加剂。"老大像是受了委屈后遇到知音似的说着，对我能理解他、理解他的馕，他很是感动。

老三的馕铺子生意好。年轻的老三也常穿着短袖T恤，只是他领口的扣子始终都扣着两粒，看起来整洁些。他的馕坑在自由市场的入口旁，占据着最好的地理位置。老三经营的品种多，他既加工传统的皮芽子馕，也加工放了牛奶、鸡蛋、清油的油馕、窝窝馕和甜馕。老三加工好的馕表面油光光的，沾满了麻麻点点的芝麻和葱末。待这些馕热气散去，老三便会将馕分类整齐地码放在铺着白布的台面上。

老大虽然是老三的师父，但在馕的制作和对馕的理解方面，老三显然有不同的见解。老大强调馕一定要用酵头发面，这样打出的馕味道才纯正，吃起来不胃酸、不腹胀。老三认为酵头发面太麻烦，发酵粉好，不用兑碱。

老三马路斜对面那家馕铺子是老二的。通常，老二支棱着凌乱的头发在馕坑边忙活的时候，馕坑旁总有个小孩在玩耍。老二小小的馕铺子被隔成了两间，外间是加工馕的作坊，里间是睡觉的地方，进到馕铺子，狭小的空间充斥着馕和被褥混合在一起的味道。

老二的馕坑边经常有烤焦的、黏作一团的报废品，有的成品馕也是被拉变形成扁的。从以上迹象来看，老二没有打馕的天赋，我怀疑他打馕是迫不得已。

老二不但打馕，还时不时地打烤包子。他的顾客是不固定的散客，大多是从山里出来的牧民，他们匆匆而来，只图填饱肚子，对于其他并不苛求。通常，对面的老三馕卖光关门的时候，他的馕还有厚厚的几摞。

前些日子突然发现生意红火的老三关门了，来老三铺子买馕的人见关着门，不怕麻烦的就转身去找北街的老大，怕麻烦的就到斜对面老二的铺子买。老二打馕的水平好像也略有长进，先前杂乱的铺子拾掇干净了，里间的卧室也没了。一周后老三的铺子才开门，老二却关了门。我以为是偶然，孰料此后老二、老三轮流坐庄，一人一周地做买卖，这时我才明白，是老三在帮老二，到底是亲兄弟。老大帮两个弟弟，老三又帮老二，如此这般是不是也和他们从小就一个馕分着吃有关系。我固执地认为，是这些人生最初体验让他们长大后虽然都成了家，但依然懂得有福同享。尽管兄弟姐妹为了利益反目成仇的案例比比皆是，但我依然认为分享一个馕是人生的第一课。

黄面烤肉

新疆凉面又叫黄面，在城市，特别是年轻一代称其为凉面的占大多数，而老新疆人仍然固守老习惯称其为黄面。黄面是新疆的风味小吃，因其面条色黄而得名。在新疆，黄面是男性的专属，尤其是黄面佐以烤肉，荤素搭配，冷热结合，实为天作之合。

黄面之所以黄是有多重原因的，首先讲蓬灰。长期以来，蓬灰一直以拉面剂的角色参与烹饪，它是由荒漠野生植物蓬柴草枯黄以后烧成灰制作而成的。把固结成块的蓬灰砸碎熬制成水，再加一定比例的碱和盐一起和面，这样拉出来的面口感好，有韧劲，做拉面不易拉断。牛肉面、黄面都是用这样的方法来制作的。蓬灰和碱与面混合后都会让面发黄，黄面发黄和这些操作有一定关系，还有一点就是黄面下锅捞出后抹菜籽油防粘连，菜籽油的色泽也重。如果这些手段还不能使得黄面看起来够黄的话，那就和面时加姜黄或者红花泡的水提色，这是两味天然着色剂，同时也是中药材。

在过去，因为蓬灰碱性较强，除了应用在食品加工中，还用来洗衣服、洗头，替代洗衣粉和肥皂。所以，在西北的许多地方，到了秋天烧蓬柴草是农家必不可少的事情。

据说黄面的老家在甘肃，我对此说法深信不疑。在邻近新疆的敦煌，驴肉黄面是当地有名的小吃。据我所掌握的资料，用蓬灰作为拉面剂的也只有牛肉面和黄面。牛肉面的面和黄面的面同为一物，配方以及制作方法完全相同。牛肉面干拌的吃法就有黄面的影子，而驴肉黄面也和干拌牛肉面类似。捞出锅的面过凉水后加黄瓜丝、香菜碎、油泼辣子。这些操作与新疆黄面如出一辙，只是少了新疆黄面的卤汁和拌料罢了。

黄面在甘肃没有扬名立万，但来到新疆，遇到了新疆面粉以及牛羊肉，与之组合在一起，便成了深入人心的一道小吃。新疆人爱吃黄面，在天山南北有无数技艺超群的拉面师傅，他们制作出的拉面细致均匀、柔韧耐嚼，再加上经过特殊处理的拌料，调制出浓稠的鸡蛋卤，使得黄面声名远播，深受广大群众喜爱。

新疆人吃黄面是不分季节的，哪怕数九寒冬大雪纷飞，一样把黄面吃得热火朝天。一般冬天吃黄面时，老板会问你热的还是凉的，热的就是将面在开水中焯一下。

20 世纪 80 年代初，应改革开放的大环境，小城开启了已经关闭几十年的自由市场。被视为投机倒把的个人经营不再是不正经的行当，一个新的名词——个体户，出现在众人的视野中。

头戴白帽的尕老汉就是小城里第一批当个体户的人。他带着好几个待业在家的儿子在自由市场里铺幵场地，摆起了黄面、酿皮子摊。

那时，人们被禁锢的思想还没缓过劲来，干个体的人还不多，大多数人还持观望态度，因此，尕老汉的独门生意特别好，他家的黄面、酿皮子享誉全城。尕老汉拉黄面的水平在小城说第二，没人敢说第一。

我人生的第一份黄面就是在尕老汉家吃的。那是一辆拉着个玻璃柜台的加长平板手推车，玻璃柜里盛满黄澄澄的黄面、酿皮子。在玻璃柜外面摆着一溜盛放调料的瓶瓶罐罐，平板车前围着一圈自开张到关张一直坐满着人的长条凳。紧挨着平板车的是烟熏火燎的烤肉摊，尕老汉的生意有多火，烤肉摊子的生意就有多旺。

尕老汉一家自然是赚得盆满钵满，数钱数到手抽筋。那段时间一有空闲，尕老汉就戴着茶色眼镜背着双手，胸脯挺得高高的，哪里人多往哪里转。有人打哈哈说："尕老汉，你可把钱挣美了。"尕老汉笑嘻嘻地回答："也没挣个啥。"若是有人再追问他到底挣了多少，尕老汉一般有两个固定的回答：要么是"唉！也没挣个啥，买飞机还差一个膀子钱"，要么是"也没赚多少，换成一块钱的票子，从这里顺着公路一直摆到北京天安门"。听闻此言，有看不惯的人就背过身去悄悄地往地上吐一口唾沫说："呸！挣了几个眼仁子（钱）就不知道姓啥了，他忘了前些年带着几个半大的儿子吃救济粮的日子了？！"

难者不会，会者不难，对于一般美食爱好者而言，制作黄面是一件比较麻烦的事，无论是和面还是拉面都需要一定的技巧，掌握这些是需要练习的。因此，我们在这里着重讲一讲家庭版黄面的做法。

在切面店里选择最细的碱面面条或者挂面，煮熟后捞出放到凉开水中凉透，取出沥干，也可以将新鲜面条上锅蒸熟。煮熟或者蒸熟之后的面条，一律拌少许植物油后摊开，这样做是防止面条互相粘连。将黄瓜切丝，芹菜焯水沥干切段，菠菜切碎，菜葫芦去皮去籽切丝。炒勺内放入清水烧开，投入切好的葫芦丝，加盐、姜粉、胡椒粉，打鸡蛋花，下菠菜碎烧开，用湿淀粉勾芡，制成卤汁。然后把辣椒面用热油泼后加开水拌稀，蒜捣成泥，也热油泼一下之后用凉开水稀释，芝麻酱加凉开水稀释。将油菜籽碾碎，用开水冲调后盖盖捂严，待凉了以后即为芥末汁。吃的时候，将凉面盛入盘中，浇上卤汁，调醋、蒜泥、油泼辣子、芝麻酱、芥末汁，放上芹菜段、黄瓜丝即成。

写到这里，就回到开篇说的黄面又叫凉面。能否被老新疆人称为黄面是有标准的。首先黄面必须是手工拉的，而凉面则不然，凉面可以是机器面，也可以是挂面。其次是拌料。凉面可以创新，民间小吃本身就很宽泛，没有一个严格的、固化的标准。但黄面不论你怎么创新，传统的基础框架是不变的，配料也都是焯熟的芹菜段、菠菜鸡蛋卤、蒜泥、油泼辣子、芥末汁，芥末汁一定是用油菜籽碾碎开水冲泡后捂出来的，而不是稀释的芥末膏。

这里需要强调的就是芥末汁，新疆传统的叫法叫盖莫子，用新鲜的油菜籽碾碎后装在容器中，用开水冲泡后迅速捂严实，待凉了之后即成。为什么要坚持传统？因为传统的背后有一个庞大的、固守传统的群体。

黄面也有改变。比如在传统的黄面中借鉴京城炸酱面中的黄瓜丝和武汉热干面中的芝麻酱来参与黄面的拌料，更加丰富了黄面的味道，以适应新一代消费群体。相比之下，凉面的拌料则自由得多，基本是爱怎么吃就怎么拌。在凉面家族中，川味的怪味凉面声名远播。

没有烤肉搭配的黄面是不完美的，甚至是有点难以下咽的，也就是说噎得很。黄面不配烤肉也就是解馋的小吃零嘴，但是，如果配几串烤肉，那可就是正经的、丝毫不逊色于拌面的一顿饭了，它甚至超越了饭的范畴，被端上大大小小的饭局、酒宴，成为一道特色。

黄面浇汁凉拌是传统的吃法。炒黄面是创新，炒法和新疆炒面差不多，可用牛羊肉炒，也可以干煸。不管哪种炒法，放辣皮子和临出锅时撒点韭菜段是标配。

近年来，黄面的创新又延伸出一个新花样，滚辣皮子黄面或者滚辣皮子凉面。滚辣皮子是烹制手段，即起锅热油，油要多放一些，放入泡好切碎的辣皮子，不断翻炒至出香。

滚辣皮子一般以奇台四平头辣椒晒制的辣皮子或者产自三塘湖的辣皮子为好，这两种辣皮子有一个共同特点：色泽鲜艳，辣香浓郁，皮薄肉厚，筋辣肉甜，有嚼劲却不绵软，柔中带着韧劲。辣与甜兼容并蓄，甜中有辣，辣中带甜，像极了我们的生活。

滚辣皮子黄面或者凉面的具体操作方法：起锅热油，油要多放一些，放入切好的辣皮子翻炒出香味。放入切碎的葱、姜、蒜、皮芽子继续翻炒，加入花椒粉、胡椒粉少许，食用盐适量。加少许清水稍微炖一下，并放入少许蚝油或者鸡精提个鲜，出锅前淋入锅边醋即可。滚好的辣皮子可以拌面吃，也可以配几串万能的烤肉吃。

无论黄面怎么改变，黄面和烤肉是绝配，这一点是不变的。新疆人固执地认为，吃烤肉必须配黄面或凉皮。男人吃黄面，女人吃凉皮，若是中间口味的那就各样一半，名曰两掺或者对半，凉粉一般是点缀。所以，在新疆，大街小巷到处可见卖三凉的摊点和小店，而只要卖三凉，那么旁边一定会有烤肉摊。黄面和烤肉岂止是绝配，简直就是天仙配。

新疆人聚会野炊，烧烤是灵魂，而每每有烤肉出现的地方，打包带来的黄面总是如影随形。烤肉、黄面、卡瓦斯更是新疆男人夏日消暑的三件套。

把黄面烤肉融入血脉当中的当属奇台人。将黄面烤肉当早餐是很多奇台人的饮食习惯，那里的八大怪中就有“奇台饮食一大怪，大清早把黄面卖”。如果你是奇台人，前一天晚上哥几个喝多了散了回家，你可别以为就这么散了，第二天一早肯定还有一出。你还没睡醒电话就响了，哥们儿在电话那头说：“走！吃醒酒药去。”这醒酒药便是黄面烤肉。黄面凉皮店里坐定，一份黄面和几串烤肉端过来，就着烤肉连汤带汁一扫而光，隔夜的宿醉也随之烟消云散了。

奇台的黄面凉皮店中午一过就关张打烊了，说是拌料、卤汁超过

3 个小时就会变味，影响口感。这是真讲究啊！还有更讲究的吃客，他们不但讲究卤汁、拌料的新鲜，连面都讲究吃现拉的。现拉面就是现场制作的面，这边横拉竖拽出条下锅里，那边捞出来过冷水盛盘、浇汁拌料端出去，就两个字——新鲜。新鲜代表着面的筋道和最佳口感。有机会你也去品尝一下现拉黄面的味道。

现代人生活节奏快，是快餐店和单位食堂的常客。闲来无事，居家做一餐不拘泥的黄面或者凉面，来几串烤肉或者炒一盘烤肉，我烤肉来你拉面，它不香吗？若是不想有油烟，也可以用卤牛肉代替，换个口味。正所谓“偷得浮生半日闲，人间有味是清欢”。

在离海洋最远的地方吃鱼

说到新疆，好多人就会想到大漠孤烟直的戈壁荒漠，抑或是郁郁葱葱的草原。说到新疆美食，自然是烤肉、烤全羊、抓饭、烤包子，绝少会有人想到新疆的鱼。不熟悉新疆的人认为新疆没啥鱼。在外地时，总是有人问我，新疆有鱼吗？这不奇怪，因为新疆是中国离海洋最远的省份，乌鲁木齐是全世界离海洋最远的城市。

曾经在俄国探险家普尔热瓦斯基《走向罗布泊》一书中看到过一张照片，两个罗布人二牛抬杠一般，杠子上挂着一条几乎和人一样高的鱼，文字介绍说是罗布泊的大头鱼。在罗布泊没有干涸之前，许多罗布人就是渔民。虽然罗布泊早已消失，罗布人也离开了村寨，但今天的新疆依然有不少以捕鱼为生的人。

新疆不仅有鱼，而且鱼的种类很多。除了普遍存在于各地水域中的鲤鱼、草鱼、鲫鱼、鲢鱼等，新疆其他种类的鱼也令人眼花缭乱。据统计，新疆水域面积 5000 多平方公里，大的河流有塔里木河、伊犁河、额尔齐斯河、玛纳斯河、乌伦古河、开都河等。在这些大大小小的河流湖泊中生存着各种各样的野生鱼类，但如今支撑新疆餐饮的鱼却来自湖泊。

博斯腾湖是我国最大的内陆淡水湖，它既是开都河的归宿，又是孔雀河的源头。它也是新疆最大的渔业基地，盛产各种淡水鱼。

乌伦古湖位于阿勒泰地区福海县，它是乌伦古河的尽头，也是仅次于博斯腾湖的第二大渔业基地。乌伦古湖以盛产五道黑、贝加尔雅罗鱼、鲤鱼、红鱼、斜齿鳊、东方真鳊等著称。

赛里木湖地处迎风坡，是大西洋暖湿气流能够到达的最东端，来自大西洋的暖湿气流跨越平原，深入天山山脉伊犁河谷停下来，充足的水汽受地形的抬升形成充足的水，造就永远蔚蓝晶莹的赛里木湖，于是就有了“大西洋最后一滴眼泪”的美称。赛里木湖早年并没有鱼，后来从俄罗斯引进了高白鲑和秋白鲑，成为冷水鱼生产基地。

人间净土喀纳斯湖出产的鱼类为冷水鱼，主要有狗鱼、哲罗鲑、五道黑等品种。不过喀纳斯湖以旅游业为主，而且湖水冰冷不适合大量鱼类养殖，所以鱼类产量很少。

这里需要强调的鱼种是乔尔泰和五道黑，它们是新疆野生鱼中的佼佼者。说起它们就不得不提及额尔齐斯河。额尔齐斯河是我国唯一流入北冰洋的河流，它发源于阿尔泰山南坡，在哈巴河县出境后流经哈萨克斯坦、俄罗斯，最后注入北冰洋。

乔尔泰学名白斑狗鱼，其肉质细嫩，营养丰富，有“鱼中软黄金”之称。白斑狗鱼是肉食性鱼，分布于亚洲、欧洲和北美洲的北部冷水水域，栖境多为水质清澈、水草丛生的河流，在我国仅见于新疆的额尔齐斯河流域。五道黑学名赤鲈，又名河鲈，因其体侧有五条较宽的横跨体背的斑带而得名。五道黑生长期缓慢，其味道鲜美，肉质紧实，口感极佳，在我国仅产于新疆额尔齐斯河与乌伦古河流域。

如今新疆大小河流都禁止捕鱼。但多年前在南疆昆仑山区域，我曾遇到过这样一件关于野生鱼的事情。拉水的人回来时将几条一拃来长的冷水鱼扔在草地上，告诉大家水泡子里有鱼。有人过来翻动鱼的身体说是冷水鱼。水泡子离营地不远，每日生活用水都取自那里。去过水泡子的人都知道，一近水边就有淡淡的鱼腥气，但有人说那气味是淤泥腐败的味道，水泡子里有没有鱼一直有争议。

鱼被丢进水盆里，前辈说冷水鱼只要一离开水就会死，而且生长极为缓慢，就这一拃长也得长好几年。想想也是，在那么冷的水里生长的确不是一件容易的事。据说南方 1 年就上市的大闸蟹引进新疆繁育，成长期竟长达 8 年，但长成后的味道远比南方的味道美。众人围着水盆议论是红烧还是清炖，厨师告诉大家野生高山无鳞鱼清蒸味最美。

水泡子里有鱼，而且是纯天然生长的野鱼，于是众人便忙活起来。将大头针弯成钩，把行李绳拆散做线，将撑蚊帐的竹竿做鱼竿，用肉做饵，再狡猾的鱼儿也得上钩。也有人什么也不做，只是站在一旁看热闹，那水冰凉刺骨，即使有鱼也不成气候。

河的源头是终年积雪不化的皑皑雪山，河水一路而下在这里拐了弯，形成了一个大水泡子。众人将鱼竿伸下水就有鱼上钩，再伸还有，鱼竿稍集中的地方，水面竟像开了锅，鱼竞相咬钩，前赴后继。有垂钓经验的人说，这里的鱼不曾被钓过，容易上钩。众人欢呼雀跃，满载而归。

一连数日，除工作时间，人们剩余的时光都是在水边度过的。水泡子里的鱼像是越钓越多，以至于用手捏一挂钩，上边挂块面团入水竟也钓得。有一天，钓者指着一条手臂般粗细、颜色发红的大鱼说：“这个老家伙少说也有十几岁了，脊背上都长鳞片了。”果然就见那鱼的脑壳上有几片指甲盖大小的鳞。一个月过去，人们的垂钓兴致不减，清蒸、红烧、剁椒、豆豉、干炸，翻着花样吃腻了就送人，晒着，熏着，腌着。一日，一越野车在营地前停住，来人打听冷水鱼。有心直口快的人一指水泡子方向。越野车前面走，众人随后去看热闹。来人钓具设备讲究，满载而归时，他们龇牙笑，嘴巴咧得像煮熟的羊头。

隔日越野车复来，这次他们没带钓具，只是带了张网，几网下去就达到了目的。待越野车离去，人们这才想起骂那个心直口快的人，那人则一脸委屈地小声说他不善于撒谎，那声音小得像是自言自语。众人皆笑他倒是诚实了一回，可鱼迟早要被来人弄光，不如先下手，赶快下山买网。山高路远，等买网的人回来，山上的人告诉他们，越野车又来过，没带网，带了炸药。众人来到水边连撒数网，皆空。水泡子又恢复了往昔的宁静，水清可鉴。

“千滚豆腐万滚鱼”是新疆人经常挂在嘴边的话，因此极少有清蒸或者清炖鱼的。新疆人家庭版烹鱼方法是无论什么鱼都是先油炸，然后佐以葱、姜、蒜、酱油、醋慢炖。这是因为早先新疆人能吃到的鱼最多的就是鲤鱼、草鱼、鲢鱼，而由于水质缘故，这些鱼都带有较重的土腥味，重口味的烧制才能遮掩其缺陷。在过去民间的大棚宴席上，经常见到厨师将许多条炸好的鱼一条一条地码放进大锅里，这时如果有人问起要炖多长时间，厨师一准说：“千滚豆腐万滚鱼，炖的时间越长越入味。”

八大菜系中粤菜的广式蒸鱼赫赫有名。我曾在广东的美食之乡顺德目睹过粤菜师傅做蒸鱼的过程。一条新鲜鱼拿来剖好、洗净、改花刀，将姜丝放在鲜鱼上，水沸后蒸 8 分钟出笼，倒去盘底多余汁液后，厨师又将鱼身上残余的汁水蘸干，然后放上葱丝及香菜，淋上热油及蒸鱼豉油。整个过程就这么简单，因为简单，所以保持了鱼本身的鲜香。吃饭的中间空当，我走出去递一支烟给厨师说：“师傅好手艺，我也这样蒸过鱼，但口感远不及你做的鲜香。”厨师操着浓重的广味拉着腔调说："蒸的时间不能太长，时间一过鱼肉发硬不好吃。大小合适的鱼就8分钟，时间没到不熟，过了发硬。另外就是蒸好后的鱼的汁水一定要清理干净，不然会腥味重。"

新疆有鱼，但相比其他地区，新疆的鱼资源还是有限的。可能是越缺什么就越强调什么的原因吧，新疆人对宴席上的鱼是十分看重的。一桌正式的宴席，鸡和鱼是绝对不能少的，而且鱼要整条上。新疆酒店里的服务生培训内容里就有关于上鱼的讲究。鱼上到桌子上，鱼头一定要朝着正席位。大家都知道这条鱼不是谁想动筷子就能动的。看到鱼上了桌子，总会有句话出现："喝杯鱼头鱼尾酒吧。"这时，正席上的人就端起酒杯来对坐在鱼尾的人说："来，走一个。"若鱼尾处所坐的人是深谙此道者，在举杯的同时会多一句："摇头摆尾，左右都端上吧。"于是至少有6个人为了这条鱼干了一杯。这还不算什么，更有甚者会说："头三尾四吧。"意为鱼头那端喝3杯，鱼尾这边喝4杯。如此这般，欢迎一条鱼的架势应该是不小了，只怕是鱼有在天之灵也会表示感激的。喝罢，坐正席的人伸出筷子说："来，吃鱼。"哪怕他不吃，只是象征性地用筷子将鱼戳一下，大伙这才会动筷子吃鱼。

现如今物流发达，新疆人吃鱼已是家常便饭，宴席中的鱼也是各种各样，海鱼、淡水鱼，红烧、清蒸、干烧、刺身，造型各异，花样百出。即便如此，鱼头鱼尾酒的功课照做，不能马虎。有些酒店若是鱼头够大，够长面子，整鱼换成鱼头也是可以的。不要以为只有鱼头，鱼头鱼尾酒的仪式就能省略。服务生用上鱼头的专用车子将鱼头推上来，鱼头不偏不倚地摆在正席位的眼皮子底下，然后就听得"咣"的一声锣响，服务生说书一般将鱼头夸赞一番，紧接着说一声"请您慢用"，便转身出去。这时，照样会有个声音响起："喝个鱼头鱼尾酒吧。"正席位上的人照例举起杯来朝着对面假设、虚构的鱼尾说："来，端一个。"也照例会有人说："摇头摆尾，一起端吧。"

不喝鱼头鱼尾酒谁都不动鱼，这是规矩。据说许多地方都有喝鱼头鱼尾酒的规矩，这个规矩历史悠久，关于其由来的说法也是五花八门。我觉得这个规矩应该是北方人定下的，由干旱少雨的西北地区发明的可能性较大。沿海地区和把鱼当家常便饭的地方应该不会弄这些名堂。不管谁发明的，要论谁把鱼头鱼尾酒这门功课做得最好、最认真，我觉得非新疆人莫属。吃鱼只是一方面，变着法举杯才是讲究鱼头鱼尾酒这规矩的真正目的。

土豆能做糖洋芋

我们习惯把舶来品冠以一个“洋”字：洋火、洋蜡、洋布……在蔬菜方面也有洋柿子、洋葱、洋芋。洋芋即马铃薯，又名土豆。新疆的沙质土地盛产优质土豆，尤其以木垒、奇台所产的为好。以土豆为原料的菜肴在新疆花样百出，酸辣土豆丝、干锅土豆片、洋芋搅团、洋芋鱼鱼、哈萨克土豆片，都是新疆各族人民所喜爱的。

据老人说新疆的洋芋是从甘肃引进的，其历史不过百年。新疆人喜食洋芋，在主粮匮乏的时代，你不喜欢也得喜欢。新疆传统宴席中的甜菜有高丽丸子、甜盘子、油爆瓜干、酿百合、糖洋芋等，其他菜品已不见踪影，如今偶尔能被大家见到的也就剩糖洋芋了。

洋芋洗净削皮，切成滚刀块或菱形块（切好的洋芋注意不能用水洗），分两次放入油锅中炸，第一次断生，第二次上色，这里要注意的是第二次要炸至金黄色。锅内留少许油，将白糖放入后不停地搅动，使糖受热均匀熔化，等糖液呈琥珀色，起小针尖大小的泡时，迅速将炸好的洋芋块倒入，撒上芝麻颠翻均匀后盛盘上桌，这种做法为拔丝洋芋。据说技艺高超的大厨做出的拔丝洋芋，堂匠把菜都端上客人的桌子了，糖丝还连在后堂大厨的炒勺上。拔丝洋芋在制作过程中讲求一个“快”字，在吃的时候也要讲求一个“快”字，趁热吃，温度低了就会凝成块。这道菜吃的是个趣味，趁热夹起一块洋芋，上面的糖丝丝丝缕缕，如银丝飞舞。

糖洋芋的做法比拔丝洋芋多了道工序，等糖液呈琥珀色加入开水，然后加入水淀粉后再放入炸好的洋芋块搅拌均匀后出锅。糖洋芋成菜后，洋芋金黄，汤色红亮。一盘金灿灿的糖洋芋上桌，往往是女性和孩子们最喜欢的菜品。边吹热气边就着糖汁舀一勺小心放在嘴里，糖汁的香甜和洋芋的酥糯瞬间让人感到满足。

中餐讲究菜品的装盘，糖洋芋和拔丝洋芋虽然在制作手法上雷同，但却是两样不同的菜肴。拔丝洋芋是用平盘盛装的，平盘即整个盘子几乎成平面，只有边沿微微曲起，它突出食材及菜品的美感，适合盛装无汤汁的菜肴。糖洋芋则用卧盘盛装，卧盘是那种边沿曲起，盘底较深，介于盆和盘之间的盘子，适合盛装有汤汁的菜肴，既适合筷子夹，又适合调羹舀。

锅中放白糖不断加热翻炒一直到熬成糖色，这个过程能衍生不少菜品，糖洋芋和拔丝洋芋也是因这个过程而衍生的菜肴。简单说就是把白糖或者是冰糖敲碎后放在锅里，并根据自己将要制作菜品的需要，选择加入适量的清水或是油进行炒制，通过控制适当的温度，把白糖炒到自己所需要状态的过程。熬糖汁和制作挂霜最好用水炒；拔丝、琉璃、嫩汁和糖色的制作既可以水炒，也可以油炒。

挂霜是炒糖过程中达到的第一种状态。挂霜的原理就是糖的重结晶，糖液经历了糖水状态后，继续加热，随着水分的不断蒸发，糖液的浓度逐渐增大，当糖液的浓度达到临界点之后，糖液就成了过饱和溶液，这个时候把原料放入锅里均匀裹上糖液，关火，并不断翻拌，随着温度的降低，白糖将以结晶体的形态再次析出，这个阶段的糖液适合做挂霜丸子、糖霜花生、山楂雪球等菜品。这里需要注意的是：熬糖液的时候火力要小并且集中在锅底，避免锅边的糖液由于受热过多发生焦化变成黄色；原料下入锅内裹匀糖液之后，要关火并不停搅拌，在原料结晶之前散开，避免黏到一起；油炸之后的原料在挂霜之前一定要控干油，不然会影响挂霜的效果；制作挂霜最好采用水炒糖的方法，避免由于有油导致糖液不易裹到原料上。

拔丝是炒糖过程中达到的第二种状态，经历了糖水、挂霜状态后的糖液继续加热，白糖会再次熔化成为液体。由于糖液开始焦化，导致糖液颜色慢慢变黄，当糖液颜色变成香油色的时候，把炸好的半成品下入锅内，裹匀后起锅装盘，趁热就能拔出均匀而且细长的糖丝，非常适合制作各种拔丝菜品，比如拔丝苹果、拔丝香蕉、拔丝红薯、拔丝洋芋等。

琉璃状态其实是拔丝状态下的一个表现，和拔丝状态有非常小的区别。琉璃状态大概在拔丝状态后的3—5秒出现，糖液的颜色呈现出琥珀色，当琉璃状态的糖液冷却之后能在原料外裹上一层琥珀色的硬壳，口感是脆的，不黏牙。现在大都把拔丝和琉璃两种状态归为一种了，原料下入拔丝状态的糖液中裹匀，如果趁热食用就是拔丝菜品，如果是放凉后待原料外裹上一层琥珀色的糖壳后再食用，那就是琉璃菜品。冰糖葫芦的山楂外面包裹的就是一层琉璃状态的糖液，用到了琉璃状态糖液的菜品还有琥珀桃仁。

炒糖色就是把白糖或者敲碎后的冰糖放入锅中加热，糖受热熔化之后变为糖液，随着继续加热，糖液会发生焦糖化反应，部分或者全部焦化时加入沸水煮上5—10分钟，就得到了糖色。根据炒制程度的不同，也就是焦糖化反应程度的不同，炒糖色过程可以得到两种产物：嫩汁和糖色。白糖被炒成嫩汁或是糖色后，甜度就会降低，颜色呈红亮或是枣红，有浓郁的香气，可以为菜品着色增香，是一种天然的调味和着色手法。虽然现在有很多现成的成品酱汁可以用来调色，比如各种红烧酱油之类的，使用起来方便快捷，但是嫩汁和糖色赋予菜品的独特香气和色泽是其他的调味品所不能替代的。

记忆中有太多关于洋芋的内容，每年一到冬天，餐桌上出现最多的就是洋芋。我相信，洋芋也是大多数新疆60后、70后的共同记忆。

煮洋芋：这种吃法一般在上了冻之后，大人说略微冻一下的洋芋煮了吃会甜一点。煮熟之后的洋芋吃起来沙沙软软的，散发着洋芋特有的香味。洋芋是否变甜了不知道，但是嫌洋芋吃起来乏味，放糖、放盐、夹辣椒面倒是经常的。

烤洋芋：说烤洋芋是不严谨的，实际上它是将洋芋放在炉子下面的炉灰中焐熟，这样的洋芋吃起来干香，但经常会因为贪玩，把埋在炉灰中的洋芋忘了，等闻到焦煳味时已经为时晚矣。这种制作方法也适用于教室的炉子。三四十年前，学校的教室都是烧煤取暖。上课前将洋芋放进炉灰中，往往是一节课结束，灰烬中的洋芋也差不多该出炉了。这个手法也很冒险。有时炉火太旺，满教室都是烤洋芋的味道，遇到和气的老师皱一下眉头也就过去了。但遇到厉害的就有点难过了，老师望一下炉火厉声说："上课还要烤洋芋，谁干的事给我站起来。你咋不把你家羊牵过来烤，你能把吃的心思往学习上放一点也不至于现在这怂样子……"

烤洋芋片：这种吃法需要点儿技术，烤这样的洋芋片一般都是在炉盘上进行的。首先用嘴巴将炉盘上的灰尘吹干净，然后把洋芋片排列在炉圈上，注意掌握火候，要时不时地翻面，这样的洋芋片有烧烤的香气。倘若有一个和你一样嘴馋的哥哥或者姐姐是最好不过的，如果家庭条件允许，他们还会场外指导你在洋芋片上刷点油，撒点盐或辣椒面，这样一来，洋芋片陡然间就由丑小鸭变成白天鹅了。这个时候最怕大哥大姐说：“来，我先尝尝，等会儿咱们再烤。”无独有偶，那年我去云南罗平县看油菜花，在街上看到不少烤洋芋片的小摊，烤制手法和所用作料基本和我们小时候烤洋芋片一样，只不过他们是在烤炉上烤。

烧洋芋：烧洋芋是一项集体户外活动，一般都是下午不上课或者周末到野外进行的一项活动。先找个合适的地方挖个简易的灶，用大小差不多的土坷垃在灶上方垒成塔形，然后使劲烧柴，这样上面的土块温度会变得很高，而下面的温度也会很高。烧完了柴，将洋芋塞进灶洞里，再将垒起来的土坷垃拍下去盖住洋芋，然后用土严严实实地封住。过上一段时间估计烧熟了，扒开土将洋芋挑出来，剥了皮就可以吃了。

以上都是孩子们小打小闹地吃洋芋，属于狗肉包子上不了席面，真正能上席面的还属糖洋芋。我印象最深的是县城以及乡村人家的红白喜事上那盘洋芋块炸得金黄、糖汁浓稠透亮的糖洋芋，也只有这一道洋芋做的菜我从未吃腻过，我甚至忘记了它的本质就是我早已经吃腻的洋芋。那时，不太会做饭的父亲下班回来就下挂面炒洋芋丝或者洋芋片，以至于原本饥肠辘辘背着书包进门的我看到洋芋做的菜瞬间就不饿了。连吃几天洋芋之后，父亲也觉得寡淡，于是我们又连吃几天大白菜。成长的日子就这样在洋芋、白菜的更替中，日复一日，年复一年。

新疆大杂烩

将各种食材一锅烩煮也许是人类最古老的烹饪手段之一。人是环境的产物，饮食同样也是。新疆受气候、环境等因素的影响，食材品种不丰富，新疆人想尽办法变花样，尽可能地在单调中求变化。混搭是新疆饮食的风格，杂烩便是一大特色。

往远说，半个世纪前深受百姓喜爱的大半斤、小半斤就是个很好的例子。大半斤、小半斤是拌面的前身，大半斤的菜和面都要多于小半斤。最早大半斤、小半斤的拌面菜便是碎粉条和各种蔬菜及其他干货等混搭在一起做出来的杂烩菜。

另一个例子就是新疆的凉拌粉条，一盘凉菜中有粉条、土豆、胡萝卜、菠菜，甚至是卤肉，除了大白菜，几乎囊括了所有青黄不接时节所能获得的蔬菜。

即使现在物流发达，大棚养殖技术成熟，新疆人仍然沿袭老习惯，将各类食材搭配在一起一勺烩，比如豆角烧土豆、茄子辣子西红柿、牛肉大杂烩等。

杂烩汤也是新疆的特色，丸子、夹沙、蘑菇、豆腐、粉条、青菜一锅炖，若是再配一个刚出锅的葱花饼，那是最好不过的了。

在所有的杂烩菜中，出场率最高的当属拌面家族中的杂烩菜，即将白菜丁、蘑菇丁、芹菜段、青椒、蒜薹、豆角、皮芽子等，差不多是拌面馆子里所有的菜都放一点混在一起炒。北疆这边把这样的烩菜拌面直白地叫大杂烩拌面，但在南疆不是这样叫的，它叫家常拌面。不用过多地介绍它在南疆百姓的日常饮食中占什么样的地位，一个“家常”就很能说明问题。在南疆饭馆里吃拌面，你左右环顾一下，会发现当地人几乎清一色地吃这种家常拌面。甚至是进了饭馆一落座，告诉老板来个拌面，老板就直接把家常拌面端了上来。

把许多食材杂烩在一起，这一点倒是秉承了新疆拌面最初的样子，保留了大半斤的血脉。如果这还不够，还没有将杂烩推向高峰，那就再看看和田地区的珍珠炒面。

2016 年，我从和田往叶城走，途经墨玉县一个叫奎牙的地方，正好是饭点，见路边一家饭馆生意红火，便停车过去。见不断有人打包他家的炒面，许多还是像我们一样开车过来的，于是我们也说要丁丁炒面，维吾尔族老板纠正说：“我们家这个叫珍珠炒面。”仔细看，果然是和丁丁炒面有区别，珍珠炒面的颗粒比丁丁小。经历了一番耐心等待之后，一大盘带着汤汁的珍珠炒面就端到了面前。舀一勺，果然，这家炒面非常好吃。除了羊肉之外，配料也多，鸡蛋、青豆、豇豆、玉米粒、木耳、绿豆芽、芹菜丁、青椒、白菜丁、粉条。没有过多的调料，只是加点肉汤稍微一炖，五花八门的材料混合在一起竟然丝毫没有违和感，全是食材本身的香气。毫不夸张地说，这是我吃过的最好吃的大杂烩炒面。

从大半斤到家常拌面、珍珠炒面，不难看出，过去南疆的不发达正好完整地保留了我们以前的饮食习惯和特色。如果家常饭中杂烩的佼佼者是珍珠炒面和家常拌面，那么炒菜中的杂烩经典就应该是牛肉大杂烩。

实在是不好说牛肉大杂烩属于哪个菜系，因为它是北方常见的一道菜，尤其在西北，还可以将牛肉换成其他肉类。若是非得给它归个类，那么就把它归纳到四海之内皆兄弟的江湖菜当中吧。我认为这道菜以菜肴的形式出现在餐馆的菜单当中是20世纪80年代中期的事，曾问过身边的几个对吃比较上心的人，在时间的节点上我们的看法是一致的。

30多年前，我们都是刚刚步入社会，贫穷但热血的小青年，我们精力旺盛，同时食欲也旺盛。这一时期的我们每逢江湖好汉聚会，给大哥接风，给小弟饯行，给妹子过生日，必点的一道菜就是牛肉大杂烩。因为它盘子大，能撑场面，而且能吃饱肚子，还有一个至关重要的原因就是它的价格相对便宜。

牛肉大杂烩的主要食材有四样：牛肉、豆腐、大白菜、粉条，这些平凡的食材搭起了牛肉大杂烩的框架，在这个框架里还可以添加其他食材，比如丸子、夹沙，再比如木耳、腐竹、土豆等。平凡的食材，操作方法也是平淡无奇的。牛肉大杂烩的做法比较宽泛，基本操作是先将牛肉炖烂，然后按顺序将各种食材放入锅中烩制。说容易操作也只是一个相对的概念，没有对各种食材深入的了解和把控，想把这道菜做成一大盘让江湖好汉们交口称赞的美食是不容易的。

若是从味型的角度来谈牛肉大杂烩，实际上它是一道红烧菜，或者说它的基础还是红烧。将牛肉切块焯水或者炒干水分，上糖色炒制，或者用糖、生抽、老抽上色后添适量的水，以刚没过肉为好，然后放入八角、桂皮等香辛料，或高压锅或小火将牛肉炖烂。这里用高压锅压肉有个技巧告诉大家，即先大火上气后改小火，能听到气锤发出断断续续的喷气声就可以，压15分钟后就汤浓肉香了。

有了一锅香肉浓汤打底，牛肉大杂烩也就基本上胜券在握了。先放耐煮扛炖有个性的，然后是容易入味被改造的，粉条和豆腐这些软货要最后放，豆腐放早了容易搅烂，粉条放早了容易煳锅。快出锅前，放入青红椒、葱、蒜。新疆的红烧菜肴一般出锅前会放胡椒提味，而且分量重，牛肉大杂烩也逃不出这个路数。

我喜欢新疆大杂烩，杂烩菜能让我在一道菜中品出多种味道，能让我在一道菜里吸收到多样的、丰富的营养。朴实无华的杂烩菜就像平淡无奇的生活，虽平淡，但踏实、从容，对于我这个容易知足的人来说，能吃饱饭、能踏实睡觉本身就是一件幸福的事。

绵羊盖被子

第一次吃外婆做的羊肉焖饼是40年前的一个夏天，那也是我后来的人生经历中无数次品尝羊肉焖饼的起始。我那时也就是10岁左右吧，没有品味过五味人生的孩童味蕾是敏锐的，据说其敏感度是成年人的2倍。那掺了香豆子粉的面饼融合着被羊肉的汤汁油水浸润的滋味，历经岁月淘洗，至今在记忆的深处挥发着香气，没有丝毫淡化。

外婆是地地道道的老新疆人，连她自己都不晓得祖辈是什么时候来新疆的，只记得她出生的那个地方叫张家湾。我知道那个地方，是一个坐落在天山北坡的自然村落。我最初对美食的记忆大多都有外婆的影子。在讲究茶饭和女红的传统岁月，我的外婆做得一手好茶饭。我很好奇，外婆的茶饭手艺是从哪里学的，其背后又有怎样的传承故事？然而这一切都没有答案，就像我不知道“张家湾”这个汉语地名的由来。

各地都有烹饪羊肉的传统，各方水土也造就了羊肉口感上的差异。针对羊肉的不同特质，各地又有各自烹制羊肉的手法，继而形成不同的风味。相对于南方，北方烹饪羊肉的方法要简单一些，而新疆则更简单，简单到只是将羊肉卸开，凉水下锅，大火滚开撇去浮沫，小火慢炖即可。这个简单不是敷衍潦草的简单，而是大道至简——越是上乘的食材，在烹饪手法上越是强调最大限度地保留食材的原汁原味。

相对于烹制手法简单的清炖羊肉来讲，羊肉焖饼则略费工夫。其烹制方法是将连骨肉分割成块，下锅煸炒至血水全干、表皮金黄时投以花椒、葱、姜、盐，再加水没过骨肉，煮开后小火慢炖。待骨肉熟时，再将硬面团擀成薄如纸张的面饼覆盖至骨肉表面，盖一层饼后上面浇些肉汤，如此反复盖若干层薄饼后，在饼层上扎眼加锅盖焖蒸至面饼熟后即可出锅。其滋味是骨肉香浓，面饼中浸着肉的油香。话说乾隆三十三年，铁齿铜牙纪晓岚被发配新疆，途经巴里坤时，县令敬重纪晓岚，就派人做了羊肉焖饼招待他。一路风餐露宿、舟车劳顿的纪晓岚遇此美食顿觉味道鲜美，赞不绝口，以致他后来回到京城还念念不忘这羊肉焖饼的滋味。

羊肉焖饼何时传入新疆已无从考证。新疆考古研究所于 1999 年在新疆尉犁县营盘墓地发掘汉代墓时出土的圆木盘中，有一只羊头和四根呈半截的羊排，羊头和排骨仅剩皮骨，上面放一张折叠成四层、弧形边朝外的薄面饼，也不知道这个是否是最早的羊肉焖饼。

羊肉焖饼的这种做法也可以用在其他肉类的烹制上，比如鸡肉焖饼，甚至牛肉也可以。其叫法和做法也略有不同。有的地方叫羊肉焖饼，有的地方叫封肉焖饼，还有的地方叫羊肉垫卷子。封肉焖饼和羊肉焖饼的区别就是这“焖”和“封”。曾问过行家里手这“封”和“焖”的区别，有的说只是叫法上有差别，而实际是一样的；有的说“封”是用较厚的发面饼盖在骨肉上，将骨肉严实地封在下面。还有一种说法是封肉焖饼是用肉汤和面擀饼，这样做是为了进一步增加饼子的肉香味，这也是其与羊肉焖饼的主要区别。

由此不难看出，羊肉焖饼中的饼也是随着实际情况变化而变化。如果仅仅是一道菜，普通的硬面团擀成薄饼即可；如果要突出特色，可以在和面时掺入香豆子粉，甚至有将菠菜揉碎和面，创新成菠菜面饼。当把羊肉焖饼当作饭食或者有脾胃虚弱的老人小孩，面饼则可以换作易消化的发面饼。将发好的面摊开，摊铺在骨肉表面，然后盖锅盖直至肉烂饼暄。

羊肉垫卷子流行于甘肃的武威、张掖和酒泉一带。三四十年前的老辈新疆人还经常提及，现在几乎鲜为人知了。每年三四月产羔旺季，畏寒的青草还没有露出头来，大羊缺草吃，羊羔缺奶水，成活率就低，往往要“宰弱保强”，将一些羊羔宰杀。将羊羔肉剁成小块，拌入各种作料放锅中用水煮，然后将面团擀开，卷成筒状，切成3厘米宽的段，竖起放在羊肉上，使汤与面卷平齐。待水快干时，肉和面同熟。羔肉鲜嫩，面卷醇香。

我怀疑现在的羊肉焖饼在来到新疆之前就是羊肉垫卷子，也就是说羊肉焖饼是由羊肉垫卷子演化而来的。之所以这样说也并非臆想，除了做法类似，在地理位置上，哈密又与甘肃相邻。从烹制羊肉焖饼的习俗来看，它主要分布在东疆，以哈密、巴里坤为核心辐射至奇台、吉木萨尔及更远的地区。这其中巴里坤的羊肉焖饼最有名气，以至于羊肉焖饼成为巴里坤的一张饮食文化名片，在巴里坤人招待远方来客的宴席上必须有的一道菜就是羊肉焖饼。除了历史和地理位置的原因，让巴里坤羊肉焖饼声名远扬的原因还有巴里坤草原孕育出来的鲜美的羊肉以及“东疆粮仓”的美誉。你中有我、我中有你，羊肉和小麦完美地融合成的羊肉焖饼是东疆各地群众都喜爱的美食。

羊肉焖饼在维吾尔语中叫“亚甫玛”，有两种做法。一种是死面做法，现在主要流行于哈密市的维吾尔族人中。做法是把死面擀成纸状，把羊肉、胡萝卜、皮芽子、芜菁（恰玛古）或南瓜、土豆炖汤，将面切成砖块大小，每层抹汤油，一般六层为一组，再将组组面层有层次地盖在肉汤上，文火炖，数十分钟后可食。此饭肉嫩、汤鲜、面层层不粘，极为好吃。第二种是发面做法，汤与前者相同，只是面是发的，擀成饼状，轻轻地扣在肉汤上，面上扎上无数小孔，以便排气，文火焖炖数十分钟可食。此种做法面焖得又厚又软又暄，易消化。

正所谓“烹无定法，食无定味”。外婆只是个不识字、围着锅台转了一辈子的家庭妇女，她不懂得这些文绉绉的话，但这些道理早在她的实践中被应用。遇到肥膘羊做焖饼时，外婆会将连着蒂的长茄子洗净，然后顺长切两刀，使茄子成为连着蒂的四条，然后将这些改刀的茄子顺着锅沿围一圈，茄子有吸油的特性，而被油脂滋润的茄子又是绝佳的美味。于是在一口铁锅里，下面的连骨肉被表面的饼子封捂着，被周边的茄子包围着，汤汁在文火和耐心中慢慢地挥发着，待到汁水收紧，一锅香味浓郁、荤素搭配的羊肉焖饼便大功告成。

前面的文章提及美食在传播过程中，运输者起着非同寻常的作用，很多吃食往往先被他们认可后才被广泛传播。现在是这样，过去也是这样。古丝绸之路在近代便演变为商运驼道。现在的运输从业者为司机，过去称驼户或者赶大车的车户。走南闯北、见多识广的车户们才是美食的评判者，美食也是他们热衷的话题。

老新疆人把聊天称“谝传子”。在一个固定的圈子里，传子谝久了便会形成圈外人不知道、圈内人却心知肚明的类似黑话的特定用语。几乎所有的传统行业都有自己的商会、会所、俱乐部等同行聚集活动的团体、场所，这些不同的称谓其实指的都是圈子。

旧时，老新疆人喜欢用“户”这个字区分行业。种庄稼的叫庄户，骆驼运输的从业者叫驼户，赶大车跑运输的叫车户。驼户和车户这两个行业都属于运输行业，所以，有的时候角色也会互相转换，基本属于同一个圈子。

圈子自然会有圈子文化，比如他们对圈子里的厨师说：“三绊两捏有没有？”外行听得一头雾水，而圈里人都知道，他这是在问有没有烤土豆。过去的土豆都是在煤火下的炉灰中焐熟的，吃的时候必须磕一磕上面的炉灰，然后再捏松软。再比如：“掌柜子，拍拍打打有没有？”他这是在问老板要烤馍馍，烤好的馍馍需要拍打一下表面糊了的渣，顺便降温。这些都是过去车户要菜里的一部分。说了半天，您知道过去车户用行话怎么称呼羊肉焖饼吗？让我们把时光的镜头摇回到驼户商运时期吧。

一个午后，尘土飞扬的路边，一辆马车停在一家饭庄子门前。戴着瓜皮帽、肩上搭着白毛巾的堂匠忙不迭端着笑脸迎上前来吆喝：“来客了，茶沏给。”就见车户用鞭杆子一挑门帘便进了门：“喂，掌柜的，来 2 公斤绵羊盖被子。”

天圆地方

将整块肉加工成肉末然后进行烹制的方法古来有之，古语“何不食肉糜”就是证据。以肉末为主料制作的食物很多，在菜肴中，丸子是最典型的代表。

以长江为界，我国的丸子大致上可分为南北两派。南派以粤港一带的鱼蛋、东江流域的牛肉丸以及闽台一系的贡丸为主流。北派丸子虽名目繁多，但几乎是齐头并进，没有一个能担当代表的主角，但以淮扬的狮子头（又名四喜丸子）为掌门是没有异议的。虽然狮子头的做法在很多方面有别于北派丸子，但它影响面广。一般来说，南派丸子的形态和性情像极了南方人，小不过眼球，大不过乒乓球，且结实、精壮，极富弹性。北派丸子主要特征是体积普遍较为肥大，而且未经锤炼，因而显得有些漫不经心、松松垮垮，谈不上什么“弹牙”的质感，却以味道取胜。此等江北大丸，通常是将肉类及辅料剁碎之后混些淀粉攒成，北人所谓“攒丸子”，与南方人粒粒皆辛苦的“捣蛋”或“打鱼蛋”之间是有区别的。

在以牛羊肉为主的新疆饮食中，丸子和夹沙的作用至关重要。它们既单独成菜，又是其他菜肴的组成内容。相比全国各地五花八门的肉丸、鱼丸、虾丸、米丸、菜丸等，新疆丸子都是肉的。肉食以牛羊肉为主的新疆，丸子、夹沙自然也多以牛羊肉为主料。

新疆菜肴中的丸子、夹沙、蛋卷肉焖子所用的食材几乎相同，他们都是以相同的肉馅为基础制作的。将去了筋膜的牛羊肉剁碎，再加适量淀粉、葱、姜、盐，以及新疆大厨最爱的花椒粉、胡椒粉，将肉馅沿着一个方向搅匀上劲后攒捏成肉丸下油锅炸至金黄即可。这是新疆丸子的基本做法，各家经营的丸子又有各家秘不外宣的独门秘诀。

丸子肉馅的制作，除了佐以葱、姜、花椒、胡椒之外，有的掺豆腐，有的掺馍馍渣。掺豆腐或者馍馍渣能降低丸子成本，但不能说这种行为就是掺假。这个掺和比例是衡量卖家贪婪与否的天平，掺恰当的豆腐或馍馍渣能使丸子的口感松软适口且有肉的筋骨；掺多则绵淡无味，入口如同嚼面团。什么都不掺的纯肉丸子在使用前要有个饧发阶段，就是将丸子浸泡在肉汤或者水中，使肉丸子紧密的质地澥开变得松软，有利于入味和优化口感。上乘的丸子是不往馅料里直接加葱姜末的，加了葱姜末的丸子炸出来后星星点点的焦煳黑点影响丸子品相，所以讲究的丸子是加葱姜水，不见其形，却能品其味。除了油炸丸子，还有一种汆丸子的制作方法。新疆的丸子一般都选用牛肉，牛肉丸子耐煮炖，有嚼劲。相比之下，肉质细嫩的羊肉做的丸子主要用汆来完成，就是大火将水烧开后放入食材汆熟断生的手法，它可以最大程度保留食材的鲜嫩。

旧式新疆宴席中的丸子菜有四喜丸子、黄焖丸子、雪花丸子、清汤丸子、红烧丸子等。清汤丸子是以羊肉为馅料的，将羊肉丸子攒好后直接下锅汆熟，兑肉汤，放胡椒、葱花、香菜等作料。雪花丸子是在丸子攒成形后，将丸子在浸泡好的大米或者糯米中打个滚，让丸子外表沾满米粒然后上笼蒸。

旧式的新疆宴席以夹沙为主料的有浇汁夹沙、黄焖夹沙、清汤夹沙、红烧夹沙、椒盐夹沙。夹沙又叫夹沙肉。新疆夹沙的做法大致是在蛋液中兑水淀粉摊成蛋饼，然后在蛋饼上刷水淀粉，将肉馅铺在蛋饼上，之后在肉馅上淋些水淀粉，再蒙一张蛋饼并用手轻按，使肉馅与蛋皮紧密贴合，然后将其切成长条入油锅中炸至金黄，捞出切成方块或者菱形即可。

蛋卷肉焖子则是将较薄的肉馅铺在刷了水淀粉的蛋皮上，然后将裹了肉馅的蛋皮卷起，卷的时候尽量卷紧实。将卷好的蛋卷上笼蒸半个小时，蒸熟的蛋卷放凉后切片即可。可回锅蒸，也可以冷食。

除却蛋皮和外形，因其馅料及制作方法雷同，你也可以说夹沙和蛋卷是丸子另一种形式的存在。由此也不难看出，新疆的丸子和夹沙以及蛋卷之间的关系，它们就像是形影不离的三兄弟。蛋卷蒸好就已经是成品了，而夹沙和丸子还有各种菜肴可以参与完成。大哥是丸子，小弟是夹沙，有多少丸子的做法就有多少种夹沙的做法。除了特定的菜品，它们经常结伴出现在同一道菜肴或者小吃中，比如火锅、砂锅、大杂烩等。因丸子是圆的，夹沙是长方形或者菱形，老新疆人还形象地将夹沙烩丸子称为“天圆地方”。“掌柜的，天圆地方来一份。”掌柜的一听你这个叫法就不敢怠慢，他知道吃家子来了。

旧时的新疆丸子、夹沙家族庞大的原因是食材不丰富，只有在制作手法上做文章。现如今已经难以见到那些制作手法类似、没有特点的丸子夹沙菜品了。但即便是食材丰富的当今社会，四喜丸子、珍珠丸子、红烧丸子也依旧是新疆人餐桌上的常客。

只要是新疆人没有不知道“九碗三行子，吃完跑趟子”这句话的。所谓“九碗三行子”指九碗菜摆了三行，“吃完跑趟子”是指以前农村的流水席，吃完快快走人，下一拨客人等着上桌哪！八大碗、九大碗的宴席形式几乎遍布全国，不管在形式上还是内容上，与新疆九碗三行子有血亲的是西北的八大碗、九大碗，如陕西蓝田九大碗、甘肃秦州八大碗、山西扣碗等。

泛泛地讲，不管八大碗还是九大碗，其实都是西北地区换汤不换药的传统宴席形式。百姓戏称这种宴席："九碗三行一个样，三个菜是一样子，实实摆了三行子，其实都是一样子。"意为九个菜实际食材只有三种而已。不难看出，如果没有丸子和夹沙参与，九碗三行子这种席面将不复存在。

我们总是愿意赋予美食许多寓意和象征，这也是中餐文化的特色。丸子表示团团圆圆、圆圆满满。国内各大菜系，咸甜酸辣万般变化，无一例外都给丸子留有一席之地。在各地小吃中，丸子出演的角色也比比皆是。丸子能让人在视觉和心理上产生愉悦，潜在的意识里，我们对丸子的喜爱是对团结、对一团和气的追求。在许多地区还存在上滚蛋汤的习俗。在过去的宴席中，如果上了滚蛋汤也就预示着宴席进入了尾声，这也是此时无声胜有声这种高境界的实际应用。滚蛋汤可以是一盆滚水中打蛋，取其谐音的鸡蛋汤；也可以是取溜圆、滚来滚去之意的一盆丸子汤，而作为滚蛋汤的丸子一般是汆丸子。

在新疆，除了在九碗三行子中单独成菜的丸子、夹沙之外，现在的人们似乎更愿意吃有丸子或夹沙参与的饭食或者菜品。单独成菜的丸子、夹沙已经不是人们点菜的首选。新疆土火锅中，丸子、夹沙是主角，粉条、豆腐、白菜都是群众演员。没有经过煮炖的土火锅只是纯粹的商品，它没有灵魂。只有经过煮炖的丸子、夹沙才能将自身的油腻交换到汤汁里，让寡淡变得醇厚，也只有煮炖方能让丸子、夹沙变得松软入味。没有丸子、夹沙参与，新疆土火锅就是一锅没有加麻辣料的冒菜。丸子、夹沙在新疆砂锅中是骨干，蘑菇、粉条、菠菜都是配角。文火慢炖的丸子、夹沙绵软而不失嚼劲，喝一口白胡椒味浓郁的热汤，再来一个刚出坑的馕，只怕是再寒冷的天也会觉得暖意顿生。

和其他已经消失在餐桌上或在现今备受冷落的那些新疆传统菜肴一样，传统、单一的丸子和夹沙已不再是必点菜肴，取而代之的是现在大名鼎鼎的小吃——丸子汤。以牛肉为原料的新疆丸子在烹饪过程中要求耐煮、入味，在口感上追求有嚼劲并不失松软，这一特征使得牛肉丸子特别适合入汤煮炖，它是丸子以另一种方式的延续。

杂烩汤都是以熟牛肉、丸子、夹沙、粉条、豆腐、菠菜等为原料，用牛羊骨头汤炖煮而成。吃的时候多搭配腌制的小咸菜，佐以花卷、油塔子，或者烤饼。记得几年前为寻西北小吃还专门在西北五省转了一圈。在山西太原吃的丸子汤与新疆丸子汤无论形式还是内容都如出一辙。冥冥之中感觉有种看不见摸不着，却实实在在存在的东西联系着相隔千里万里的两碗丸子汤，或许这就是饮食文化吧。

汤饭姓张，越热越香

对于老新疆人来讲，无论是炎热的夏天，还是寒冬腊月，来一碗热气腾腾的汤饭，总能带给你酣畅淋漓的快感。特别是新疆的冬天，来一碗胡椒味浓郁的热汤饭，那真是浑身舒畅、寒意全无。

在老新疆人的日常生活中，除了早晚的馍馍茶、茶馍馍，日常饮食家常饭是拉条子和汤饭，这是毋庸置疑的。打个不妥帖的比方，如果拉条子是国王，汤饭就是皇后，那么其他饭食都是嫔妃。众所周知，新疆是多民族地区，每个民族都有其特有的饮食习惯和食物，但拉条子和汤饭上却是各民族都喜欢的饭食。

一个新疆人说，今天中午吃汤饭，如果不刻意说明，他说的汤饭是指揪片子。汤饭是统称，它还包括炮仗子、面旗子、杏皮子等汤类面食，是依据加工成的面食形状而命名的，用料及做法则大同小异，就如同新疆炒面的范畴内还有一种揪片子炒面。

汤饭也是西北诸省的家常饭。揪片子又叫汤揪片，有些省份也称其为尕揪片，从这呆萌的称呼中就不难看出西北人对这种饭食的偏爱。新疆人在饭菜的制作上口味偏酸辣，调料味重，因主产小麦，所以饭食也以面食为主。新疆汤饭在传统的制作中往往要在汤料中放许多不同的蔬菜，最常见的是胡萝卜、白萝卜、土豆、青菜、西红柿等。这样既可以在单一的饭食中尽可能地使其内容丰富，又能最大限度地供给人体所需的各种营养及膳食纤维。如此一来，经过很长时间的演变，汤饭已经慢慢地被赋予新疆本土的饮食习惯色彩，不论是口味还是制作方法上都明显打上了边疆的烙印。因此，新疆汤饭也属于新疆饮食兼容并蓄、博采众长的代表之一吧。

何为边疆烙印？其最明显的特征就是制作简单、配料简单。揪片子甚至简单到不用擀面杖，直接将面团压扁，用小刀划成条然后抻长揪片下锅。它的这一简单的操作方式也使得过去在商路驮运时期乃至更久远的丝绸之路上，骆驼客们在艰难的路途中也能有稠有稀地吃顿热乎饭。

新疆汤饭的基本做法是：起油锅倒入牛肉或羊肉翻炒，加入耐煮的食材翻炒，然后就添水烧开下面，如果实力允许，用肉汤更佳。也有素汤饭，老新疆人称其为甜揪片子。待水开，将醒好的面剂子捏扁拉长后揪成面片入锅，最后放些青菜调个味就可出锅了。全疆各地形形色色的汤饭基本做法都是这样，无非就是在食材和汤水方面做一些变化，比如在汤中加入一定比例的牛羊肉汤，比如加上一些泡发的干蘑菇成为野蘑菇汤饭。在面的变化方面，把面剂子拉成圆的面条，揪成一截一截的，名曰“炮仗子”；将面条搓成晒干的杏皮状就变成“麻食子”或“杏皮子”；将面擀开切成菱形小丁就变成“面旗子”。

揪片子在做法上又分氽和炝两种。氽揪片子是最原始简单的：置锅将水烧开，将切小的羊肉（或薄片或小块）放入锅中，撇去浮沫，将切好的萝卜、土豆放入锅内，然后改小火将抻长的面揪小下入锅内，出锅时放胡椒、花椒、葱花、香菜。汆揪片子体现的是清淡咸鲜，胡椒味出头。炝锅揪片子是将肥瘦相间的羊肉切小，炒锅放少许油，放羊肉水分炒干变颜色后放葱花和姜片、花椒，小火炒片刻，这个过程中可根据各人喜好放入耐炖的土豆、胡萝卜、白萝卜，或是泡好的蘑菇、木耳类的干菜，然后加酱油和盐翻炒，之后加水烧开。将抻长的面揪成薄面片下进滚汤里，面片全放进去以后，可以加醋，放豆腐、青菜等，起锅前加入香菜、葱花即可。炝锅汤饭味道浓郁，花椒味出头，口味酸辣。

任何食物一旦脱离了最原始、最基本的原料及烹饪手段，开始讲求精细复杂，它就脱离了最初满足温饱的初衷，上升到了精神享受的层面上了。同为一锅汤饭，最简单的汤饭可在荒郊野外的一块布上和面，在石头上压扁抻长然后投入开水锅中……讲究的汤饭里放、鲍翅也不夸张。

只要是揪片子，不管是汆还是炝，最后都得将压扁抻长的面揪成大拇指大小的面片入锅。这个揪面片则是整个汤饭制作过程中技术含量最高的环节。你想，在制作汤饭的前段过程中，肉和辅料可以切厚切薄、切大切小，和面团可硬可软，压扁可厚可薄，这些都可以不拘泥，唯独这揪的过程是讲究的。是否是行家里手，水平高低与否，看看碗里的面片便可见分晓。不管你面压得厚薄、抻得宽窄，若是高手，揪面的环节上一律揪成大小均匀、厚薄一致的面片，原则上面片越小越好，拇指盖大小为上品。

一条面上手，一端捏在手里，一端搭在手腕处，外行生手往锅里下面是做不到“揪”的，他只能“拽”，生拉硬拽的面片边缘不整齐，影响口感，而且下面的速度也慢。下面速度慢也影响汤饭的质量，先下锅的面片已经软烂，后面的还没断生。在这里所谓“揪”，是指拇指和食指抓住面头然后靠手腕发力将面片弹入锅内，高手下面，一片跟着一片，行云流水，此起彼落，在手与锅之间形成一条优美的抛物线，手法之快令人瞠目。如果是大锅饭则不讲究，三五人围在锅边，谈笑之间噼里啪啦雨点一般落下一锅面片。

不管任何形式的新疆汤饭，也不论食材如何变化，在汤饭的食材中，土豆始终在首要位置。当土豆煮得绵烂时，它与面片肉汤混为一体后，给味蕾带来的那种沙沙的细微颗粒感，会让人备感舒畅。在民间，在乡野，总有许多若非妙手偶得便是经过锤炼的美食。这些民间高手随意随性地生活，体味酸甜苦辣的人生，烹饪出各具特色的美食。

炮仗子：望文生义，就是像小炮仗一样的形状。甘肃有句俗语："三天不吃炮仗子，心里干揪揪的。"由此不难看出炮仗子在家常饭中的上桌率也不小，它也是汤饭中的佼佼者。炮仗子的食材以及制作方法和其他汤饭一样，同样用羊肉、土豆、萝卜、蘑菇、西红柿、菠菜等，只是将和好的面团搓成圆条面剂子，用手揪成长约 3 厘米长（形状就像小炮仗似的），随揪随放入汤锅。炮仗子因其形状，与薄片的揪片子比不易消化，更适合消耗热量的阴冷天气食用，所以有"晴天揪片子，阴天炮仗子"的说法。

扁豆面旗子：属于汤饭的一种，老名称叫"雀舌头饭"。食物匮乏时期，抓把面揉成面团，擀成薄薄的面皮，用菜刀切成细小菱形的薄片，放进开水锅里，撒点盐，再放一些葱花和煮熟的扁豆，开锅后就汤而吃。由此不难看出，它也是粗粮细做的延伸，因此也叫贫民饭。与此饭相类似的饭食叫扁豆汤，只是面片换成了面糊糊，它是木垒的特色早餐。

杏皮子：因其形状类似晒干的杏子皮而得名。杏皮子又叫麻食子，在西北专指小卷状的面食。元代相关的文献中有关于它的详细制作方法。从杏皮子的外观和加工程序来看，它和西北其他地区的面食

“猫耳朵”类似。所以，杏皮子就是新疆人对猫耳朵的另一种称呼。其做法是将和好的硬面团搓成长条状后切成丁用力压扁，接着用拇指肚挤推，面片就卷曲起来，形似猫耳朵或晒干的杏皮子。杏皮子成形后，入开水锅煮熟后捞出便可做成汤饭，亦可按照炒面方法做成炒杏皮。在东疆乃至东三县，冬至的那天，除了包饺子，还有做杏皮子的习俗。杏花是大地回春的象征，吃了杏皮子，春天还会远吗？而当青杏挂满枝头的时候，吐鲁番的特色——青杏子汤饭又端上了桌。其做法和普通汤饭做法雷同，只是借用青杏为汤饭添加一些酸涩和新疆春天的味道。

新疆人吃汤饭还喜欢配点别的。一般来讲，吃汤饭的时候要切一盘馍馍片，然后来一碟葱油泼过的老咸菜，一瓶醋，再加一碟油泼辣子，这是新疆人吃汤饭的标配。对新疆人来说，不管吃再多的汤饭，如果不来点馍馍总觉得没吃饱。

一锅羊肉揪片子，你一碗，我一碗，吃完不够再一碗。吃不完怎么办？没关系，吃不完就剩着，俗话说：“汤饭姓张，越热越香。”为什么汤饭姓张？据说灶王爷姓张，名单，字子郭，靠灶煮汤可不就姓张嘛！而“越热越香”则是说汤饭凉了之后再加热味道更佳。且不说剩汤饭是不是越热越香，在食物匮乏的年代，单从节俭这个层面上理解，我们宁愿相信这个说法。此类劝人向善、劝人节俭的谚语童谣伴随着每个新疆孩子的童年。奶奶经常说蛇是小鸟的舅舅，所以它们窝里有蛇看家，你若去捣窝掏蛋，蛇便会出来咬你。小孩吃馍馍爱撕馍馍皮，奶奶会说吃馍馍撕皮，出门狗咬哪；馍馍烤煳了，奶奶会说吃了煳馍馍，出门会捡到钱。

锅子装满，肚子吃圆

一场铺天盖地的大雪将冬天的帷幕彻底拉开。在此之前，乌鲁木齐的天气一直都是乍暖还寒。一脚迈进了农历小雪的门槛，一脚还犹豫在现实的深秋。山舞银蛇，原驰蜡象，这才是北国该有的冬天。天寒地冻，放下手头的事，亲朋好友约起来，围坐在一起吃个热气腾腾的火锅才是天大的事情。

生活中，我们喜欢聚在一起，尤其是北方人。北方冬季漫长，天气寒冷，一年当中差不多有半年都在冬天或者在办理冬天的交接手续中。因此，北方人喜欢聚在一起分享，分享生活中的美好，而这种聚集的形式反映在饮食上就是包饺子、吃火锅。

当今餐饮江湖，火锅文化占据半壁江山。火锅是从菜系中分离出来的一个独立门类，它与炒菜平行发展又互相补充，具有很强的地域性。北至东北，南到广州，西入川滇，东达江浙，火锅的粉丝无处不在。据说古人很早就开始涮火锅了。在时间的煮炖中，历史久远的火锅早已不仅仅是一种烹饪方式、饮食方式、用餐方式，而是一种文化模式。品火锅，首先着眼于文化。火锅圆，寓意着团圆；沸腾的汤水代表着热情。火锅用料不分南北，表示有容乃大、兼济天下。火锅荤素杂糅，五味掺杂，互相渗透，又体现出一种融合之美。行走江湖的好汉们经常把“有福同享，有难同当”这句话当作座右铭，在火锅文化里，则直观地将同甘苦共患难的思想转化为在同一口锅里吃饭，体现出了不折不扣的有饭共食。这种“共食”不带任何强制性，每个人都可以任意选择自己喜爱的主料烫而食之，既有统一意志上的服从，又有个人喜好的取舍。

关于火锅的起源，目前有两种说法：一种说是始于三国时期或魏文帝时代，那时的铜鼎就是火锅的前身；另一种说是火锅始于东汉，出土文物中的“斗”就是指火锅。由此可见火锅在我国历史悠久。我国林林总总、五花八门的各地火锅，主要分为北派、川系、粤系、云贵系、江浙系等，而最具代表性、最有影响力的当属四川火锅。无论你身在何处，重庆火锅和成都火锅的招牌随处可见。冒菜、串串是由川系火锅衍生出的小门类，它们是火锅的补充，将火锅不能抵达的市场缝隙填补得满满当当。或灵活组装搭配，或改装成串，最终它们都将经历或麻辣或三鲜的汤锅浴火重生。所以，它们又是火锅其他形式的呈现。

记忆中，小时候只有过年才能吃到火锅。任凭窗外寒风呼啸，屋里团团圆圆，红红火火，热热闹闹。一家人围坐在火锅边，冒着热气翻腾着的火锅增加了节日的气氛。

老新疆人大年三十的年夜饭叫装仓，“粮仓”的“仓”，肚皮是世界上最大的粮仓。这一夜要把肚子吃得饱饱的，预示着来年风调雨顺，粮仓装得满满的，没有匪乱兵祸，不闹饥荒不挨饿。这是身处边疆的老百姓和普天下的百姓最朴素的愿望。因此，在这个重要的节日里，人们愿意相信这些传统饮食习俗能在新的一年里给自己和家人带来好运。煮一锅肉骨头，再满实满载地装个火锅，一家人吃着喝着好不欢喜。也有没有火锅的人家，那就装个砂锅，一样把火锅瘾过了。

人们喜欢把本土的、传统的、老的事物加一个“土”字，老新疆话叫土话，传统的宴席叫土席……因此，老新疆人吃的火锅自然就叫土火锅。土火锅是相对于现代的各种新式火锅而言，是流行于民间的一种叫法。它在食材和器皿上与新式火锅有明显的区别。以前只是叫火锅，现在叫土火锅、炭火锅，其实都是强调它是老新疆的传统火锅，毕竟外来的火锅文化琳琅满目。

老新疆人的火锅多是鼓腹铜锅，过去有铜器作坊手工生产加工火锅，讲究人家的火锅是用纯铜（也叫紫铜）锤摞锻打而成。这种火锅腹内是贯通的，没有鸳鸯锅一说，中间是个烟囱，往往用的时候里面添了木炭或无烟煤后先端至屋外再加一截烟囱，让火着旺。据说纯铜火锅导热快，能很好地保持食物的口感和风味及纯铜独特的味道。纯铜独特的味道对于我们这些不经常吃纯铜火锅的人来讲，实在是分辨不出，但听说有些地方的铜锅涮肉里有放铜片的讲究，说这样吃起来才地道。

土火锅与现在的火锅的另一个不同处是制作过程及火锅里的食材。土火锅是不炒锅底的，火锅内放丸子、夹沙、豆腐、粉条、大白菜等，然后将牛或羊骨头汤添入火锅，放胡椒、花椒、姜粉，加燃煤或炭来加热，稍经焖煮后即可开吃。以上所说的是新疆土火锅最常见、最基本的制作方法及最常见的食材。这种火锅主要流行于哈密、巴里坤、昌吉东三县，乃至伊犁一带，在地域上几乎涵盖了东疆以及整个北疆。另外，土火锅还讲究所有食材要有一起煮炖合并这个你中有我、我中有你的过程，只有经过煮炖这个过程，食物的美味、骨汤中富含的各类元素才能和食材充分融合，丸子和夹沙才会变得松软入味。

土火锅的做法简单，但若是想做好一锅出色的土火锅却并非易事。把简单的事情做好就是不简单，把平凡的事情做好就是不平凡。殊不知再简单的饭食都有学问。如果说冒菜和串串是川系火锅以其他形式的呈现，那么砂锅无论是从形制上还是内容上都是新疆土火锅的减配版。

现在乌鲁木齐的火锅江湖可谓风起云涌，多以酒精、燃气或电来代替传统的煤和炭。在器皿上多为两格的三鲜麻辣鸳鸯锅和一人一锅自助锅。在类别上则是五花八门，北京的铜锅涮肉、东北白肉火锅、重庆肥牛火锅、广东海鲜火锅、潮汕鲜切牛肉打边炉、成都串串火锅、内蒙古羊蝎子火锅等，这还不算，还有以鸡、鱼、虾、鹅为锅底的涮锅。

新疆人自己的传统土火锅在传承新疆火锅文化的同时，更是在这片热土上大放异彩，传统的铜锅不变，燃料不变，在内容上可谓花样百出，牛排、羊排、土鸡、鹅、鱼、酸菜、菌汤……各种主题火锅异军突起，现身江湖。在食材上更是丰富多彩，除了传统食材和各类蔬菜，又放入豆皮、豆芽、鹌鹑蛋、午餐肉、鸡丸、鱼丸、虾丸、鸭肠、血块、毛肚、面肺子，大有一锅煮尽天下的气概。

在过去，新疆的街面上是没有专营火锅的店铺的，我想这是环境以及饮食习惯造成的。旧时的新疆食材单一，肉食也多以牛羊肉为主，尤其是到了漫长的冬季，蔬菜只有窖藏的土豆、萝卜、大白菜。而火锅的旺季在冬天，你说一个火锅里翻来覆去天天煮老三样，自己看着都腻味。所以在过去，火锅只是菜馆里冬天顺带附加的一个菜品。如果说巴蜀火锅带有浓烈的码头文化、江湖气息，新疆的土火锅则带有浓浓的家庭氛围。

新疆土火锅从制作到食用的过程都带有较大的随意性，厨师及家庭主厨自由发挥的空间较大，用哪些食材可因季节以及个人或者菜馆的偏好，在品种和数量上随意增减，肉食材料也是有的放牛羊的生肉片，有的放煮熟的牛羊骨头。土火锅中的丸子分牛肉丸子和羊肉丸子两种：牛肉丸子筋道，适合油炸；羊肉丸子鲜嫩，适合水汆。所以，土火锅里有的选择牛肉丸，有的选择羊肉丸，还有的选择各样一半。个人觉得火锅里放牛排、羊排、蝎子骨有点多余，这些本来就已经加工成熟食的食材，进入火锅只是加热洗个澡，本质上并不参与火锅的融合，因为此前它们的汤已经成为火锅的汤料。所以这些成品材料完全可以单独成菜，没必要挤到火锅狭小的空间里占地方。当然，店家将有骨头的火锅垒得冒尖，尖到盖子都合不拢，端上桌的那一刻视觉效果还是显著的。

新疆土火锅在吃法上也很随意。传统的土火锅是没有蘸料和油碟的，你若是需要，也只有新疆人饭桌上常见的油泼辣子、酱油、醋，外加一头蒜或者老新疆餐餐不能少的一碟老咸菜，并没有其他特殊的油碟蘸料，以至于我们现在去火锅店里吃火锅时，经常会望着一排排、一盆盆的火锅蘸料发呆。生抽、老抽、蚝油、香油、花椒油、麻酱、面酱、辣椒酱、韭菜花、剁椒、红豆腐……这让我们这些从小吃土火锅不要蘸料的人不知如何是好。说来说去，还是咱新疆火锅文化弱吧！可是上次去重庆，老哥们儿带我去吃火锅，说到重庆就一定要尝一尝地地道道的重庆火锅。到了一家不起眼却看着有年头的老店，哥们儿给我端来一碗香油，说吃地道的重庆火锅只用香油，其他味道都在火锅里。或许越接近本质的事物，越是素面朝天。

随着社会的发展，地域文化的界限越来越模糊，饮食也是如此。主题的多元化以及食材的多样性使得新疆土火锅或者说新疆炭火锅和其他地域性的火锅界限越来越不明显，换句话说就是新疆本土特征越来越不明显。或许将来，新疆土火锅只是一个概念，其本质就是天下大同的火锅。这些已经不再重要，因为吃传统土火锅的人正在减少，而来自四面八方的众食客以及生于斯、长于斯的疆三代、疆四代，也对所谓的土火锅没什么概念和兴趣。说到底，情怀代替不了口味，饮食文化也应该与时俱进，怎么好吃怎么来。

一个火锅承载了中国千年的历史，一个火锅里煮着天南地北的方言和普通话。古往今来，新疆在中国的历史上是个民族大融合的地区，它的各种文化受外来文化影响的程度非常深，单从饮食结构以及种类上讲就很复杂。从这方面也不难看出，新疆是一个极具包容性的地区。

太阳的味道

西北地区喜欢把风趣幽默的民俗俚语编排成顺口溜来概括本区域的风物，最常见的便是以八大怪为名的顺口溜，各地都有不同的填词，寥寥数行便将本土特色、习性生动形象地概括出来。

陕西八大怪：老婆帕帕头上戴，家家房子半边盖。板凳不坐蹲起来，面条宽得像裤带。锅盔大得赛锅盖，油泼辣子一道菜。秦腔大戏吼起来，姑娘一般不对外。

山西八大怪：削面飞得比刀快，山西陈醋一道菜。汾酒窝头把客待，烙饼要用石头块。路边灰土当煤卖，土豆白菜论麻袋。山上挖洞把房盖，新娘盖头给驴盖。

敦煌八大怪：香水梨要放黑卖，新鲜馍馍掰开晒。浆水面条解暑快，驴肉黄面门外拽。三九锁阳人参赛，酒枣新鲜放不坏。罗布麻茶人人爱，榆钱儿也是一道菜。

八大怪是长期在民间相传的顺口溜，也是一幅百姓质朴生活的画卷。我们今天要说的是敦煌八大怪中的“新鲜馍馍掰开晒”。平房小院时期，到了夏季，西北地区都有晒干馍馍的习俗，巴里坤、木垒、奇台、吉木萨尔天山北坡东段这一线也是如此。每到夏季，家家户户的房檐下都挂着一个盖着纱布晒馍馍的红柳筐。本以为风干馍馍只是西北地区特有的，但是听苏北地区的人说，他们那里也有这个习惯。

许多日常细节是容不得仔细推敲和深究的。吃了这么多年的面食，你知道馍馍、馒头的叫法是怎么来的吗？馍馍和馒头究竟有何不同呢？有人说馒头是普通话的叫法，馍馍一般是方言的叫法。我觉得这个说法有一定道理，但不全对。新疆方言的确叫馍馍，但普通话叫馍馍的也比比皆是。那就追本溯源查资料找馒头和馍馍的出处。中国古人认为太阳下沉的地点在甘肃，所以《尧典》里说帝尧派遣羲和四子之一的和仲居住在甘肃，负责每天礼送太阳下山。“莫”的本义是“太阳下山”，“太阳下山的地方”在甘肃，因此，甘肃的馒头或陕甘宁地区的馒头就是“馍”。据晋人笔记记载，“馒头”一词出自三国蜀汉诸葛亮。当时诸葛亮率军南渡泸水以讨孟获，根据当地的习俗，大军渡江之前必须以人头祭祀河神，诸葛亮遂命人以白面裹肉蒸熟，代替人头投入江中。诸葛亮将其命名为“瞒头”，即欺瞒河神之假头之意。

汉晋以后，古人也把馒头称作饼。这个不难理解，现在昌吉地区的东三县也还把蒸的形状大而扁平的花卷叫蒸饼。因此有人说馒头是馒头，馍就是馍，谁都不能代表谁！馒头一般是用发酵的面团做的，而馍馍一般是直接用面粉做的饼。有人说，北方人一般将无馅的面食称为馒头，有馅的叫作包子、馍、饼等，馒头能够代表的只能是无馅的面食。既然这样，为什么直到今天，陕西那边还把烤的饼叫白吉馍，明明是肉夹饼而叫肉夹馍，羊肉泡馍里明明泡的是饼而叫羊肉泡馍?

文绉绉地说了半天还是在原地绕圈圈，没弄明白馍馍、馒头、饼的区别。新疆方言里有句俗语说“吃了馍馍混卷子”，大概意思就是浑浑噩噩地混日子，所以这个问题也就得过且过吧。

何为风干馍馍？简单地说就是将蒸好的新鲜馍馍掰开晾晒，在太阳的暴晒下，水分蒸发殆尽，就成了风干馍馍。注意，这里强调的是新鲜出笼的馍馍，而不是放了好多天，失去水分自然变硬的馍馍。风干馍馍是后来的叫法，是讲普通话的城里人先这么叫的。

之所以叫风干馍馍，也许是因为“风干”这个加工食材的手段在新疆太普遍的缘故吧。风力资源丰富，阳光充裕，空气干燥，这些都是风干必备的要素，而在具备这些要素的新疆几乎没有什么食材是不能风干的。在新疆，风干一般在10月之后开始，一来这个季节有大量价廉而质优的果蔬和肉食上市，二来这个时段已进入低温，没有蝇虫，可保证肉食在风干期内不变质。风干牛羊肉是草原风味，拥有老风口、百里风区玛依塔斯的塔城地区更是将风干马、牛、羊、鸡、鸭、鹅肉当作日常食物。

在老新疆人口中，风干馍馍是没有“风”这个字的，只是叫干馍馍，制作的过程也叫晒干馍馍。方言和普通话叫法不一样、发音不一样的例子有许多。比如乌拉泊，新疆人到现在也固执地把这地方叫作乌拉“bǎi”。比如喀什，老新疆人念作“hǎ shí”……作为一个认真的杠精，我有必要强调，风干和晒不是一回事，晒是依靠热情的太阳、热力四射的温度，风干靠的是凉爽干燥的风，所以老新疆人叫晒干馍馍更贴切。

我们现在吃的馒头标准重量是100克，而晾晒风干馍馍则以车轱辘大的馍馍晾晒为最好，馍馍光洁的表皮会影响风干后的口感。说有车轱辘大是夸张，但以前老新疆人蒸的馍馍的确大，大的八九百克，小的也在500克以上。要说真正大得像车轱辘的馍馍也只能是蒸饼了。

那么为什么要蒸车轱辘大的馍馍呢？在风干馍馍还叫干馍馍的时候，因为没有发酵粉，老酵子手工发面很麻烦，需要不断地将生面往发面里兑，以家庭为例，蒸一笼馍馍至少需要兑 12 小时。所以一次要蒸多，蒸多吃不了就将蒸好的大馍馍掰开风干晾晒。晒干了的馍馍久放不坏，便于储存，这是一方面。另一方面，蒸 10 个馍馍是一笼，蒸 20 个也是一笼，这就好比新疆人常挂在嘴边的那句话："一只羊是放，一群羊也是放。"我们有理由相信，这些都是风干馍馍最初的由来。相信当初丝绸之路上的骆驼客的褡裢里也没少驮干馍馍。

在没有发酵粉之前，老辈人蒸馒头用的都是传统的老酵子发面。老酵子是用小米或者玉米面兑醪糟，在一定的温度和环境下发酵制作的。老酵子蒸的馒头比用发酵粉蒸的香甜有嚼劲，特别是夏天，用老酵子蒸的馒头久放也不容易坏。如果现在要把风干馍馍做个划分，我愿意这么划分：干馍馍时代，它代表着用老酵子发面的纯手工时代；风干馍馍时代，它代表着使用发酵粉机械制作的工业时代。

老酵子制作馍馍有一套繁复的工序。在饧酵子、发面、揉面、兑碱的每一个环节都需要悉心观察，把握尺度，所有这些都是完全依靠手工和积累的经验来完成的，每一道工序都将影响最终的结果。可以说每一次用老酵子做手工馍馍都是一次人与自然的合作，它最终的成功与否、口感如何，都要看是否天时、地利、人和。要应用好老酵子，让它的秉性得到最大程度的释放，你便要悉心观察它在不同时节、不同环境条件下的不同变化，根据实际情况，因地制宜地采取相应措施。因此，就算是蒸了一辈子馍馍的老面匠也不敢打包票说他每次都能把馍馍蒸成功。甚至是用同样的面粉、同样的水、同样的煤火，所蒸出的馍馍也各家有各家的味道。

馍馍蒸好了，晾凉即可掰成几半，搁在太阳底下晒三天即变成了酥脆的风干馍馍。这个过程简单，只是强调手工掰而不是用刀切。刀切的平面没有凹凸的颗粒感，在接受光照时肯定受影响，因此口感也会发生变化。而晾晒的馍馍到发硬的程度便会被收集到一个透气性较好的篮子里，盖上遮灰尘的纱布，吊在屋檐下任凭风吹日晒。

老新疆话说："各回各家，吃馍喝茶。"新疆老户人家喜欢吃馍馍，馍馍就咸菜、米汤泡馍馍、茶泡馍馍、肉汤泡馍馍都是家常便饭，即便是吃揪片子、炮仗子，手里也不忘拿块馍馍，说是不来点馍馍勾缝子，总觉得没吃饱。难怪有人说老新疆人的饭食单调，早晨馍馍茶，晚上茶馍馍。

晾晒好的干馍馍有一股特别的味道，这味道如同在阳光下晒过的被褥散发的那股温暖的味道，那是太阳的味道。干馍馍既可当主食，也可当副食。干馍馍干吃脆香，特别适合当成人们田间地头的工作餐、出门的干粮，甚至是茶余饭后的零食。老新疆人有个更贴切的叫法，叫腰食。腰正好位于人的身体中间，驼队一天的行程是 30 公里，15 公里处的歇脚地即是腰站。那么一日三餐，餐与餐之间的零食即为腰食。干馍馍在液体中一泡，酥脆爽口，不仅仅是茶水，也是汤汁类饭食的好伴侣。这些伴侣中，最有名的莫过于干馍馍泡西瓜了。对于干馍馍泡西瓜，老新疆人会用一个字来形容这种口感，这个字是"欻"（chuā）。欻是用来形容短促迅速的声音，但在这里它的意思是酥脆到极致。

开篇说到了夏天，新疆老户人家的屋檐下几乎都吊着一个用来晒馍馍的红柳编的篮筐。说到屋檐，不能不提及东三县的拔廊房。所谓"拔廊房"，是指从外观看房屋的前屋檐向前伸出一米多，就像是把原来的廊檐朝外拔出了一截。这种形制源于陕甘一带的传统民居。清末民初，有大批陕甘移民进入新疆，他们修房架屋时，往往会参考老家的房屋样式，再根据新疆本地的气候特点，将部分房屋进行改造，从而逐步形成了独具新疆特色的新疆拔廊房建筑式样。这是天山北坡东段的传统民居建筑形式。晒馍馍的篮筐吊在廊檐下，即便是下雨也不用担心。

现在很少有人晒干馍馍了，遍布城市角落的馍馍店里，大大小小的和面机器代替了手工和面，发酵粉发面代替了传统老酵头发面，人们随时都能买到新鲜出笼的馍馍。城里人都住进了楼房，村里的人也都搬进了崭新的房屋，风干馍馍、拔廊房正在成为一代人渐行渐远的记忆。

老吕是我在巴里坤三塘湖认识的当地老户。看村口那座矗立的烽火台就知道三塘湖是个有故事的地方。说起祖辈来，老吕如数家珍。三塘湖顾名思义有三个湖——上湖、中湖、下湖。清中期驮运商队经常从此经过，在此歇脚，有驼户留恋此地水草丰茂，便携家眷在此落户，三个湖分别为三个姓氏所有，吕姓就在中湖扎下了根。

老吕喜欢揶揄我们这些城里人。那天他见我踉踉跄跄帮他扛麦子，就说：“你们城里人看起来一个个吃得大腹便便的，其实都是些海绵宝宝。”为此我和他经常斗嘴，斗来斗去竟然成了朋友。说朋友似乎也不贴切，我不知道应该用什么样的词语来形容我们之间的这种关系，反正就是那种办公室里没有、同事之间少见的互相说话放肆、谁埋汰谁都无所谓的关系。

老吕也晒干馍馍，每次都蒸好多馍馍晒，他说多晒些带给县城的儿子吃。上次老吕晒干馍馍，馍馍一晒到房顶就刮了一场沙尘暴，害的老两口坐在当院刮了好几天馍馍上的沙子。第二天早晨老吕老伴又蒸了馍馍晒，结果中午又刮沙子。老吕支棱着头发在房顶手忙脚乱地边收馍馍边骂：“把他家的，一晒馍馍就刮沙尘暴，一晒馍馍就刮沙尘暴。”等傍晚风停之后他又把馍馍晒上了房，并说：“我咋看明天要下雨呢！”我站在当院说：“这个干得蹚土满天的地方会下雨？你们可能只听说过雨，没见过雨吧！”老吕听了哈哈大笑。今早老吕去瓜地干活，没走多久天空就下起了毛毛雨，应着雨声，老吕跟头绊子地回来收馍馍了。

驼户的饭菜

新疆的许多地名都打烙着畜力驮运时期的印记，骆驼圈子、三塘湖、淖毛湖、七角井、腰站子等，不胜枚举，包括乌鲁木齐的山西巷，无一不是商路驮运时期歇脚宿营的地方。

在漫长的岁月里，畜力一直承担着运输的重任，只有陆路运输的新疆更是如此。即便是到了汽车运输的时代，在偏远的新疆，畜力运输也依旧迟迟不肯退出历史的舞台。到了 20 世纪 70 年代，疆内有些地方还有畜力运输合作社的存在。畜力运输合作社简称“畜力社”，它的作用相当于现在的运输公司。既然有这样的团体存在，那从业人数自然也不少。

这些畜力交通运输的从业者可分为驼户和车户。驼户也叫骆驼客或者拉骆驼的，车户为拿着鞭杆子赶大车的；驼户多长途拉运货物，车户多于城镇区域拉人载物。即使到了现在，有不少老新疆人依然习惯把跑运输、养大车的人家称为车户。

过去，由于历史、地理位置等各方面的原因，老新疆人的日常饭食很简单，简单到沏一壶砖茶就着咸菜吃馍馍也是正儿八经的一餐饭，有时改善一下伙食，也不过煮点肉，馍馍往肉汤里一泡便是一餐。

一方水土养一方人，川湘湿热，成就了这一地区喜辛辣的饮食风格。新疆干旱，养成了新疆人喜欢清汤，以茶水搭配主食的吃法。在老新疆人的食谱里没有粥这种饭食，只有米汤，无论是大米、小米、黄米，只是在水中放入少量的米滚开煮烂成为解渴消暑、清汤寡水的米汤。老新疆人不喜欢浓稠、糯性强的饭食，浓稠的粥、糊状的汤面都不是老新疆人的饭。老新疆人喜欢清爽纯粹的食物，拉面、面条出锅后一律过水，让其变得爽滑，就连汤饭、疙瘩汤也力求汤是汤、面是面。

过去的新疆，到了饭点随便划拉个菜，沏一壶茶，就个馍馍就是一顿饭。20 世纪六七十年代在厂矿、机关单位、部队的食堂和学校的食堂里，大多数时间吃的都是馍馍菜，变化的只是菜的花样而已。所以其他地方的人揶揄新疆人，你们一天到晚馍馍茶、茶馍馍。积习成俗，殊不知这简单潦草的饮食习惯里传承、延续着商路驮运时期驼户、车户的饮食痕迹。

煮骆驼肉、驼筋、驼蹄，都是驼户人家远去的记忆。相比其他肉食，肌理粗糙的骆驼肉并不美味。因此，将老弱、失去劳动力的骆驼宰杀煮熟后，分割成拳头大的块晾晒成肉干慢慢享用，这是骆驼肉所特有的食用方法。外出放骆驼也是个辛苦活，出门时塞几块骆驼肉干在褡裢里也是补充体能的好办法。

在过去很长一段时间里，驼户人家的饭菜乃至老新疆人的日常饭食中，肉臊子都是灵魂。起锅烧油，放点肉臊子在锅中划散投以花椒粉及葱姜，然后将要炒的蔬菜放入炒熟。这几乎是每个新疆家庭烧饭炒菜的程序，只是大多数时候是没有肉臊子可放的。放肉臊子和不放肉臊子的饭菜是不一样的两个概念。粗茶淡饭，这里的“淡饭”是指简单、不讲究的饭食。不放肉臊子的素饭食，新疆老话叫甜饭。“淡”

与“甜”古音相同，因此，老新疆人又将素饭叫甜饭。

臊子乃碎肉丁之意。放了肉臊子的饭菜，哪怕放一点儿，也算是沾了荤腥，有了油水也就有了素食所不能给予的滋味。可不能小瞧这肉臊子，计划经济时期什么都定量，买油要粮本，买肉要肉票，油和肉的金贵是现在丰衣足食的年轻一代所不能体会的。在那缺肉少油的时期，平常生活的调剂全靠这肉臊子。可以说，在没有冰箱冰柜的时代，肉臊子在新疆百姓的日常生活中起到过举足轻重的作用，家家户户的碗橱里都多少备着一碗、一盆或者一罐浸满油脂的肉臊子。

当然，用胡萝卜、青萝卜、土豆、香菇之类的素食材料也可制作素臊子，用来吊汤、配菜。如果肉臊子中放了些素臊子，便成了干臊子，野外旅途中或外出半道上用它就个馍馍、夹个馕也是很好的，如果兑点开水煮一下，妥妥地成了一碗有荤有素的哨子汤。

在冬季漫长、食材单一的新疆，腌咸菜是生活中必不可少的项目。到了哪个季节，哪一季时令蔬菜便会被收入缸中。在老新疆人的腌菜缸里几乎可以找到全年各季蔬菜的踪影，韭菜、芹菜、辣椒、黄瓜、豆角、蒜薹、萝卜、白菜等。而且新疆人腌菜的手法也很简单，只是将蔬菜洗净置于腌缸内，投入颗粒状的土盐层层码放，最后用重物压实。日后，这些食材将会在日常生活中发挥大作用，咸菜肉丁便是新疆人标志性的家常小菜。

咸菜和肉臊子都有耐存放、不易变质的特点。将咸菜冲洗之后切碎，与肉臊子混在一起放葱姜蒜，用干辣皮子炒制，更是荤素搭配。有些人家放豆瓣酱煸炒，有些人家放自制辣椒酱，也有人家只是咸菜臊子清炒。因此，虽然食材相同，但每一家做的咸菜肉丁味道都有不同，如果要做路途上携带或者长时间存放的咸菜肉丁则无一例外地会加入动物油脂。动物油脂不仅能增加荤腥的滋味，还能起到隔绝空气的作用。

经年累月牵着骆驼走西口、穿河西走廊的驼户们在穿戈壁、走沙漠的过程中形成了特有的饮食习惯。总体来讲，简单方便、易操作、耐储存是驼户饭菜的特点，馍馍菜、咸菜炒肉丁、肉臊子炒各种蔬菜都是他们标志性的饭食。每每踏上漫长的征途前，家里的慈母贤妻都会用情感、用耐心慢慢地做一锅凝结着牵挂与思念的咸菜炒肉丁，让远行的人带着上路。

咸菜炒肉丁中咸菜一般有咸豇豆、雪里蕻、萝卜干、榨菜等。走在“向前看，戈壁滩；向后看，鬼门关”的茫茫旷野中，驼户们能有稠有稀地吃顿热乎饭已实属不易。馍馍或者馕饼子就着咸菜炒肉丁，或者干脆把咸菜炒肉丁倒入开水中一搅，一碗臊子汤瞬间诞生，泡着馕饼子连汤带水一起吃，也算路途上的一顿美餐了。

随着现代交通运输条件的改善，诸如公路的发展、汽车的普及，畜力运输彻底退出了历史舞台，驼户、车户这些职业也隐退于书籍、影视剧、广播和人们的记忆里。所有的事情都成为过往，成为故事里的事，但商路驮运留下的痕迹及影响直到今天还保留在我们的生活中。声声驼铃已随风远逝，驼户这个职业也已经消失，但他们身上看不见的东西并没有完全消逝，比如他们的行为观念、饮食习惯依旧在延续。

咸菜炒肉丁在过去物资匮乏的年代是出门的必备品。新疆国土面积大，从一处到一处路途较远，不论出差或是住校上学，临行前，家人都会在厨房忙活一阵子，准备几个瓶瓶罐罐，里面扎扎实实塞满咸菜炒肉丁，以备路上之需。在路上，在异乡，吃着咸菜炒肉丁，品着家的味道，感受着亲情的温暖。

远去的驼队已经消失在光阴里成为故事，声声驼铃被时间的风吹得了无踪影，但是给出远门的亲人准备咸菜炒肉丁依然是老新疆人不曾丢掉的习惯。从新疆走出去的游子，当年背起行囊走上求学之路的少年，有谁没有关于咸菜炒肉丁的记忆？有谁的行囊中不曾有过妈妈头一天点灯熬油炒制的一瓶咸菜炒肉丁呢？咸菜炒肉丁是往昔驼户的饭菜，咸菜炒肉丁是今天身处异乡的新疆人的乡愁。

茶醉情浓

国人饮茶的历史悠久，古诗词中关于茶的歌咏描述更是不胜枚举。“一帘春欲暮，茶烟细杨落花风。”“武夷春暖月初圆，采摘新芽献地仙。”“青灯耿窗户，设茗听雪落。”白居易更是洒脱地写道：“食罢一觉睡，起来两瓯茶。举头看日影，已复西南斜。”也不知道什么时候，各种茶就涌进了新疆人的视线，铁观音、碧螺春、普洱、大红袍等，林林总总，五花八门，而且每一类茶还细分出若干品种。除却茶本身，还有各种各样喝茶的设施，大到整棵树木制作的茶台，小到股掌之间的各种茶盅、紫砂壶，让过去只有一把大茶壶、一方砖茶的老新疆人目不暇接。

在相当长的一段时间里，我总以为新疆没什么茶文化，偶然间在电视上看到一部纪录片，介绍喀什一家百年老茶馆。电视画面中，茶客们盘腿围坐于炕上聊着天，有人喝着大碗茶，有人用馕蘸着茶水，还有人拨弄着都塔尔，唱着古老的民歌。也有喜欢僻静的，就坐在走廊间，一边喝茶，一边静默地看着喀什老城的巷道里人来人往。远处的公路上车水马龙，吐曼河浑浊的河水缓缓流淌。随着镜头的摇动，似乎整个喀什老城都浸润在老茶馆氤氲缭绕的水气和或酽或清的茶水、或浓或淡的茶香里。

不知道你发现没有，虽然茶产自其他地区，但你在其他地区的餐厅里是喝不到免费茶的。而在并不产茶的新疆，不论店面大小，所有餐厅都是免费提供茶水，这是规矩。哪怕你只是点一碗便宜的汤饭，店家也会给你上一杯茶。对于讲究的新疆人而言，在新疆餐饮行业，茶水口感的好坏也是衡量一家餐厅、饭馆好坏的标准之一。在两家经营内容一样、品质也差不多的餐厅中选择一家吃饭时，往往就会有人说："去那一家吧，他家的茶好。"仅此一点就不难看出，其实茶早已渗透到新疆人的日常生活中了。只是新疆人将喝茶和吃饭紧密地联系在一起，从而忽略了喝茶以及茶背后的文化内涵。

新疆气候干旱少雨，不适宜栽种茶树，凡所需茶叶皆由其他地区供应。汉初，随着最早的茶马古道以及后来丝绸之路的兴起，茶叶成为最早连接东西方商业贸易往来的重要货品之一。自唐宋以来，历代政府都十分重视茶叶交易和茶叶经营。

新疆人喜欢喝砖茶。据说砖茶起源于唐代太和年间，《唐史》就有"嗜食乳酪，不得茶以病"的记载。边疆地区肉、奶制品吃得较多，因此需要茶来解油腻以及从茶叶中获得微量元素，茶就成了边疆地区大宗的买卖和日常消耗品。古往今来的驼队运输中，茶叶是不可或缺的一项重要内容。为了更耐储存、更适合长途运输，茶商就将松散且价格低廉的茶叶边角料压制成紧实的砖形销往边疆，这也是粗枝大叶的砖茶不招其他地区茶客待见的原因之一。但砖茶去油解腻的显著效果使得它深受边疆人民的喜爱。

新疆人喝茶没有那么多的规矩，也没有其他地区文人雅士喝茶时繁复的茶艺和品茶习惯。其他地区的人们常以喝茶为名聚在一起聊天、交换信息、谈古论今，从某种角度理解，茶在很多场所是取代了酒的功能。新疆人不会没事围坐在一起，端着茶杯，喝着不上头的茶谈天论地谝传子。新疆茶文化是饮食文化的一部分，喝茶和吃饭紧密联系在一起，往往只在吃饭时才会围坐在一起喝茶。因此，新疆人评价一个女人是否有能力时，首先会说谁家的女人、媳妇、闺女的茶饭好。

受地域文化的影响，新疆本土茶饮与其他地区的茶文化相比较而言有较大差异。其他地区将茶融入日常生活的同时，更是将茶上升到精神层面，赋予茶诗性及各种各样的寓意。对于新疆人来讲，除了喝茶解渴、喝茶佐餐这些最基本的需求外，茶也渗透到民族风俗、风土人情和生活习惯等各个领域。因此，茶不仅可以自己喝，还可以把茶叶作为待人接客以及走亲访友的馈赠佳品。

闻一多说："我的粮食是一壶苦茶。"闻先生写的是诗，一壶苦茶是他精神食粮的象征。新疆人喝茶不是一味地追求茶的原汁原味，厮守着茶的苦与涩。除却清茶（也叫黑茶）的本味之外，新疆各族人民还喜欢以茶为基础添加各种材料调制出各类茶饮。在此，我们对各种各样的茶做个梳理。过去，新疆人将砖茶之外的茶统称为细茶，他们最爱喝的茶有清茶、奶茶、药茶、奶皮子茶、油茶、花茶、果茶等。

在具体讲新疆茶的种类之前，先说一下与茶相关的器皿。萨玛瓦尔是从俄罗斯传到新疆的，它是用铜铁等制作的专门用于烧水的圆形器具，有两层壁，在中间烧火，周围装水，其制作原理跟火锅相同，不同的是此器具比火锅腹深，底部有水龙头。现在常用的电萨玛瓦尔中间则没有烧火的空腔。萨玛瓦尔有大小之分。大的立在当院里，每逢红白喜事或者其他群体性聚会，冒着热气的萨玛瓦尔则连续不断，一壶接一壶地为众人提供滚烫的开水。小萨玛瓦尔则摆在室内或者毡房内的桌子上。因此，它既是实用器具，又是摆设，甚至是一个家庭经济状况、生活情趣的体现。质地精良、做工考究的萨玛瓦尔彰显着主人的尊贵和家境的优越，擦拭得锃光瓦亮的萨玛瓦尔是一家人的脸面，更是折射女主人是否贤惠的一面镜子。

比萨玛瓦尔更早更古老的还有另一种烧水的器物——汆子。汆子，《现代汉语词典》里这样解释："烧水用的薄铁筒，细圆柱形，可以插入炉子火口里，使水开得快。"现在不知道汆子为何物的人不在少数，但在平房煤炉时期的新疆，不论城里、乡下，汆子几乎是家家必备的烧水器具。据老辈人说，熬锅水有异味，不宜沏茶，用汆子现烧出的水泡茶好喝。另一方面，在没有保温瓶、电热壶的年月，用汆子烧水是最快捷、方便的。寻常百姓家只是简单地用铁皮制成一个直径略小于最小炉圈的细筒，翻边装底，铆个把手即可。家境殷实的人家则用红黄铜做原料，打制成富贵华丽的汆子。更有能工巧匠将汆子做成下粗上细的筒，再在底部另箍一层铁皮，这样就能增大受热面积，而且延长其使用寿命。在那个年代，汆子也是铁皮作坊里的主要产品之一。萨玛瓦尔也罢，汆子也罢，它们的共同特点是现喝现烧。

清茶又叫黑茶，是相对于奶茶的叫法，它是用普通砖茶直接熬制的茶水，也是百姓日常生活中最常饮用的茶。在相当长的时间里，新疆人的清茶或者黑茶都是由湘茶中的茯茶熬制的。

药茶是南疆地区维吾尔族特有的传统保健茶，是在茶的基础上用小豆蔻、沙枣、肉豆蔻、肉桂、丁香、孜然、胡椒、干姜等天然植物配比烧制的茶饮，甚至有专门的制茶人按照喝茶人的身体状况把脉配方加工而成，有点中医食疗的意思。

奶油茶又称奶皮子茶，在牧区较为常见，其做法与奶茶基本相似，不同的是在砖茶中加入了许多新鲜奶油。新鲜的奶油被新疆人称为奶皮子，是附着在牛奶表面的那一层油膜，新疆人多通过文火熬煮获得一层层奶皮子。

油茶又称炒面茶，用炒熟的面粉加盐和水搅拌成流食充饥，是由来已久的方法。生于20世纪六七十年代的人对战争片中八路军、游击队的打扮应该记忆犹新，左肩斜挎子弹带，右肩斜挎一细长的干粮袋，两个布袋子在胸前交叉穿过，那细条状的袋子里面装着的就是炒好的炒面粉。魏巍的名作《谁是最可爱的人》感动了万千读者，也让人们知道了“一把炒面一把雪”的志愿军所处的环境多么艰苦。油茶不过是用植物油或动物油脂将面粉在锅里炒熟后加入刚沏好的清茶和适量食盐制成。严格地说，加了茶水的油茶已经不属于茶水的范畴了，它应该属于早餐中的流食类，但前面说过，新疆的茶和吃饭是紧密相连的。高级的油茶是用牛骨髓加面粉炒制的，适合体弱多病者及老人、小孩。需要说明的是，油茶的广泛传播和应用完全可以单独成篇专门介绍。

花茶由玫瑰花、冰糖、蜂蜜、红茶熬制而成。红茶以立顿或者锡兰红茶为好。此茶茶味醇厚甘甜，充满情调。

奶茶是新疆普及面最广的茶类。普通的奶茶只是在熬好的砖茶水中加盐、牛奶再次烧开即可。这样说，烧奶茶似乎是件很容易的事情。的确，烧奶茶很简单，但想烧一壶好的奶茶也并非易事。一壶好的奶茶，既要有奶香又要有茶香，互相不能夺味，奶皮子的投放也要恰到好处。

新疆各民族都有喝奶茶的习惯，尤其是伊犁、阿勒泰、塔城三地。这里需要细说的是哈萨克奶茶。哈萨克族的好客是出了名的，在草原，不管你来自何方，渴了饿了的时候只要看见毡房就只管进，奶茶和馕总是有的，因此，哈萨克族有一句谚语：“只要沿途有哈萨克毡房，你走一年也饿不着。”

伊犁哈萨克族人的奶茶口感上更丰富，而且它能根据不同人的口味做调整。小萨玛瓦尔是哈萨克族人必备的家当。众人净手后围圈盘腿坐定，桌布打开，馕、奶疙瘩或包尔萨克端上之时，也预示着哈萨克奶茶就要上桌了，有条件的人家还会端上新鲜的奶皮子及储存的酥油。一碗盐水，一碗浓茶汁，萨玛瓦尔烧着的滚烫开水，是哈萨克族人奶茶的基本构成。萨玛瓦尔往茶碗里注入滚烫的开水，一勺茶汁，一勺盐水，一勺鲜奶。这个时候你可以将自己的口味告诉女主人，口轻的盐少点，喜欢茶味的茶汁多点，喜欢奶香的奶多些。一般来说，不管坐多少人，你只要说一遍要求，女主人便会记住，在给你递上茶碗时定是按照你的要求调配的。

作为一个口味包容的资深吃货或者茶客，我从不叮嘱女主人这个多点那个少些。你若细细品，草原上每一座毡房里的女主人烧出的奶茶滋味都是不一样的。这就好比在城里饭店点菜，资深吃货很少叮嘱师傅这个少些那个多点，什么东西不放。同样的菜品，一百个厨师炒出一百种味道，这就是中餐的魅力。所以，任其发挥，各种滋味了然于心，也是一个品鉴者应该具备的最基本的素质。

在过去，新疆人在外面喝茶的地方主要是饭馆、餐厅。所谓的茶好主要有两个方面：一是茶叶好，茶泡得新鲜，新疆人喝的多是从茶马古道上中转来的边销茶；二是茶要烫，温吞吞的茶水和残汤剩饭没什么区别。

前面介绍的都是有茶叶参与的新疆茶种类。在新疆还有好多种被称为土茶的种类，它们大多是由干果以及植物叶片经过加工泡成的各种野茶，如沙枣茶、沙棘茶、核桃茶……在新疆，到了惊蛰这一天有吃鸡蛋茶的习惯，惊蛰要祭祀白虎，而传说白虎只有鸡蛋才能喂饱。鸡蛋茶没有特别的，其做法和其他本土饮食一样简单朴素。一个鸡蛋，一点红糖，一点葡萄干，有条件的还可以加芝麻碎、花生碎及枣一类的东西。将鸡蛋在油锅内摊成饼，也可以将鸡蛋划散定型，各样东西加进去，再冲入一壶滤掉茶渣的砖茶就可以熬成惊蛰鸡蛋茶了。

土屋小院的平房内，屋子当中那个被油脂擦拭得油亮的铁皮炉筒散发着带着热量的蓝色光泽。家里来了客人，炉灶里添煤加柴，然后挑去小炉盖，将盛了水的汆子插入炉眼，不一会儿，汆子就咕噜噜翻起了水泡。掰一块茶叶放在茶壶里用滚水一冲，一壶香气四溢的热茶就端上了炕桌。炕桌上一盏煤油灯，一个小木头匣子，木头匣子盛放着莫合烟和烟纸。大家围坐在炕桌边呷着茶，絮叨着城南旧事……这是过去新疆人家再寻常不过的生活场景。

水围城

儿时，每年秋冬之际，父母都会将报纸裁成两指宽的纸条。搅一锅糨糊，把糨糊刷在纸条上，然后将纸条贴在木框窗户的缝隙间，这也是古老的御寒保温手段之一。

外婆烧半锅开水，一边将面粉一把一把往里撒，一边用擀面杖顺着一个方向用力搅动，最后盖上锅盖焖一会儿。外婆一边将焖好的、黏黏糊糊的面往碗里盛，一边唤我把事先准备好的蒜泥、醋汁、咸菜、油泼辣子往桌上端。所有准备工作做好，我却迟迟不肯动筷子。外婆问我为什么不吃，我说："这怎么吃，这不是一锅糊报纸的糨糊嘛。"外婆说："这哪里是糨糊，这是荞面搅团。""搅团"，这是我人生第一次听到这个陌生的词语，也是第一次见到。那天我究竟吃了没有，我倒是真的不记得了。

有过这次经历之后，我就开始吃搅团了，还是荞面搅团。在我的记忆中，新疆这边不用小麦粉做搅团。我一边在嘴里嚼，一边告诉外婆难吃。舅舅笑话我，说这碗面糊是不能咀嚼的，它得囫囵咽了吃。现在想想，我那会儿那么小，喉咙那么细，没有什么人生体验，哪里有囫囵吞枣的勇气，只觉着这嚼也不是、咽也不成的面糊糊难以下咽。

后来在书里读到过关于搅团的有趣故事。说是南方人去西北工作，在食堂里要了一碗搅团，服务员给了一碗浇汁，一碗面糊。南方人愣愣地看着眼前的食物有些目瞪口呆，迷茫了半天终于下筷子夹了一下，没夹住，又夹了一下，还是什么都没有。这时服务员过来，望着碗里白茬茬的搅团说了句“蘸着吃”，说罢就忙活去了。南方人像是明白了什么，赶快站起来，继续下筷子，但还是无法夹起碗里的搅团。夹来夹去夹累了就又坐下。服务员看他还在发呆，就着急地说：“你倒是蘸着吃呀！”南方人又站起来，嘴里念叨：“老让我站着吃，站着吃……”后来我把这个段子讲给外婆听，外婆乐得前仰后合。

搅团是一种制作简单、口味独特，很受西北人喜爱的面食小吃。新疆饮食本身就打烙着西北诸省的印记，搅团亦是。甘肃、陕西都是吃搅团的大户，他们还给搅团起了一个文学性、故事性都很强的名字——水围城，乍一听还以为是秦腔或者眉户的戏名。这名字不但起得有文化，而且也很形象。你想想，一团黏糊糊的搅团盛入碗中，各种辅料配齐，然后一勺子浇头，可不就是水漫金山、大水围城嘛。相比之下，搅团这个名字就土得掉了一地的渣渣。

放眼神州大地，吃搅团或者类似搅团食物的地方有许多，所用食物也是五花八门。荞面搅团是西北人的最爱。荞面营养丰富，以荞面制作的搅团筋道可口，为大多数人所喜爱。

玉米搅团是颇具民族特色的风味小吃。羌族人聚居在阿坝、汶川、北川、理县、茂县等地，爱食玉米，对玉米有着许多独特的吃法。将清水在锅内烧开后，酌量撒入磨细的新鲜玉米面，加玉米面的同时用粗竹筷搅拌，此时灶火要猛，搅成糊状后蒙盖一层新鲜洁净的芭蕉叶，再以文火蒸 20 多分钟，用大碗盛起即可食用。做这搅团关键是一边往开水里撒玉米面，一面用竹筷顺着一个方向搅，蒸熟之后盛出来放凉。一般就着酸油菜汤吃，麻辣酸香，味道可口，老少皆宜。

洋芋搅团也是西北常见的小吃。先把洋芋用清水煮熟，去皮晾凉，然后将洋芋捣成糊状，直至黏稠即可食用。洋芋搅团分热食、冷食两种食用方法。热食，放入酸菜浆水中略煮，连同酸菜浆水盛碗后调以盐、油泼辣子即食；冷食，盛入炝煮的融醋、油泼蒜、辣子为一体的醋汤中即食，其风味独特，口感滑润、清香。

看似制作简单的搅团其实并不简单，不是谁想做就能做的。说到底就是要有一个健康的好身体，才能做出好吃的搅团。不出力，吃不到好搅团。搅搅团时要腰部发力，用擀面杖沿着一个方向不停地搅，这样搅是为了给搅团上劲儿。所以说搅团要好吃，就得使劲地搅。油泼辣子醋搅团，蒜泥搅团，玉米面掺白面、荞麦面、洋芋，不管是何种搅团，要想好吃，那就得使劲搅。

水围城是有汤汁的搅团。新疆人之所以不把搅团叫水围城，那是因为新疆的搅团里没有水，只有城。新疆人吃搅团喜欢吃那种黏稠成形的，放凉后切成块，配菜为咸韭菜、咸辣椒、咸萝卜丝，不调汤汁，浇上葱油、蒜泥、油泼辣子即可。

搅团家族的亲戚是漏鱼。先取一大盆凉水，然后把滚烫的搅团从漏勺过下，让那滚烫的搅团在凉水中拉成小指粗细的线，边漏要边换盆中的水来冷却，成形后用笊篱捞到搪瓷碗里，之后再浇些调好的汁水，还要再放些油泼辣子来着色。吃剩的搅团还能加工成另一种小吃。将剩下的小麦面或者荞麦面搅团切成片，跟青菜、豆腐、粉条加汤烩在一起，就做成了另一种风格的家常小吃了。

有一年朋友从俄罗斯回来，大家在一处度假村吃饭，席间上了一道洋芋搅团。半圆形的洋芋搅团扣在一个大白瓷盘里，上面红红绿绿地点缀着一些咸菜碎，大盘旁边又摆放着几小碟配菜和蘸料。这搅团给人耳目一新的感觉，看起来和往常黏糊状的搅团很是不一样。朋友问我这是什么菜，我告诉他是洋芋搅团。他不知洋芋搅团是什么，我说新疆人把土豆叫洋芋，这道菜就是用土豆做的。朋友小心翼翼地舀了一小勺尝了一下，然后又伸出勺子舀了一大勺送进了嘴里。旁边的人提示把配菜、作料放上味道更好。朋友说这个洋芋搅团和土豆沙拉几乎一样，只是土豆沙拉加培根、火腿丁、鸡蛋碎、胡椒粉、沙拉酱。我听了心里暗自寻思，实在是意想不到，西餐里竟然也有类似搅团的食物，世界大同啊！

卡瓦斯

在新疆民间，有一首歌谣跨越地域阻隔、跨越民族界限，被人们广为传唱，这首歌谣的名字叫《吉尔拉》。

严格地讲，《吉尔拉》是一首民谣。在民间我几乎没有听过一首完全相同的《吉尔拉》，各种唱词、各种唱腔、各种版本的演绎使得这首民谣深入人心，广为新疆各民族所喜爱，其歌词内容大多是歌咏生活、歌唱爱情的，也有粗鄙的陈词滥调。因为从小就熟悉，我想当然地认为这首民谣是新疆本土民歌，并且相信了很多年。

20 世纪 90 年代初，我曾在某歌舞厅里看一个从阿拉木图来的乐队演出。他们用电子琴、手风琴和吉他弹了一曲又一曲，《喀秋莎》《莫斯科郊外的晚上》《红梅花儿开》《三套车》，看来他们为演出是做足了功课的，他们很了解我们这边听众的口味。之后，一男一女两个舞蹈演员便进入舞池随着节奏热舞。歌手是用俄语唱的，我听不懂，但旋律很熟悉，跟我们新疆民谣《吉尔拉》几乎一模一样，甚至在巴扬手风琴的参与下，比我们的更加热烈、好听。这怎么可能呢？俄罗斯人竟然会弹唱我们的《吉尔拉》。

多年以后，新疆一个资深民间音乐人解开了我多年的困惑。《吉尔拉》原本就是那边的民谣，多年以前传入新疆，在新疆落地生根后，发展成为一首广为流传的新疆民谣。他的解释让我联想到那些来自异国他乡的，但在新疆生根发芽的美食。

我最早喝的卡瓦斯不是在商店或者小卖部买的，而是大院里的邻居家。按现在的标准，这瓶用医院挂盐水的玻璃瓶子二次灌装，并用那种医用橡皮塞塞住，然后将塞子边沿的围边翻下来包裹住瓶口的卡瓦斯，完全是无生产日期、无质量合格证、无生产厂家的“三无”产品。它出自父亲的同事，一个满口河南话的大叔之手，生产地点是他家的厨房，时间是20世纪80年代中期的某个夏天。

我不担心河南大叔家卡瓦斯的卫生问题。我印象里高高瘦瘦的大叔常年戴一顶用来遮掩秃顶、掉了色的解放帽，上衣口袋处露出一截显示有文化的钢笔。他身上穿着同样掉了色，但被浆洗得干净整洁的军便装。这身干净的衣服总会让我联想到他家能干贤惠的婶子。有这样的婶子，卫生差不了。

我翻开橡皮塞的裙边，并用力将皮塞拔出，随着“砰”的一声，有气体从瓶内溢出，闻起来有股发酵的味道。我小心地尝了一口，酸甜中带有蜂蜜的味道，舌尖有些发麻。这是全新的感受，对于还没有经历人世间酸甜苦辣的味蕾来讲说不上好喝或者不好喝。也就是同一时期，我发现街头出现了好多手推车，上面放着个盛着水的大铁皮条盆，水中立着一排一排塞着软木塞的啤酒瓶，全是“三无”牌的自制卡瓦斯。有经验的人告诉我，这家的劲儿大，那家的甜。他们说的劲儿大无非就是口感更麻，度数略高，摇一摇拔掉瓶塞，里面的液体涌出喷得老高的那种。

除了卡瓦斯，新疆还有许多和俄罗斯相关的饮食，如塔城的玛洛什（冰激凌）、巴哈力（糕点）以及和啤酒一个样的比瓦尔。新疆这边流行的俄罗斯饮食主要就是玛洛什冰激凌、卡瓦斯和俄式糕点。

东北流行的哈尔滨红肠和列巴这些俄式饮食在新疆这边反而不流行。分析原因，除了地域上东北近俄罗斯之外，物产也是一方面。新疆本地的马肉、马肠本来就是货真价实的纯肉肠，丝毫不输俄罗斯红肠。新疆各种各样的馕也不逊于俄罗斯列巴，所以它们在新疆并不风行，只有卡瓦斯在两地均流行。这也从侧面反映出卡瓦斯的魅力。

伊犁的俄罗斯、维吾尔、哈萨克、回、汉等民族均以各自的方法酿制着卡瓦斯，彼此间保持着工艺交流，最终将卡瓦斯演绎发展成为具有浓郁地域风情的特色饮品。在新疆，卡瓦斯有着众多的名字，格瓦奇、格瓦斯、土啤酒都是它的名字。

卡瓦斯和比瓦尔是孪生兄弟。比瓦尔就是俄罗斯的啤酒。小麦和啤酒花熬煮之后过滤，加入蜂蜜、白糖发酵，数天后就可饮用。发酵时间越长，酒精度越高。

家庭自制卡瓦斯的工艺并不复杂，用料也较广，有用小麦和麸皮发酵的，也有用米汤等发酵的。下面就介绍两个收集整理的卡瓦斯的基本制作流程。

第一种：啤酒花 20 克，加 500 克水煮开放凉，300 克面包烤干后加 1500 毫升水，泡入其中放一宿。过滤出面包渣后兑 100 克糖、6 克酵母、20 克葡萄干，兑啤酒花水自然发酵一天即可。

第二种：100 克面包切片，烘烤成面包干。面包干粉碎成面包渣后倒入罐子，加入 1500 毫升开水盖布或者锅盖浸泡一宿。将浸泡后的面包渣用纱布过滤，攥干后提取面包液。面包液中加入 4 克酵母、60 克白糖、一把葡萄干发酵 12 小时。12 小时以后，将面包液装入瓶中，放入冰箱再冷藏发酵 12 小时即成。

我仔细想了想，小城流行自制卡瓦斯也是有原因的。家属大院的城墙外面一望无际的田野里，种着为数不少的啤酒花。

有了几次喝卡瓦斯的经历之后，我就喜欢上了父亲同事家做的卡瓦斯了，我觉得他家的口感更好，说白了就是比街上卖得更加酸甜。河南大叔说：“肯定是我家的好，我家的卡瓦斯是用啤酒花、蜂蜜、葡萄干酿的。”

大叔是父亲的同事，卖卡瓦斯是他家的三产，他家孩子多，大婶又没有工作。但令我好奇的是，大叔大婶都是河南人，他们是从哪里学的做卡瓦斯的手艺，肯定不会是电线杆子上贴的祖传手艺。

现在，卡瓦斯、烤肉、凉面是我盛夏解暑的三件套。每每倒一杯有商标、有出产日期、有合格证的卡瓦斯时，我都会不自觉地想起那个家里有一堆孩子，说话带河南口音的父亲的同事。也就是他卖卡瓦斯一年之后，因工作调动，举家迁回老家了。就和我不知道他从哪里学的做卡瓦斯的手艺一样，我同样不知道他调回河南是否还卖卡瓦斯。我问过父亲他这个同事后来的情况，父亲好像没说他，但说那大婶如何贤惠和能干，把家里操持得井井有条。

果酱

若从吃水果的角度看，我以为，中国有两个地方的人最有口福，一个是我国最南端的三亚，热带水果特别多，而另一处则是新疆。新疆阳光充裕、日照时间长、昼夜温差大、气候干旱，其自然条件占据了足够让水果糖分高的优势。有这样的背景，新疆的果酱也是品质上乘、独树一帜的。

果酱在西餐中常见。一杯牛奶和一片抹了果酱的面包便是繁忙都市里最便捷的早餐，一只烤鸭配一碟酸酸的酸梅酱令人胃口大开。毫不夸张地说，果酱及酱汁几乎覆盖了西餐的各个角落，各种餐前餐后的甜点更是将果酱的作用发挥得淋漓尽致。中餐不同，传统的中餐烹制过程中有果酱参与的菜肴不多，即便是蜜汁、糖醋类的味型也是由厨师现场调制，和果酱并不关联，酸梅酱应是个例外。据说在醋出现之前，南方是用酸梅酱充当醋用的，后来有了醋，酸梅酱就使用得少了，仅限于一些烧烤煎炸的菜式。在粤菜中有名的明炉烧鹅便配一碟酸味突出、甜味不足的酸梅酱，在浓浓的酸味的遮掩下，鹅的肥腻便转化成了鲜香。

在新疆，果酱是特殊的存在，它是佐餐必不可少的甜品。从理论上说，几乎所有的水果都可以用来制作果酱。苹果、杏子、葡萄、桃子、无花果、草莓、桑葚、西梅、玫瑰花等都是新疆人用来制作果酱的原料。新疆人喜欢自己动手熬制纯天然果酱。因地域的不同、民族的不同，果酱既有相同、相通的，又有不同的侧重。一碗奶茶，一块涂抹了果酱的馕，开启了新疆人的特色早餐。

新疆的秋天，妇女最忙，她们忙着将各类新鲜蔬菜处理好盛装在各种大缸小罐里制作成咸菜。她们将各种横切成片片子、竖切成丝丝子、斜切成块块子的蔬菜平铺在当院，竖吊在平日里晾衣服的绳子上，制作成干菜。她们把西红柿、辣椒剁碎装进瓶瓶罐罐里。她们将各种水果去皮去核后，用耐心，用对家庭的热爱，用温和的小火慢慢地熬，轻轻地搅，将它们熬成酸酸甜甜的果酱。女人们所有的忙碌都是为了抵御即将到来的漫长而寒冷的冬季。

家庭版的果酱因原材料的不同，在制作程序上也略有不同。其大致做法是：选择新鲜水果，洗净去核，若是皮厚则去皮。个头大或者果肉紧实的需要切碎或捏碎，若是水分含量少的则需要加水。熬制果酱的锅最好是耐酸的不锈钢锅。果肉和糖一般按一份果肉半份糖的比例搭配，具体按水果含糖量的高低增减。糖的作用是使果酱浓稠，并且是很好的防腐剂，糖量合适的果酱可以延长保质期。熬制果酱时要用文火慢熬，最好用木勺不停搅拌，等把果肉的水分熬干，使得果酱在锅内变得黏稠即可。盛果酱的容器最好选用玻璃的，并且事先要用开水煮 5—10 分钟消毒，控干水分后使用（切勿使用毛巾擦拭）。做好的果酱要趁热装入容器，盖紧盖子，倒扣放置（这样可防止空气进入），晾至常温后瓶口朝上，最好冰箱冷藏存放。

果酱调剂了人们口味，同时也满足了人们在没有水果的季节想吃水果的欲望，这里选几样具有代表性的果酱给大家做个介绍。在南疆有一种水果颇为清奇，学名为榅桲。你对十个新疆人说榅桲，估计九个半都会摇头说不知道或者没听说过，但你要说南疆木瓜，但凡是去过南疆的人都不会陌生。别的不说，南疆有些地方的抓饭透着一股与北疆抓饭不一样的香气，那就是南疆木瓜——榅桲的味道。

榅桲是世界上一种非常古老的水果，其味辛、甘，表面附有一层细细的绒毛，散发出浓郁的清香味道。老新疆人称其为木瓜，维吾尔语称“比也”。它长得像梨，也有人叫它木梨，还似苹果，尤其是成熟了以后，它会变成黄色，因此又被称为“金苹果”。虽然它是一种水果，不过由于其生吃时口感酸涩，所以人们并不把它当水果吃，它是和田地区制作抓饭的重要配料，除此之外，它还可以制作果酱。榅桲酱酸甜适口，芳香独特。

新疆树莓分野生与种植，野生树莓是新疆野果中的佳品，多产自伊犁河谷一带。树莓，当地人称为马林娜或马林果，又名覆盆子。因此，树莓酱又被称作马林酱、唐古拉酱。树莓红如玛瑙，味如草莓，酸甜鲜美，是营养丰富的水果。

和田玫瑰是闻名世界的大马士革玫瑰自然优化的品种。受塔克拉玛干地区地理条件、自然气候的影响，大马士革玫瑰在香型、品质上得到了极大提升，成为玫瑰品种中的上品。独特的地理环境使得和田玫瑰的品质丝毫不输大马士革玫瑰、保加利亚玫瑰、法国道格拉斯玫瑰。

将去蒂备好的玫瑰花瓣与白砂糖按照 1：1 的比例掺在一起揉搓，使玫瑰花瓣与白砂糖充分融合（腌制的东西最怕有水和油），揉搓好装入瓶中，不要放太满，喜欢吃蜂蜜可以在上面浇上一层蜂蜜，还有防腐的作用，然后用保鲜膜封住瓶口，盖上瓶盖。这是新鲜玫瑰花的做法。用玫瑰干花做酱时，要把准备好的干燥玫瑰花用清水洗净，之后放在锅中加水煮开，再用中火继续煮，煮到锅中的玫瑰花颜色变浅、汤汁变红以后关火。把煮好的玫瑰花取出以后，过滤得到的玫瑰花汤汁放入糖继续入锅熬，在熬制的过程中要不断搅拌，以免煳锅，熬成浓稠的酱状即可。

玫瑰花酱可以直接吃，也可以冲水喝，同时也是广泛应用的馅料，可以用来制作各类糕点、甜品，还有最为新疆人所熟悉的街头巷尾常见的玫瑰花馕。

综上所述，各种果酱以及有果酱参与的甜品极大地丰富了我们的口味，它点缀着新疆各族人民的生活，让我们在获得甜蜜的同时获得满满的幸福感。

从困难时期过来的老人说，他们那一代人曾经用西红柿酱充当果酱来调剂。现在已经很少有人自制西红柿酱了，超市里各种包装的番茄酱可以满足人们的各种需求。

西红柿酱的制作方法有很多种。将西红柿放入 95℃左右的热水中烫半分钟，捞出投入冷水中迅速剥去外皮，碾碎，加入食盐熬至浓稠再装入瓶中密封即可，这是熬制西红柿酱的基本做法。还可以将去皮的西红柿放入锅内蒸 5 分钟，取出后捣碎制成西红柿泥，然后再入锅蒸 5 分钟，熄火后稍停，打开锅盖，让西红柿泥自然冷却后装入已经过高温消毒的葡萄糖瓶、酒瓶、玻璃罐头瓶、玻璃饮料瓶等容器密封。老人常讲的就是这种没有盐的西红柿酱。冬天，将西红柿酱倒入碗中放一点白糖或者糖精端到外面冻一会儿端回来，妥妥的一碗有夏天味道的、酸酸甜甜的冰镇西红柿汁。

果丹皮与果酒

曾问葡萄酒行业的朋友，新疆葡萄那么出名，有着得天独厚的资源优势，为何生产不出大品牌的葡萄酒？朋友说了很多原因。

在盛产瓜果的新疆民间却从不乏以瓜果为原料的美味。晾晒各类干果是最寻常的，做果酱、果酒也是花样百出。今天说一说与果酱同出一门的果丹皮及果酒。

果丹皮就是由果酱涂成薄片晾晒而成的。我们最常见的果丹皮是用山楂制成的卷，它是北方的传统小吃。

中医认为，山楂具有消食化积、活血化瘀等功效。如果消化不良或食欲不振，多吃点果丹皮还是挺有用的，因此，酸甜爽口、健胃消食的果丹皮是我们小时候的“开胃药”。有时候想吃却不得，就假装恹恹地不爱吃饭，如此这般的一波操作下来，自然是心满意足地得到了酸酸甜甜的果丹皮。

身为新疆人，我吃过的果丹皮不仅仅只有山楂做的。新疆人做果丹皮的食材广泛，苹果、甜瓜、红枣、桃、杏、无花果等都是做果丹皮上好的食材。这些食材可以单一地做某种果丹皮，也可以混合搭配着做。我们最为常见的是以苹果为主料，再搭配各种水果制作成符合自己口味的果丹皮。

下面以苹果为例，将家常制作果丹皮的方法做个介绍，得此方法者得天下所有其他食材果丹皮的做法。将苹果去皮去核，用料理机打成泥。用小火炒苹果泥，这个环节如果考虑口感可加糖炒制，感觉黏稠后关火。如果不想炒也可以蒸 20 分钟，然后在烤盘中薄薄刷上一层油，将果泥倒入烤盘中抹均匀，放入烤箱，温度调到 125℃，烤 50 分钟。将烤好的果泥取出，可以看到果泥已经变成了一张完整的、色泽金黄的果丹皮。接下来，将果皮卷起来，用剪刀把它剪成小段方便食用。

大概许多人都有属于自己的“果丹皮往事”。记得在校门口路边的小摊上经常有人卖果丹皮，花 5 分钱买一张，还舍不得大口吃，总是上学路上拿出来咬一小口，包好，放学路上再拿出来咬一小口，酸酸甜甜的滋味像极了青春的味道。

母亲不怎么让我吃果丹皮，在她的眼里，果丹皮是不洁净的零食，也就是我们现在说的垃圾食品。母亲认为果丹皮都是用即将变质的水果做的，食材不新鲜是一方面，另一方面家庭小作坊做的不卫生，尤其是晾晒的环节，蝇虫太多。母亲说的也是实情，但过错是人，不是果丹皮。

干果和果丹皮都是水果另外一种方式的呈现。果酒也是，学会做家庭版自酿果酒也是受益颇多的事情。下面就介绍家庭自酿葡萄酒的方法。触类旁通，得此法者也同样得其他种类水果做果酒的方法。

进入盛夏初秋，正是新疆葡萄收获的季节，我们准备好新鲜葡萄作为原料，好的葡萄能够确保酿酒的质量，同时准备冰糖，用于调和葡萄酒的口感。“工欲善其事，必先利其器”，还要准备好玻璃容器。

将葡萄清洗后控一控水分，把葡萄装入容器中用手抓烂利于发酵，之后可以压实一点，然后放入适量的冰糖进行调味，比例可以自己掌握。新疆葡萄含糖量高，糖的比例应该控制在 10%—30%。葡萄装入的总量不要超出容器的 2/3，否则发酵后容易溢出。最后把盖子盖上，在盖子上有专门的透气盖，加入少量水封口，等待发酵即可，切记不要强光长时间照射！至此，自制葡萄酒工序基本完成，大约 40 天左右就可以过滤出葡萄酒了，过滤出的葡萄酒还可以继续发酵。

另外附一份自酿葡萄酒高手的心得。

第一，洗葡萄的方法。这一步很多家庭容易搞错，认为自己做的一定要洗干净。想法不错，做法不对。看法国民间做葡萄酒，根本不洗，摘下来的葡萄直接放进大木桶，姑娘们赤脚进去乱脚踩烂。我们不知道其中的奥妙，认为葡萄不洗还用臭脚踩烂成果泥会很脏。

古老的做法自有道理。原始的葡萄酒发酵方法依靠的是野生酵母菌，成熟的葡萄皮上就有，我们看到葡萄粒上的一层白霜中就富含野生酵母菌。人类最早发现葡萄酒，就是葡萄成熟后掉落一起，然后靠野生酵母菌自然发酵成美酒。根据这个原理，我们洗葡萄时冲掉灰尘就足够了，千万不要用面粉、白醋什么的反复搓洗。那样的葡萄看着干净，其实反而不干净，没了保护层，没了野生酵母菌，极易被杂菌感染。

第二，为什么要加糖。酿葡萄酒是古老的技术，人类有意识、有目的地酿造葡萄酒少说已有数千年历史。这么漫长的岁月，一直保持着原始方法不变，自然有其道理，就是要原汁原味，保持葡萄酒的原生状态。

对葡萄酒酿造的改革主要有三个方面：加糖、加酵母、加酒精。

加糖的目的很明确，促使野生酵母菌繁殖发育，补充葡萄糖分的不足，以足量的糖分浓度得到酒香浓郁的结果。从酿酒基本原理看，葡萄酒是液态发酵，依靠酵母菌自然发酵，受酵母菌生存条件限制，酒体酒精浓度达到 18°时，酵母菌失去活性。也就是说，在适宜的温度和时间内，葡萄酒酒精度不超过 18°。正常情况下，葡萄本身的含糖量已经足够，只是时间长些，所以要加糖。但是如此分析，加糖的真正目的主要还是为了满足后期老熟的需要。

第三，要不要添加酵母和酒精。添加酵母的做法也比较普遍，主要是依靠人工酵母菌发酵。野生酵母菌发酵时间长，搞不好还伴生杂菌，加入人工酵母菌就是为了省事，缩短发酵期。这样酿出的葡萄酒，口感和味道比较统一，只是少了原生的感觉。

加酒精也不是往葡萄酒里添加酒精，而是添加高度白酒，目的是人为提高酒精浓度。一般的做法是在二次发酵时添加，接着继续发酵，出来的葡萄酒酒味更浓。

这些做法都对，各有各的道理，不过在追求不同口感时会丢失原生的味道。

葡萄装坛发酵两周，葡萄皮上的营养物质被完全分解，漂浮在上面，这时候用细棉布过滤。我是用挤压的办法，一包包地把酒汁挤出来，葡萄皮用来沤制花肥。全部过滤后，剩下的纯酒汁进入二次发酵，用时一个月。这期间，果肉的营养物质分解完成，沉入坛子底部；酒体颜色变深，呈酒红色，味道变浓郁。

按照网上的教程，一次发酵后的葡萄酒已经能够喝了，二次发酵后的葡萄酒更是可以喝。但是这时的葡萄酒不建议喝。按照果酒酿造的原理，葡萄酒的发酵分三个阶段：第一次发酵，完成糖和酒精的转化；第二次发酵，完成酒体内各种物质的转化，达到平衡和谐状态；还有第三次，准确地讲不叫发酵，用行业术语叫老熟，使得有害物质消弭，各种有益成分进一步实现平衡和谐。

两次发酵明显的状态有两点：一是酒体上层不断出现一层白色漂浮物，这是酒体在进行排异反应，自行清除酒体里的杂质。这层白色的漂浮物要不断撇去，用滤网捞出丢弃。二是酒体颜色不断加深，直至纯的酒红色。纯的酒红色，肉眼看到的是深红色，这时候就可以进入下一步了。

需要说明的是，酒体的自行排异属于正常现象。发酵中出现的杂菌和存在的杂质不断以白色漂浮物的形式被排出，说明酒体发酵正常，酒体健康有活力，并不是发霉现象。酒厂为了缩短时间，会人工干预这个过程，用去杂工艺排除杂菌和杂质。道理一样，只是没有这种自然发酵的味道好。

自酿葡萄酒需要老熟吗?

性急的家庭酿酒人看到葡萄皮漂上来，酒体清亮，有了酒味就开始喝，甜甜香香的很不错。到了二次发酵期间，酒体深红，味道已经很浓郁，喝着感觉比瓶装商品酒好多了。这时还是不建议喝，因为与美酒还有相当差距。这时候的葡萄酒充其量是真葡萄酒，没有丝毫掺假，酒味已足，味道纯正，喝了舒服，但是不那么安全。

不论白酒、果酒还是啤酒，只要是发酵酿制，就存在不安全的因素。发酵物含有果胶，存在于谷物皮、果皮里，会产生一种有害物质甲醇。甲醇跟乙醇的化学性质相似，也有酒味，人体摄入量超标就会中毒。人体对甲醇没有分解、排泄的能力，会在体内积累。所以甲醇含量是酒水执行标准的重要指标之一，绝对不可超标。

自家酿制的葡萄酒量少，不会去购置检测甲醇的设备，无法知道酿出的葡萄酒的甲醇含量。保险的办法就是存放，别喝鲜酒。甲醇容易挥发，放一段时间就自己跑了，这就是葡萄酒需要老熟的根本原因。陈放后的葡萄酒性质稳定，更好喝，所以想喝好酒别着急，一年之后再喝。放个几年也行，越放越好喝。

家庭酿制的葡萄酒待到二次发酵完成，就可以把纯净酒体装瓶了，里面的沉淀物不能混进来。最好用深色酒坛或酒瓶装，密封后放在通风、透光、干燥、相对恒温的地方就不用管了。

过油肉的前世今生

有媒体说新疆饮食以前只有小吃而没有菜肴，新疆菜肴是1949年以后由其他省市传入新疆的。这都是对新疆，特别是对新疆饮食文化缺乏了解的说法。新疆是多民族地区，狭义地理解新疆饮食确实没有多少菜肴品种，更谈不上体系。但是如果你把新疆饮食放大，至少在近百年的时间里，新疆菜肴的品类也是琳琅满目的。先让我们从老新疆人餐馆门前堂倌的吆喝开始吧。“哎！来客了，吃啥哪，过油肉、生烧肉，外加熟烧椒麻肉，挂炉肉、喇嘛肉、肉丝肉片爆羊肉，酸辣肉丁、黄焖肉、干炸丸子里脊肉、醋熘鸡丝随在后，蒸肉焖肉加封肉，后头跟着羊羔肉……”

旧时的饭馆是没有菜单的，这是因为那时候识字的人不多，为了避免尴尬，所以吃什么菜都由堂倌吆喝，给你报菜名。这些至少从光绪年就开始的新疆吆喝，吆喝的是菜肴而不是小吃主食。而第一声的吆喝就是由过油肉开场的，由此可见过油肉在旧时新疆菜肴中的地位。

过油肉这道菜的根在山西，这是不争的事实，而新疆过油肉的故乡则是在奇台。在百年前的新疆席面上，毫不夸张地说，你若不上一盘地道的过油肉，要么是不懂本地饮食的异乡人，要么就是压根没把别人当朋友。

古城奇台的饮食文化源远流长，其盛名在新疆首屈一指。清代，古城商业兴旺，商贾云集，成为新疆最大的商品集散地，“旱码头”声名鹊起。经济繁荣带动饮食业蓬勃发展，来古城谋生的人中不乏身怀绝技的烹饪高手，各路英豪入乡随俗，结合当地餐饮，与本地同行共同铸就了古城饮食业的辉煌。

据《奇台县烹饪志》记载，过油肉在奇台有上百年历史，它是百姓家宴中必不可少的一道菜，是几代厨师潜心研究和不懈努力的结果。事实也是如此。在过去，过油肉可不是一小碟陪伴拉条子的拌面菜，它是一道有头有脸、长面子的菜，甚至是一桌婚宴或者家宴中最有分量的中心思想。

一个川厨若是做不好鱼香肉丝、麻婆豆腐、回锅肉，那你是哪门子川厨？作为一个传统的新疆厨子，如果你连过油肉都做不好，还好意思说自己是新疆厨子吗？一份过油肉炒得好与坏甚至会成为衡量一个新疆厨师水平高低的重要参考。其他菜肴炒得平庸乏味没有关系，只要你炒过油肉的水平高超，照样能在餐饮江湖中有一把交椅坐，这就是过油肉的魅力。

过油肉源自山西。如今在山西太原的名吃老店里，过油肉依然是一道具有代表性的晋菜。但饮食文化是随着环境的改变而调整的。以宫保鸡丁为例，宫保鸡丁是作为川菜流传北京的。但京味的宫保鸡丁却有别于传统的宫保鸡丁，它是酸甜微辣味，行话称此为小荔枝味型。京味宫保鸡丁和北京的第一家川菜馆及梅兰芳有关。1950 年，北京开了家峨眉餐厅，一天，梅兰芳唱罢来此就餐。梅兰芳虽为北京人，但籍贯在江苏，口味偏清淡，因唱戏保护嗓子也少食辛辣。考虑到梅兰芳的口味，餐厅厨师就为他做了一道改良版的宫保鸡丁，酸甜中不失川菜的麻辣，梅兰芳吃完之后对此菜赞赏有加，此后便隔三岔五来此品食这道菜，还常打包回家。众食客听闻此事也纷纷来点这道改良版的宫保鸡丁，吃过后都交口称赞。后来餐厅便将此菜作为特色菜，周边菜馆纷纷效仿，久而久之便形成了京味宫保鸡丁。

近代以来晋商强势，在古城奇台也是如此。山西籍富商巨贾的私家大厨，老字号餐饮店铺里的山西籍掌勺大厨，都是过油肉在新疆早期的推广者和传播者。而最初过油肉也是作为菜肴隆重登场的。鲜亮红润的肉片，洁白的玉兰片，黑亮的木耳，在高温和高汤的作用下迅速融合，在对烹炒时间和速度的准确把握中，经浓汁明油的浸润包裹后组合成了新疆的过油肉，其色金红鲜亮，其味滑嫩鲜香。

据说，当年过油肉在市井江湖流行之时，本地老字号的大厨并不买账，瞧不上过油肉这道菜。大厨说："西口外的油炸肉疙瘩，这算什么菜？"大厨的质疑不无道理，内行看门道，这过油肉原料普通，配料简单，要刀工没刀工，要技法没技法，算是哪门子菜肴？但细究起来，在新疆流行起来的过油肉已经不再是最初进疆时只是过完油用来配菜的光头肉片了。

奇台的过油肉之所以能延续上百年，长盛不衰，自有它存在的道理和价值。作为菜肴的过油肉每一个步骤都马虎不得，正所谓"差之毫厘，谬以千里"。传统过油肉的准备工作需要耐心和细致，肉要精挑细选无筋膜的后腿肉或者里脊肉，顶刀切肉片，宁大勿小，宁厚勿薄。肉片用手工熬制的糖上色，绝非是酱油、老抽能比的，盐、葱段、姜片是必不可少的。每家店铺都有各自秘不示人的汤头熬制的汤料。将高汤加入肉片中的同时也要加入耐心和韧性，高汤一点一点地续，续一次不停地抓拌一回，周而复始，直到肉片充分吸收汁水变得饱满有弹性。这个时候再打鸡蛋若干，只取蛋清加入盆中复抓，等蛋清均匀拌入肉中再将适量的湿淀粉入盆拌匀。最后一道工序就是腌肉，将适量植物油涂抹于盆中肉的表面静置，防止肉的表面水分挥发变干，这个过程就如同蒸馒头前醒发馒头的阶段，投料入汤拌粉的肉片也需要从容不迫地醒发半个小时左右。

如果说以上过程需要的是平湖秋月、波澜不惊的耐心平和，而到了炒制过程中则需要疾风骤雨、风驰电掣的速度。过油肉说到底是一道火候菜，要的就是温度和速度，所以混迹餐饮江湖的老厨师总结出：油是厨子的脸，火是厨子的胆。爆炒的手法绝对是餐饮行当里的速度与激情。

过油时油温要控制在八成热，油温高了肉片粘连，油温低了肉片脱浆。腌好的肉片下锅前再抓拌一次，让表面的植物油充分与肉结合，这样肉片进入油锅后不粘连。将腌好的肉片下锅的同时用筷子或者铲子迅速将入油的肉片划散，不然肉片就会抱团成肉疙瘩。肉片展开、边沿泛黄时迅速将肉片滤出，这个时间段的把握决定着肉片的口感，时间长了肉老，时间短了未断生。等肉过好油，再将片好的大白菜帮子或者玉兰片、青椒、木耳一并过油，辅料只是点缀，不能喧宾夺主。锅内下葱姜炝锅，放酱油、肉汤、胡椒粉和少许锅边醋，然后加入过好油的肉片及辅料翻炒几下，投蒜末，加水淀粉勾芡，淋明油出锅。

没有哪个大厨敢夸口说自己的过油肉每次都能做得完美。肉的老嫩、油的温度和过油的时间，所有的这一切都在变化，都需要厨师调整操作，所以一盘完美的过油肉中也包含着天时、地利、人和的因素。一盘成功的过油肉应该是肉片色泽鲜亮，浓汁透明，不走油，不散汤，入口嫩滑，香味浓郁。由以上过油肉的制作程序不难看出，此时的过油肉已经脱胎换骨为一道完美成熟、名副其实的新疆菜肴。

手工业时代的有些事物被现代化的流水线所取代是必然的。现在，即使是专业厨师也很少有人愿意花费时间自制一瓶糖色。除了货架上琳琅满目的各类上色提色酱油外，一般要使用糖色也只是现炒现用。热锅凉油，放入少许白糖，化开起泡，待至棕红色即投入食材。也有略懂皮毛的师傅会在这个环节将开水兑入锅中以免糖色炒煳，炒煳的糖色没有糖色的香气，色黑味苦。殊不知过去的大厨熬制糖色的过程是秘不示人的绝活。手工时代的大厨炒糖色是将白糖入锅炒至金黄，然后根据锅内气泡的大小、颜色，将锅端离灶火，并迅速搅拌，放气降温。恰到火候的糖色形似糖浆，色泽棕红，不苦不甘，微微泛着焦糖的香气，这是自制糖色的最高境界，也只有技艺娴熟的大厨才能掌握其中的诀窍。将熬制好的糖色盛入罐内备用，久放不坏。在没有酱油、生抽、老抽、蚝油的时代，增色提色全凭大厨平日熬制的一罐糖色来实现，红烧肉、糖醋鱼、酸辣里脊、拌肉馅、卤肉，甚至是泡糖蒜，都离不开一勺糖色。

现在，传统的八大菜系，各式新起的菜肴，海陆空各类食材满满地占据着席面。曾经作为新疆传统主打菜肴的过油肉已辉煌不再，它早已悄无声息地退出席面，被众食客们淡忘于江湖。偶有怀旧的老食客在感怀往日的旧时光时会提及某年某月在某地吃过的一份过油肉。

而今大家对过油肉的了解和认知基本都来自过油肉拌面。退出宴席的过油肉犹如退出血雨腥风的江湖老大，隐姓埋名地蜷缩在城市大大小小的拌面馆子里，与五花八门的配菜搅和在一起，盛装在小小的盘碗里，和一大盘面互相陪衬着，在嘈杂的吆喝中、呼来唤去的光影里一起呈现在食客面前，任凭众食客们评头论足。

而现在炒过油肉的厨子日子也不好过，往往是一盘过油肉端上桌，大家七嘴八舌评判不一，弄得厨师都怀疑自己是否会炒过油肉，甚至怀疑自己到底会不会炒菜。造成这样结果的原因有两个：众口难调是一点，还有至关重要的一点是没有评判标准。过油肉发展到今天，应该用两个标准来区别对待：一个是作为菜肴的过油肉，一个是作为拌面下饭的过油肉。粗略地讲，菜肴过油肉要求品相好，拌面过油肉要求汤汁多。

过油肉毕竟是过油肉，就是到了今天，到了新疆过油肉的故乡奇台，依然有人对它念念不忘。漫步奇台街头，随便进一家餐馆询问，店家都会将过油肉如数家珍般从祖师爷辈给你娓娓道来。“哎，我给你说，真正的过油肉配菜只有几块青辣椒和几片去掉叶子的白菜帮子，你放番茄酱、皮芽子、西红柿，我一看就是个外行！”“哎，我给你说，真正的过油肉在炒的时候是一勺调配好的肉汤，而不是一勺凉水。”“我给你说，过油肉在过油的时候最好是用动物油和清油的混合油。”“我给你说，用牛肉做过油肉切好后一定要用水泡，把血水拔掉，让肉色发白，然后用手工熬制的糖色上色，千万不能用酱油、老抽。炒糖色用冰糖最好，炒出焦黄色时加水熬几分钟，然后加点油，过油肉炒好了一定要用白色的瓷盘盛，这样才能体现出过油肉的红亮光泽。”……

草原的恩赐

1997年夏天，我们住在昭苏县夏特沟的温泉。温泉地处山谷中的一片开阔地，东面是奔腾不息的夏特河，西边是郁郁葱葱的原始森林。这处用原木一垒到顶，合围成类似四合院的温泉一看就很有年头了。我问看护温泉的牧民这些房屋是何时修建的，回答说这里一直有木屋，早到什么时候他也不知道。这条山谷就是著名的夏特古道。这端连着伊犁草原，翻过天山，那头便是南疆拜城。

沟口那个身材修长的守卡人叫拜山别克，他看罢我们的介绍信后便彬彬有礼地将礼帽摘下来扣在胸前，上身微微前倾，算是和我们打了招呼，然后他一转身就拉开了拦路的横木放行。

守温泉的是一对牧民夫妻。我们走进温泉时，丈夫正趴在馕坑边忙活，他在用爬地松枝熏一只羊。在草原上，爬地松是上等的熏肉材料，用它熏出来的肉有股松脂的香气。这种抹了盐，熏过后挂在通风阴凉处风干的羊肉是草原上的美味。看见我们，丈夫直起腰，将手在衣服上擦了擦过来和我们握手。我们则递上先前就准备好的茶叶和方块糖。妻子见有陌生人来，便丢下手里的活计转身取了柴火生炉子烧水。请来访的客人喝奶茶是草原上固有的习俗。我第一次喝马奶子就是在这条沟里，之所以记得清楚是因为当时那个时间段香港回归进入倒计时阶段。

那天工作结束后，骑马回温泉的途中遇见一顶毡房，主人听见马蹄声便从毡房探出头来招呼我们喝茶。草原上，喝茶的含义包含着吃饭，牧区生活可以几日无肉，但不可一日无茶。奶茶分好多种，放奶皮子的叫奶皮子茶，放酥油的叫酥油茶。当然，你也可以什么都不放，那叫清茶或者黑茶。

毡房里盘腿坐定，环顾四周，走风漏气的毡房显示着它的主人并不富裕，但主人很热情。热气腾腾、奶香中混杂着茶香的奶茶，硬得拉嗓子的干馕，叫人爱的爱死、嫌弃的掩鼻屏住呼吸的咸香酥油，稍微有膻味的包尔萨克，酸得令人直流口水的奶疙瘩，还有一碟我的最爱——让你挑不出任何毛病，只是散发着醇厚的奶香以及奶油味道的新鲜奶皮子。主人这是倾其所有了。

几碗奶茶下肚，感觉所有毛孔都张开了，女主人见我用手将碗罩着表示不再喝茶之后，便起身到毡房一边，用木棍在一个皮囊内来回捣。我问那是干什么，主人说做马奶子。我问好不好喝，主人便问我喝不喝。我想喝，但是刚灌饱奶茶的胃实在盛不下，那就带些走吧。我将塑料水壶的水倒干净后将水壶递给主人，主人给我灌了多半壶马奶子。出门前，我将 10 元钱悄悄地压在了茶碗下面。茶水费就免了，马奶子钱一定要收下。在没有旅游污染的草原上，重牧轻商的风俗还是挺重的，人家若是当你是朋友，提钱多少有点小看人。

这一下可好，因为有这些马奶子，这一路我就有了事干。人骑在马上不断地摇晃，马奶子产生气体后不停地从壶口往外溢，于是我就不断地拽马缰绳停下来，拧松壶盖放气，然后又拧紧壶盖继续走。走走停停，等回到营地，马奶子已经所剩无几了。有人说：“可惜了！可惜了！马奶子可是好东西啊！”我将最后一点幸存的马奶子一仰脖倒入口中，只觉得有点酸，有点麻，有股发酵的味道。

当然可惜了，草原上的奶制品都是零添加的绿色纯天然食品。江湖有江湖的规矩，草原有草原的法则，没有谁能比草原上的牧民更了解草原，更懂得珍惜上天、草原恩赐给他们的一切。牧民们不会为做一顿饭或者取暖而去伐倒一棵健康的树。他们不会往河里撒尿或者在河里洗衣服，他们喝酸奶从来都不会放糖，认为放了糖就毁了酸奶。他们也不怎么喝纯牛奶，总是喝兑了茶水的奶茶。他们认为纯牛奶火大，只适合产后虚弱的妇女，以及体弱的老人和小孩。这一点，有可能城市里的人不能理解，草原上的牛奶和城市里经过脱脂，然后放入各种添加剂的牛奶真的是两种物质。尽管草原上的羊群和天上的白云一样一片又一片，喜食羊肉的他们在吃肉的时候却保持着极大的克制和自律。他们认为，肉不能吃太多，吃太多会头疼。

真正喝马奶子还就是香港回归的那一天。山里没信号，我们下山买好礼物去了熟悉的一户牧民家，要看香港回归的直播。主人宰了羊，还强调说准备了上好的马奶子。

马奶子是用马奶发酵酿制而成，其做法是将刚挤出的马奶装在皮囊里，放入陈奶酒曲，置于保温处使之发酵，每天以木杵搅动数次，根据天气温度，几天后就成了。马奶子是有度数的，多喝还会有微醺的感觉。怎么说哪，那个味道，任你再有想象力也只能猜到开头，绝对猜不到结尾。如果一定要找到一种近似的描述，我觉得有点像啤酒，啤酒好像也不恰当，反正就是有浓烈发酵所带来的酸味和麻味，还有股留在嘴里的类似葡萄酒单宁的涩味。倘若你是个文艺小清新，或者都市小资，那就要小心了，在毫无准备的情况下喝下一大口，你的面部表情一定会扭曲，心里定会万马奔腾。倘若真是如此，那么再升一级，比马奶子味道更重的骆驼奶你就别尝试了。

主人给我们满上马奶子说：“马奶子是我们草原上的啤酒。”我们拿出白酒，大家边喝边唱。年轻的女主人要和我们同乐，年长的男主人开始不允许，但拗不过，能看出他很是疼爱少妻。饮了几杯马奶子的女主人面若桃花，她一曲《玛丽亚》更是唱得让我们为之动容，内心泛起的情绪比绷着羊肠子琴弦的都塔尔发出的声响还温柔。

可能是现场的气氛太热烈，男主人被感染了，他拿出手机大声打着电话嚷嚷着，不一会儿就有骑着摩托车的人拎着一个塑料壶进来。男主人接过塑料壶说：“来来来，草原啤酒喝过了，再尝一下我们草原上的白酒。”我问是什么酒，他说是奶酒。

我见过牧民做奶酒，把发酵的奶倒入锅中加热，锅上扣上一个无底的木桶或用紫皮柳条、榆树枝条编成的筒状罩子，上口放一个冷却水盆或锅，桶内悬挂一个小罐或在桶帮上做一个类似壶嘴的槽口。待锅中的奶受热蒸发，蒸汽上升遇冷凝结，滴入桶内的小罐或顺槽口流出桶外，便成奶酒。用这种蒸馏法酿制的奶酒要比直接发酵而成的奶酒度数高些。如果将这锅奶酒再反复蒸馏几次，度数还会逐次提高。

喝了 50°白酒的我们再喝 30°的奶酒感觉有点寡淡，我想，如果从一开始就喝奶酒的话，这个酒精味中混杂奶味的低度草原白酒口感应该也是不错的。

再次见到拜山别克是我们即将离开的一个黄昏。他到温泉的时候，女主人刚刚把包裹着馕的餐布展开。众人坐定，男主人端来了上次用爬地松熏制的风干羊肉。我以为只是喝奶茶吃馕，见主人端来肉，就问坐在旁边的拜山别克是否喝点酒。拜山别克没回答我，而是朝坐在对面的男主人望去，男主人朝他点了点头。

酒喝到一半时，拜山别克让男主人把冬不拉拿过来。趁着酒兴，他唱起了歌。我给倒奶茶的女主人端了杯酒，女主人连连摆手。我又把酒杯转向男主人，我们碰了杯，连同多日在一起的感情一饮而尽。

连日来，闲暇时我常在这些被烟火浸染、满是岁月痕迹的木屋里转悠。原木垒就的墙体上写刻着不同年代、不同民族的文字，有英文、俄文、维吾尔文、蒙古文。这些读不懂的、来历不明的文字符号对我有着莫名的吸引力。某一天，在一行老旧的俄文下，我竟然找到了单位老前辈的名字，日期是 1972 年，那年我才 4 岁。

我们离开夏特那天，拜山别克穿着一身白色的西装，戴一顶白色礼帽，骑着他那匹长面子的玉顶子大走马和我们告别。他骑在马上仍然是摘下礼帽扣在胸前，身子微微前倾向我们告别。

如今，夏特温泉早就成了著名的旅游风景区，我已经好多年没去过了。

皮辣红

在我们的语言习惯里，但凡是带“洋”字的物品几乎都是舶来品，洋火、洋蜡、洋炉，到食材洋柿子、洋芋、洋葱，概莫能外。

洋葱是从中亚或西亚传入中国的，新疆人将其称为皮芽子。洋葱品种多样，但市场上常见的洋葱大致分两种，分别为紫皮洋葱和白皮洋葱。论营养价值，富含花青素的紫皮洋葱营养高，但它的辣度也高，用它来做凉菜或生食就会特别辣，所以紫皮洋葱适合参与烹饪，适合炒、烤、煎、炸。白皮洋葱中的水分含量多，辣味较轻，适合做蔬菜沙拉，凉拌生食。

新疆人拿皮芽子说事的句子不少，比如“皮芽子层层多，傻瓜朋友多”，这句富含生活智慧的老话和现在提倡的减少没必要的社交异曲同工。还有“油肉一家亲，皮芽子受煎熬”，这句话寓意无谓的付出，得不偿失。这句话从另一个层面也能看出在新疆菜肴中皮芽子与肉的关系，毫不夸张地讲，皮芽子参与任何牛羊肉相关菜肴和家常饭都没有违和感。

就饮食习惯而言，新疆人对皮芽子的喜爱也远超过其他地区。皮芽子出现在新疆人餐桌上的概率远高于其他地区。皮芽子之于新疆人，正如大葱之于山东人，佐餐或者做菜自然是不可或缺。所谓“吃肉不吃蒜，味道少一半”，对于最喜羊肉的新疆人来说，皮芽子取代了蒜，成为消食解腻、提升风味的“佐肉圣品”，更有着降低血脂的功效。因而常见新疆人一口皮芽子一口手抓肉，痛痛快快地大快朵颐，一边吃一边安慰自己：不怕，有皮芽子加持，多吃点肉也没关系。除此之外，羊肉皮芽子馅是新疆最受欢迎的包子、饺子、肉饼的馅料。做抓饭之前也是皮芽子一马当先，为抓饭献身下油锅的。还有馕，馕饼子生坯做好后，在被放进火热的馕坑之前，还不忘在被切碎的皮芽子中蘸一下，带些皮芽子碎一起上路。

大概从 20 世纪 90 年代开始，新疆人的餐桌上就多了一道叫皮辣红的凉拌菜。其做法简单，属于一看就会的那种。皮辣红代表了三种蔬菜，皮代表皮芽子，辣代表辣椒，红是西红柿。类似用简化食材名称给菜命名的还有不少，比如西辣蛋，就是西红柿、辣椒炒鸡蛋；比如茄辣西，这个不用我翻译你也就明白了。

皮芽子、辣椒、西红柿，三种食材搭配可以说是既有营养，又有好的口感。皮芽子先顺切成四瓣，然后挨个切丝，这里教大家一个分离皮芽子丝最简单、有效的方法，即找两个碗把皮芽子丝扣里面，然后上下来回晃几下，粘连的皮芽子丝就散开了。青椒去蒂后切丝。西红柿像皮芽子一样，一分为四瓣后把它的芯儿摘掉，然后再切成丝。将这三种备好的食材盛入盘中备用。接下来就到了根据个人口味自由发挥的时间。你可以当头一把盐，再浇适量醋，搅拌均匀即可开吃。你也可以简单做个葱油，即锅烧热倒油，丢把大葱和皮芽子，把葱油倒进菜里搅拌均匀。（先倒油是为了让蔬菜提前有了油脂的保护，防止出水。）再找个大碗放酱油、盐、白糖、香醋和味精，把调好的料汁倒进菜里，完美装盘。一般来讲，皮辣红出现在有荤腥的饭桌上是不会放油的，因为它本来就是解腻爽口的，除非它搭配清淡饮食。

早先没听说过皮辣红这道菜，多方打听也没得到确凿的答案。偶然听一个伊犁人说，皮辣红是从察布查尔县传出去的，说那里的锡伯族是从东北过来的，他们喜欢生拌凉菜。新疆人也有生拌菜的习惯，比如说吃抓饭的时候配胡萝卜丝、青红椒丝和皮芽子丝，凉拌椒蒿、莴笋、樱桃萝卜配汤饭也不错。

上面讲的是标准的皮辣红，人们在口味上永远追求多样化。升级版的皮辣红除了皮芽子、辣椒、西红柿不变之外，会因为不同的场合加入不同的材料，比如下酒的时候会加一把油炸花生米，下饭佐餐的时候会加入一些莴笋丝或者黄瓜丝。这一点也不意外，民间家常菜本来就不拘泥。

在凉拌菜的家族中还有一道与皮辣红相似的菜，许多人都将这道菜和皮辣红混淆，它就是老虎菜。因口味上的差异，各地在辅料上也有调整，但构成老虎菜的主料——大葱、辣椒、香菜是不变的。

老虎菜据说就是因为张作霖而得名的。张作霖有一年夏天突然没了胃口，吃什么都索然无味，这可难为了大帅府的厨子们。他们个个都绞尽脑汁拿出绝活，希望能让张大帅恢复食欲，但都收效甚微。就在这个时候，一个厨师想了个办法，他认为张作霖食欲不好并不是因为菜不好吃，而是因为天气太过炎热导致的，所以他便用黄瓜、大葱、尖辣椒等作为食材，将它们切成丝，再加上盐、醋、糖和一些切碎的香菜进行凉拌，然后给张作霖吃。由于这一道菜酸辣爽口，令其胃口大开，张作霖吃罢便问厨师这道菜的名字，厨师脑子灵活，首先想到吃这道菜的人是“东北虎”，便脱口而出说它叫老虎菜。之后这道老虎菜由于取材、制作简单，一下子便深受百姓喜爱。这个说法只能当个逸闻趣事讲着玩，将寻常小吃贴上帝王将相的标签是我们的一贯作风。

对于老虎菜，新疆人还有另外一个说法：虎在东北话中有鲁莽、缺根筋的意思。老虎菜里放的都是重口味、刺激性强的食材，只有虎人才喜欢吃这盘菜。其实这也是皮辣红也罢，老虎菜也罢，喜欢的人喜欢得不得了，不喜欢的人却嫌弃得捏鼻子的原因，皮芽子、大葱等吃过后留在口腔中持久的味道的确是令人不爽。

综上所述，不管是皮辣红还是老虎菜，它们似乎都能和东北间接或者直接地扯上关系，如此说来，它们应是血亲。我知道这样说是不被新疆人所认可的，新疆人认为皮辣红就是一道彻头彻尾的新疆凉拌菜，而且老派的厨师认为，皮辣红就只应该由皮芽子、辣椒、西红柿组成，不能再添加别的，添加了别的食材就成大拌菜了，若是这样就很容易区别皮辣红和老虎菜了。但在新派、改良派这里，二者就没有这么明显的界限了，若是非得分个不同，那就以味道突出的香菜为界限吧，咱们把加了香菜的叫老虎菜。东北版的老虎菜咱新疆人没权利评头论足，咱就说新疆版的老虎菜。新疆版的老虎菜是由青红椒丝、皮芽子丝以及香菜所组成的。

新疆甜蜜的

新疆孩子的童年，除糖果、水果之外，获得甜的滋味还可以来自干果，杏干、葡萄干、桃干、哈密瓜干、苹果干，以及酸酸甜甜的果丹皮等。

计划经济时期，糖也不是说吃就吃、想吃就吃的，买糖你得有糖票。记得那时候父亲到外地出差，最开心的就是父亲总能想方设法带回来点铁罐装的饼干或者糕点。在那个白糖都稀缺的年代，能吃到上海糕点、京八件是件十分奢侈的事情。

记得四五岁时，有一天，我看到母亲好像在吃什么，便问她吃的什么，母亲说有个阿姨给了个糖。我说我也要吃糖，母亲一伸舌头说："给你。"我一歪脖子赌气走开了，边走边说："等我将来长大工作了就买好多糖。"

靠山吃山，靠海吃海，我就把对糖的兴趣和欲望转向供销社下属的土产门市部，那里面有各种看起来灰头土脸却甜甜的干果。

新疆干果名满天下，新疆人也习惯于将干果用于各种食材当中，除却五花八门的甜品，就连抓饭当中也要放葡萄干、杏干、果仁什么的。将各种干果聚集在一起享用是新疆人的饮食习惯，这其中集大成者便是玛仁糖。玛仁糖是新疆人的叫法，它还有一个名字叫新疆切糕。

据说玛仁糖起源于丝绸之路，具体时间已无从考证。糖类是人体所需能量的主要来源。如果一个人缺糖，轻则会头晕、心慌，产生饥饿感，严重的可能出现低血糖。糖作为一种高热量的食品，是帮助士兵在战场上维持体能的重要物资，也是长途旅行的必备品。补充营养最快的办法就是直接吃糖和含糖高的食品。因此，长途跋涉必备的物品中，糖是其中一项。好的干粮有几个要素：一是便于携带，二是营养丰富，三是耐储存不变质。玛仁糖正好具备了这些要素。

玛仁糖的食材包括玉米面和小麦面粉，再加大量核桃仁、花生、葵花籽、葡萄干、杏干、红枣等干果和果脯，还有蔗糖和红糖，甚至奶油、鸡蛋和玫瑰花等，不仅包含人体所需的蛋白质、脂肪、碳水化合物，还包含各种维生素、矿物质和粗纤维。制作时通过重力挤压的作用，将这些食材压实紧缩，使其携带方便。

玛仁糖既有较高的营养，又含有丰富的维生素和矿物质，长途旅行的人即便吃不上蔬菜，也能从玛仁糖中获得能量。玛仁糖中含量颇高的蔗糖和红糖是其长期保存而不变质的关键。

当然，如所有食物一样，新鲜是味美的主要条件之一。玛仁糖长期保存后，味道未必如新鲜时一样可口，所以玛仁糖也不完全是因为适应于丝绸之路上的长途跋涉而产生的。作为当地人居家过日子，尤其是在逢年过节的一种小吃，玛仁糖也是适宜的。所以，玛仁糖作为一种老少咸宜的食品，深受全疆各族人民的喜爱。

玛仁糖大致有两种制作方法。一种方法是，在和面的时候加入适量干果和大量的蔗糖、红糖。面和好以后要发酵一段时间，然后上蒸锅蒸，与制作发糕、馒头的流程等差不多。但是，玛仁糖蒸熟以后，要趁热将它放进一个很结实的木槽之中挤压。木槽由几块单独的厚木板构成，用粗麻绳和两头弯的大铁钉固定在一起，再用一块厚木板盖在玛仁糖之上，木板上面压上石块或铁块之类的重物。经过两天时间，玛仁糖里面的水分被挤压，随着木槽底部的缝隙慢慢流出，玛仁糖也被逐渐挤压得很瓷实。这时，解开工具，取出的玛仁糖就是瓷实而香气四溢的美味小吃了。

现在玛仁糖除了加干果、果脯、糖类外，也用糯米制作。糯米要提前泡四五个小时，并且要蒸两次。第一次蒸糯米时，糯米里不要放水。第一次蒸完后再往糯米里加入热水，搅拌至米粒吸水成糨糊状再蒸。第二次蒸完，要用铲子碾压糯米，糯米才会瓷实。糯米蒸熟后，上面铺一层核桃仁、花生、葡萄干、杏干、红枣等干果，再铺一层糯米压实。然后重复一遍，其结构为三层糯米，中间夹杂两层干果。

另一种方法是，先将红糖、白砂糖和葡萄糖等按比例混合均匀，利用恒温熬糖机在 115℃下熬煮 4 小时，制成混合糖液，然后将洗净干燥的各种干果加入混合糖液中，再把这种混合液与各种干果和面粉搅拌蒸熟，放入模具压制成型。

玛仁糖口感香醇，酸甜适中，营养丰富，特别是在滥用各种添加剂的现在，不含任何添加剂的玛仁糖更是颇受人们青睐。

新疆还有一款与玛仁糖齐名的甜点——巴哈力，也是各类干果表现的舞台。在新疆遍地开花的巴哈力源自俄国，它是俄罗斯人日常食用的甜点，也被称为黑蛋糕，其食材也包括各种果仁，如核桃、杏仁、葡萄干等。

制作巴哈力的过程是：面粉、动物油脂、鸡蛋、蜂蜜、白砂糖、可可粉、牛奶、核桃仁碎、葡萄干、小苏打等搅拌成糊状倒入烤盘，放进烤箱进行烤制。烤制时需要观察和调温，当烤箱中的面糊烤硬成形后，要把烤箱温度调低后再进行烘烤。刚烤熟的巴哈力呈深咖啡色，香甜可口，营养丰富。

在新疆传统宴席中，甜品也是一个重要环节。通常第六道菜为宴席的压轴菜，之后上一碗开水，供客人洗筷子涮盘子，这说明要上甜品了。甜品一般有糖水百合、糖洋芋、八宝饭、高丽丸子等。

百合是过去新疆食材中的稀罕物，一般只在宴席上出现。百合有好几种，新疆用的甜百合产自甘肃。兰州百合味甜纤维少，色泽洁白如玉，是百合中的上品，也是全国唯一作为食材的甜百合。

这里给大家推荐一种简单的家庭版糖水百合的做法：胡萝卜切片（如果不喜欢胡萝卜也可以换作银耳），百合洗净后用水泡软。蒸碗（若没有合适的蒸碗，也可用小砂锅）中加水，将胡萝卜片、百合（连同泡百合的水）倒入，上蒸锅用大火蒸 5 分钟后改中小火，蒸至胡萝卜、百合软熟，下冰糖续蒸 2 分钟，取出即食。如果喜欢冷食，可装入合适的器皿放冰箱冷藏，随吃随取。

糖洋芋的做法已经在前文介绍过，这里就不再赘述。糖洋芋是烹饪当中的蜜汁类菜型，它的做法也适用于苹果、红薯。

传统八宝饭的八宝为糯米、桃仁、红枣、莲子、桂圆肉、葡萄干、白果、百合。八宝饭到新疆后食材则变成了糯米、桃仁、枣泥、葡萄干、杏干、红枣等，在名称上也有多种称谓，如八宝饭、甜盘子、凉糕等。将淘好的糯米装进碗里，然后在碗内加上各种干果等食材，如果有枣泥就将枣泥夹在糯米中间放入笼屉，蒸四五十分钟即成。出笼后，撒白糖或者浇糖稀即可食用。

糖稀是新疆人广泛使用的甜味剂，酸奶、刨冰酸奶都可以添加，尤其是吃粽子当蘸料。八宝饭蒸好后当头浇一勺糖稀，使其看起来呈明亮通透琥珀色，有独特糖稀味道的加持更令八宝饭味胜一筹。

先向锅里加入适量凉水，再加入适量冰糖，开大火将水里的冰糖煮化。煮时用勺子或者其他工具轻轻按，冰糖就碎了。煮糖的锅很重要，不能用铁锅，也不能用铝锅，因为它们在熬糖时会给糖上色，所以只能用不锈钢的锅。等锅里的水煮开，糖也化了，再把火关小，煮七八分钟，这时候已经有少量的糖稀出来了。为了让糖能均匀地析出，保持文火，用筷子在锅里搅拌两三分钟即可。最后要将糖稀完全熬出，注意在这个过程中千万不能再用筷子搅拌了，不然冰糖粘锅底就焦了。熬糖的时间要 15 分钟左右，先用筷子试试有没有黏稠的感觉，有的话用铲子炒糖，一般炒两三分钟即可，炒到用铲子铲糖稀时滴落的糖稀成黄色，且几乎成一条线，这就说明糖稀已经完全熬好了。

现在给大家讲高丽丸子，大多数人都不知道此为何物。高丽丸子曾经是新疆传统宴席中的亮点。咱们先说高丽糊。

挂糊是烹饪中常用的一种技法，即在经过刀工处理的食材表面挂上一层粉糊。由于食材在油炸时温度比较高，粉糊受热后会立即凝成一层保护层，使食材不直接和高温的油接触，这样就可以保持食材的水分和鲜味，营养成分也不会流失，同时让菜肴有脆、酥、嫩的口感。

高丽糊实际是蛋泡糊的一种，又叫雪衣糊、芙蓉糊等，是烹饪中常用的一种糊。它是将鸡蛋清抽打起泡后，再加入淀粉和面粉调制而成的。由于蛋泡糊在烹饪中用途广泛，几乎可以与任何一种原料搭配成菜，所以又有“万能糊”之称。蛋泡糊色泽洁白，质地细腻，易于制熟，食材经挂蛋泡糊油炸后，能使成菜形状蓬松。过去，许多由高丽打头的菜品多是挂此类糊制作的，如高丽香蕉、高丽肉、高丽菜丸子。

高丽丸子的做法：先将动物肥肉部分（猪板油为佳）用温热水洗净，揩干水分，撕去油膜，切碎后砸成细泥，磕入鸡蛋 2 个，加入面粉 100 克，并慢慢搅拌，直到上劲儿为止。将豆沙馅分成 30 份，然后搓圆，再用油脂面包紧，做成丸子，放入盘内待炸。炒锅置火上，加入熟油（动物油脂更佳），烧至七成热时放入丸子，炸约 1 分钟（注意油温要始终保持在七成热的温度），将丸子捞出，最后在丸子上撒上白糖即成。

上述菜品只有糖洋芋如今仍然广受食客们的喜爱，尤其是女性，其余甜菜都退出了新疆菜谱。

时光荏苒，一转眼多年过去了，许多传统菜肴都在如今的食谱中难觅踪影，但在我脑子里存贮着的关于糖的记忆却一直不曾淡忘。

大概是六七岁时，母亲用家里的糖票买了 2 包方块糖。方块糖就是现在大家放咖啡里的那种用白砂糖压制成块的糖。20 世纪六七十年代，糖果稀缺，方块糖更大的作用是我们糖果的替代品。母亲买回方块糖就藏了起来，当我们要的时候她就会让我们先出去，然后她就关门拿糖。有时趁母亲不在，我就和哥哥翻箱倒柜地找，可始终找不着，于是糖放在哪里就成了谜。母亲再拿糖的时候我就隔着门缝看，细细的门缝看不清，但总算是看到母亲拿糖的大概位置。顺着大概的位置，我们就找到了谜底。2 包方块糖被母亲藏在皮箱后面与墙的夹缝里。于是，我就和哥哥小心翼翼地一人取一块，然后又小心翼翼地按原样放回去。

就这样，时间一天天地过去，方块糖一天天地减少。我们也怕事情败露，每次拿的时候都告诫自己，这是最后一次，吃完再不拿了。直到某一天，家里来了稀客，母亲去拿方块糖招待客人的时候才发现只剩下 2 个完整的、包方块糖的纸壳。偷糖吃的后果肯定很严重，这是偷盗行为，这是对家长权威的挑衅。因为嘴馋，因为自控能力差，我的屁股上多了两条火辣辣的红印痕。

我工作之后买糖已经不凭票了，但是我对糖已经失去了兴趣。人生许多事情都像是吃炒大豆，想吃的时候没有或者买不起，等有了钱，能买得起了，牙却咬不动大豆了。

流水席

土屋平房时期的新疆，老百姓但凡是遇到婚丧嫁娶都会在自家的院落搭棚砌灶，请大厨做酒席来宴请亲朋好友。这样的宴席叫土席、大棚席或者流水席。在我国北方的城乡，这种习俗从古一直延续至今，无论穷家富户，历来如此。老舍先生的《骆驼祥子》里有这么一段：刘四爷过七十大寿，事后听管账的人说来的人出的份子钱都少，于是就火了，说早知道这样就该准备炒菜面了。炒菜面不是炒菜拌面，而是几十年前老北京在家操办红白喜事的一种酒席形式。

新疆流水席有时候会因为邀请的客人众多而场地有限，就依据先来后到的原则，男女老少一拨一拨依次入席，经常是一拨正在吃，另一拨已经在外面候着了。炒菜是一锅接着一锅，上菜是一盘接着一盘，客人是一拨接着一拨，如此反复，客流不息，所以用“铁打的营盘流水的兵”这句话来形容吃流水席的场面也很恰当。

看似热闹的流水席这种宴请方式操办起来很费事、很麻烦。民间常有前三后四的说法，意思就是从请东筹划、搭棚砌灶到宴请结束，整个过程需要忙碌 7 天。

何为“请东”？中国人请客吃饭的时候常常会说“今天我做东”，“做东”也就是请客、做主人的意思。古人建造的房屋大都是坐北朝南的，有地位或富裕的人家，房子的正中是客厅，在厅中朝南摆放两个座位，一东一西，接待客人时，主人总是先把客人迎到西边的座位上，然后自己才在东边的座位上坐下，此为做东的由来。新疆的红白事流水席请东，不是请主人的意思，而是因宴席的主人诸事缠身需要找一个能代替自己主事的人，这个人一定是经常操持红白宴席有经验的内行。因此，主人在所有程序开启之前先张罗一桌饭宴请主事之人，谓之“请东”，被请之人称为“主东”。请东的酒桌摆开也就预示着主家流水席的正式启动。

请东之后，主东便开始代替真正的东家履行职责，主持全盘工作。过去，字号门店一般不应承乡野的流水席，一来伙食家什搬来运去太麻烦，二来像小贩一样往乡野跑跌份儿。有了市场需求，厨行里就有了一个特殊的行当，他们是由专门应承民间的红白喜事宴席的厨师组成的班子，名曰：跑大棚的。至于“跑大棚”这个名称的由来已经无从考证，想必是农村流水席一般都是在当院临时搭起棚子待客而得来的吧。跑大棚的一般没有固定的门店和字号，但有齐全的灶具和成套的餐具、桌凳供顾客租用。

跑大棚的班子主要成员平日里只是在家里等候着需要雇厨师办席面的人家来找。班子里每位厨师手下都有相应的人员配置，这些配置和菜馆、饭店相差无几。具体来说分头灶、二灶及配菜师傅，新疆土话称“墩子手”。头灶是出主菜和名菜的，要求由技能较强的厨师担任；二灶是出一般菜和配合头灶出菜的；配菜师傅要求有较强的刀功，之外还懂得每道菜品所需配料以及不同配料所要求的切法。比如说葱，听见一声过油肉，配菜师傅立马就将大葱斜刀切成牛耳葱；听见一声红烧鱼，立马就将葱顺切成丝；而汆汤一碗，他又麻利地将葱顶刀切成葱花。所以虽然都是厨行，但术业有专攻，各自学有所长，所侧重的不同，烹调技能也有所不同，因此必须团队作战、配合默契方能完成宴席。只是字号门店的人员更固定些，跑大棚的厨行除了大厨和几个重要的人，其余人员不固定，都是临时雇佣或者帮忙的。

主东相中哪家跑大棚的班子，议定好规模和价钱、时间、地点，厨师便开始行动。东家提前付给三分之一的定金，厨师率领徒弟马上置办食材并运至办事人家。也可东家敲定席面菜品后，厨师拉个食材单子，东家自己去市场照单置办。

流水席的准备工作是繁杂的。跑大棚的厨行进入搭建好的场地首先要麻利地砌好炉灶，一般要砌两个炉灶。炖煮灶和平常的炉灶无异，炒菜的灶则是火力猛的长槽形炉灶，民间形象地称其为“马槽炉子”，意为其形状像喂马的食槽。接下来的工作便是屠宰牲畜和选料备料了。成形的好肉改刀入菜，不成形的剁馅，肥膘炼油，物尽其用。在专业厨师的刀子下面，除却不能食用的胰脏之类，几乎没有丢弃的原料。因此，在厨行里有句话说“后厨无废料”，意为在内行的手里几乎没有丢弃不要的材料。

那边红案子忙着备料，这边白案子也不闲着。发面是个费时费工的事情，手工时代是用酵头来发面的，其程序比今天用发酵粉复杂，碱兑的多少完全是依靠经验和手工操作来完成，多了发黄，少了发酸。发面揉匀推开，红的红曲、绿的香豆子、黄的姜黄，分三行抹在面上，卷起切段，横拉竖拧地做成花卷。除此之外还要擀制面条。酒席上一般都擀用来做臊子面的碱面，要想将面条擀好，你得花力气，尤其是腰力，几张面条擀下来腰都快断了。但只要吃客说一声“这面条擀得真好”，力气好像瞬间又恢复了。

这些准备工作都是在紧锣密鼓的节奏下进行的，要赶在正日子前一天上午落座，就得把原料加工成半成品备用。到了正日子，听到办席人家喊开席，厨师便开始颠勺烹饪，10 桌，20 桌，甚至三五十桌，一气呵成，顷刻上桌。

流水席按 10 人一桌落座。按食材分为海菜、鸡肘、油席三个档次，按菜品数量也有高档、中档、低档之分。不论哪个档次，每桌都配有四平盘和铺面的攒盘（拼盘）。高档的八行四座一汤，中档的六行四座一汤，低档的四行四座一汤。“行”和“座”都是厨行老话，“行”在这里念“xíng”，是指现炒现上的菜肴，“座”是指用碗盛的带汤水的菜肴。

用现在通俗易懂的习惯叫法，宴席大类分为凉菜、热菜、蒸菜三部分。席面一般是由 6 个凉菜、8 个热菜、4 个蒸菜构成。因价位，以上宴席的标准都具有灵活性，可供东家自由选择，也可以根据东家的要求调整菜谱，有加有减。除却那些决定价格、档次的压轴菜肴，因东家对酒席的定位而变更的菜肴大致如下。

凉菜一般为三荤三素，荤菜多为凉拌牛肉、凉拌鸡丝、凉拌肚丝以及凉拌粉条及时令蔬菜等。过去没有大棚种植，也没有长途贩运果蔬，素菜多以粉条、土豆、萝卜、豆芽、豆腐、豆皮、大白菜等耐储存的菜和干菜为原料，干菜为干蘑菇、木耳、干笋、黄花菜、海带等。

热菜为四荤两素，荤菜一般为过油肉、酸辣里脊、生烧肉、红烧鱼、清炖肉等。素菜多为时令蔬菜和干菜，以及糖洋芋或者拔丝类甜品一个。蒸菜为黄焖羊肉、黄焖鸡、珍珠丸子、浇汁蛋卷等，若是汉餐会添加烧条子或者红扒肘子、四喜丸子之类。

没有一成不变的宴席。宴席会随着时间、地点、季节甚至服务对象的改变而调整，其中变化耐人寻味。这里所列举的旧时新疆的三类宴席也并非标准答案，只是希望窥一斑而知全豹。海菜席除去铺面和行菜座菜，其压轴大菜为海味。海味都是干货，多为海参、鱿鱼，在使用前精心准备好待用，首道菜多为红烧海参、清汤海参或胡辣鱿鱼卷等。鸡肘席俗称“十菜一汤”，以鸡和肘子为重头，首道菜为清炖鸡，二道菜为黄焖肘子或者红烧肘子。油席俗称“八菜一汤”，以过油肉、酸辣里脊为头菜。

在旧时，烹饪按大类只分红案和白案，红案为炒菜，白案为主食。新疆宴席的主食为馒头和米饭。在准备工作中，蒸米饭和馒头的工作量大，除此之外，凉菜和蒸菜的份额大些。制作黄焖鸡、黄焖肉要先煮了再蒸，牛肉丸子、夹沙要炸好备用，蛋卷要摊蛋皮裹肉馅，因此又叫卷帘子。此外还要制作肉焖子，其他菜品今天还能见得到，肉焖子现在基本上难得一见了，所以重点介绍它。在过去的宴席上，肉焖子既可当主菜，同时也是很重要的辅料，拌凉菜、菜品围边、杂烩等，它都是必不可少的原料。

肉焖子是中国北方地区的传统特色小吃。不同的地方，肉焖子的做法有差异。新疆的肉焖子用料不同，做法大同小异，这里我们着重介绍牛肉焖子：大骨或者牛头煮烂，汤汁收浓待用。方盘底部铺上了蛋饼，然后将肉馅或者软烂的牛头肉切碎入方盘内铺平，高度与方盘边沿平齐，加适量的浓汤上笼屉蒸 40 分钟。下笼后用一个案板盖上，然后用重物均衡地压 4—6 个小时，时间以把肉内的油脂压出为准，也可以用淀粉勾芡定型。牛头肉做成的肉焖子有皮冻的口感，肉馅做的类似午餐肉的风格。

到了正事的日子，随着东家一声吆喝，亲朋好友们入席了，宴席就此开始。若是白席（丧事），逝者不足 80 岁，宴席的气氛要收敛些，尽量少喜庆；如果逝者过了 80 则不拘泥，过了 80 为白喜。如果是喜宴，落座有讲究。女方那边叫西客，西客的桌子一般都安插一位东家的人，名曰陪客。对陪客的要求是有酒量、会聊天，必须让西客尽兴。

经过两天有条不紊的准备，所有的菜肴都是准备好的成品或者半成品。凉菜盛盘上给，花卷、馍馍拾满。马槽炉子生炭填得满满的，火光冲天，先过油、后爆炒。一勺炒出来几十份菜并迅速分盘，将盛好菜的盘子叠放在木制的掌盘（即托盘）里，伙计端着掌盘大声吆喝“油来咧”，提醒客人们小心别碰着。外面熙熙攘攘的场面是流水席，厨房里热火朝天的是流水作业，炒菜、配菜、盛菜、传菜配合默契，每个环节丝丝相扣，运行顺畅。

每个大厨都有自己的招牌菜。过油肉和酸辣里脊都是过油勾芡的菜肴，芡要挂得明亮晶莹，不薄不厚。过去宴席上的过油肉配料为玉兰片和木耳，黑白分明，肉片要炒得红亮，入口讲究滑嫩爽口。酸辣里脊则要求酸辣适度，皮脆肉嫩。席面上的甜菜一般为糖洋芋、糖水百合、八宝饭等，随着季节变化而调整。

国人的宴席少不了酒，因此，宴席又称酒席。四里八乡拳高量大、技艺超群的江湖好汉还有一个舞台，那就是宴席之中另辟一桌，不放椅凳，桌上铺一方红布，上置酒瓶酒杯，名曰擂台。拳压天山南北，酒灌三山两盆。各路好汉在此相会，以拳会友，猜拳行令：高升啊！高高升！一朵梅，二郎担山，三元三,四季发财，五魁首，六六顺，七个巧，八匹马，九是好酒，十全十美。胜者继续，败者回到群众中间去。你方唱罢我登场，各领风骚几大杯。

当伙计端着一汤盆热气腾腾的汆汤或蛋汤上桌时便意味着这一轮的宴席结束了。此汤名为滚蛋汤，赶紧喝汤，喝完抹嘴走人。若有好酒者兴致不减，便将此路江湖豪杰聚拢成一桌，继续大战三百回合。伙计稍微一收拾，另外一拨人便又进场。所有菜品重新上一遍，如此反复，直至繁华落尽，曲终人散。

流水席这种宴请方式操办起来很劳神，而且很麻烦，但它从始至终都透着浓浓的情谊和互相帮助的精神。众人拾柴火焰高，一家有事众人来帮。乡下有个不成文的规矩，那就是白事即便主家不请也来参加，名曰“不请自来”。婚宴讲究必须通知到方可。不论红白喜事，酒席摆得越多说明主家人缘越好。因此，新疆流水席也是人情世故的一张晴雨表。做事要有原则，与人为善，否则家里有事也是孤家寡人，授人以笑柄。

客人是传播者，如果宴席食物不够丰富，服务不到位，那么主人的名誉将会受到影响，朋友就会减少。相反，注重口碑，把客人招待好，你将获得更多的友谊。《福乐智慧》记载，谋臣告诉国王，你要对往来的客商好，让他们吃好、休息好，这样你的美名就会远扬。

厨神秘诀

经常会有擅长烹饪的人说到锅气，懂的人一听都明白，不懂的人一头雾水。之所以在这里单独成篇地讲锅气，那是因为搞懂锅气之后，你的烹饪水平会上好几个台阶。

什么是锅气呢？先做一个比较，同样的食材，相同的辅料以及调味品，同一个炉灶，什么都是相同的，唯一不同的是人，不懂锅气的你炒出的菜和懂锅气的人炒出的菜是有差别的。差别在哪里？你炒出的菜味平平淡淡，而另一盘菜却散发出比你这盘菜浓郁许多的香味，这个香就是一种复合型的火燎味儿，它就是锅气。

锅气是菜肴的灵魂。新疆菜肴当中爆炒羊杂、过油肉、辣子鸡、大盘肚、风味羊肝等尤其讲究锅气。有锅气则鲜香入味，没有则寡淡水汽重。过去的人说饭馆子里炒出来的菜比家里炒的好吃，问究竟好吃在哪里，回答饭庄酒楼炒出的菜有馆子气。这个馆子气里就包含着锅气。

从专业角度解释锅气，大概的意思就是炒菜时油脂和各种食材与调料在高温的作用下经过快速翻炒，将水分挥发出去引起了美拉德反应和焦化反应，从而使食材表面留下一种特殊的复合型的焦香味儿。

那么什么是美拉德反应呢？按照专业讲解很复杂，有兴趣的朋友可以自行查阅。红烧肉、烧烤、各种干锅、各种烘焙，这些令人垂涎的食物有一个共同点，它们拥有焦黄的色泽、浓郁的香气、醇厚的口感，挑逗你内心对食物的渴望。若是温度低，制作出的这些食物味道会寡淡许多。以简单的油泼辣子为例，稍微有做饭经验的人都知道，高温油泼的、略微有点焦煳的辣椒面比低温油泼出的辣椒面香。让这些食材变得诱人，催生这些美妙变化的原因，是它们都经历了美拉德反应。

美拉德反应发生的温度约在 118℃。由于在水分蒸发前，食物的温度都不会高于 100℃（除非在压力锅的高压之下），因此食物若以煮、蒸、炖等湿煮法煮熟，颜色通常比用烤、烘、炸等干煮法处理的要寡淡许多，这就解释了炝锅、爆香这些烹饪技巧的原理。如果要让焖煮的食物滋味更浓郁，就先将肉类、蔬菜等煎炒过再加水煮，要比直接煮入味。反之，如果想强调食物的原味，则应避免高温。美拉德反应听起来很高深，却经常被我们自觉不自觉地使用。

当然，即使低温或食材湿润也能产生美拉德反应。在碱性条件下烹煮、存在浓缩的糖与氨基酸溶液、延长烹调时间，都能引起美拉德反应。好比陈年芝士、红酒都带有一丝烘烤气味，可可豆发酵的时间会影响巧克力的口味，都是因为发酵时氨基酸分子浓缩所致，这也是一种美拉德反应。

锅气看不见摸不着，但它是评判菜品的一个非常重要的标准，这个标准是由“热、快、干、香”这四个指标构成的。这四个整套儿全部达到了，这道菜才能具有很好的锅气。“热”是针对菜肴的温度而言的，一款锅气十足的菜肴，首先上桌时温度要高，以菜肴入口可以明显感觉到烫为考量点，同时还要求炒菜的火力要猛、火候要准。火力不够，菜不香；火候太过了，又会让食材瞬间变老。

老话说："人上的裁缝，人下的厨。"裁缝老了也吃香，而厨师则不然，厨师老了味觉麻木，动作也会变得迟钝，所以厨子也吃青春饭。讲究锅气的"快"是针对菜肴烹调速度。一款合格的小炒菜或爆炒，烹调速度一定要快。这表现在两个方面：一是炒制的时间要短，不论是用手铲还是翻勺，都要求厨师动作要娴熟利落；二是调味过程要快，让作料和食材可以在最短的时间内快速融合，这样味道才会好。"干"是针对菜肴的质感而言的。菜品上桌的要求是质地干香，要点是用油要适量，标准是有汁而不见汁，有芡而不见芡，有油而不见油。"香"是针对菜肴的香气而言的。要求是食材本身的香气要浓郁，甚至可以有轻微的焦香味。

讲完了锅气，再说说炝锅。什么是炝锅呢？它又有什么作用？炝锅是烹饪术语，它是赋予菜肴香味最简单的一种技法。它的作用是确定菜肴基本味型以及借味改味、去腥增香，让菜品口味突出，更加好吃。

锅里倒上油，油温烧热后加入葱、姜、蒜、花椒和大料等，把这些作料的香味给激发出来后，再加入要炒的食材。经过炝锅激发出的香味就会融入这些食材和汤汁中，跟这些食材的味道中和，使菜肴吃起来更香，更有滋味。

我们在家里做出的菜跟饭店菜馆的不一样，是因为家里的火力不够，没有饭馆的火力猛。就增加菜肴的口味以及提升菜肴的香味而言，用炝锅的方式是最合适的。炝锅对油温和时间的把握很重要，油温过高，食物口感会变老甚至烧煳了，油温低则没有锅气，所以炝锅时油温和时间必须掌握得恰到好处。我们做家常饭菜时经常会使用肉类参与炝锅，是因为动物油脂能带来植物油所不能给予的滋味。

有些饭食菜品一吃就能感觉到浓郁的炝锅味，比如炝锅面。有一些菜肴能吃出炝锅味却找不到葱、姜、蒜，这是为了菜肴的品相好，在炝完锅后用漏勺把那些炝锅料都捞了出去，味道却留住了。还有一种叫倒炝锅，就是基本成菜之后再另炝锅，把炝锅的油往食材上一泼，空气中瞬时满是香气。这时的香味都浮在菜肴的表面，味道会更浓郁。比如我们常吃的打卤面的卤，就用倒炝锅把炝好的花椒油浸在刚做好的卤子上面，将这香味再一次激发出来，还有油泼面、葱油鱼、水煮肉片等都有一步倒炝锅。倒炝锅除了花椒能炸煳用以外，别的食材千万不能炸煳，否则就会破坏菜肴的香气。

做好菜考的是手艺，讲做菜考的却是学问。弄明白了锅气，掌握了炝锅的技巧，您的烹饪技艺一定会有一个质的提升。烹饪是一门手艺，掌握一些烹饪知识，哪怕只是皮毛，都将让您受益终身。

乡间野菜

在过去，野菜都是食物匮乏之时替代主食用以果腹的食材。我对大自然当中生长的野菜所知甚少，有限的认知当中大多都是童年时期获得的。

灰条又叫灰灰菜，它是最常见的野菜，通常邻居二狗家拔猪草的筐子里主要装的就是这种叶子背后呈灰白色的植物。我也见过家里孩子多的二狗家吃苞谷面中掺了灰条和蒲公英的菜窝头，有菜，有金黄的苞谷面，很好吃的样子。有时候串门到二狗家，他们正在吃饭，二狗爸妈都会问吃饭了没有。其实我很想吃二狗家这种黄黄的、掺了野菜的窝头，但我从小就是个死要面子活受罪的人，因此，我每次都肯定地回答吃过了。其实我知道，如果我回答没有，甚至是保持沉默，那我一定会吃到他家的野菜窝头。

我回家给我妈说："我不要吃白面馒头，我要吃二狗家那种野菜窝头。"我妈甩给我一个后背说："儿子，你要惜福。"

扯扯秧也是常见的，它细小如盾形的叶片缀在细长却有韧性的茎上，有时它卑微地匍匐在地上，有时却攀爬到盛开的馒头花笔直的茎秆上。关于扯扯秧，我到现在都有点搞不清，当年语文课有一篇关于红军长征吃野菜的课文，老师说扯扯秧就是车前草。在相当长的时间里我对此深信不疑。但是后来有人纠正说，车前草和扯扯秧一毛钱关系都没有。扯扯秧的学名叫田旋花，也叫野牵牛，它能开出和牵牛花一样的喇叭花。这倒是真的，我见过扯扯秧开花。我认为当年那语文老师说车前草就是扯扯秧是因为那年轻的老师是从省城来的，她对城市了如指掌，但对土地的了解却并不比我多。

狗尾巴草，我们叫它谷莠子，它是兔子的最爱，兔子吃起谷莠子来嘴巴里发出"咕叽咕叽"的声响，听得我都想和它一起嚼谷莠子。叶片细窄的酸刺果是我们恶作剧的好道具，摘一些酸刺果哄不认识的小伙伴吃，看他们龇牙咧嘴被酸到的样子我们就开怀大笑。蒲公英是我们最熟悉不过的野菜。"我是一颗蒲公英的种子，谁也不知道我的快乐和悲伤，爸爸妈妈给我一把小伞，让我在广阔的天地间飘荡。"这首曲调忧伤的歌，一直伴随着我孤单地成长。

上了初中，应该是5月份，我去乡下舅舅家。黄昏的时候，乡间小路上尘土飞扬，有人赶着牛群在小路上狂奔。舅舅告诉我，初夏的苜蓿特别鲜嫩，特别美味，所以牛总是会吃多，生产队的苜蓿必须消耗掉，不然牛会被撑死。结果第二天，舅母还是从生产队拎回了一大块牛肉，给我们做蒜拌牛肉。舅舅对苜蓿寥寥无几的描述让我对苜蓿印象深刻，它是野菜家族中美味的代名词。后来就在街头巷尾、自由市场看见有人卖苜蓿。每每到了5月，我除了想方设法吃一顿榆钱儿之外，也不辜负苜蓿这道美味，买回来凉拌，或者包饺子，或是蒸琼琼。

以上就是我走入社会之前对野菜的全部认知。我甚至以为能知道这么多已经不少了，自然界能吃的野菜也就这些吧。后来参加工作后，常年在野外游走，才有机会认识了更多的野菜。马齿苋、艾蒿、荠菜、红葱、沙葱、野韭菜、野芹菜，这些都是大自然所馈赠的礼物。

一般来讲，野菜大多用来凉拌。用开水一焯，然后过凉水，过凉水会使得菜看起来鲜绿，一般就是控干水分后用盐、蒜末、香油、香醋调拌均匀即可，也可将蒜末换成皮芽子丝。

野菜所含水分都比较少，就这一特性，野菜也适合蒸琼琼饭。将野菜洗净控干水分，然后将面粉和玉米粉对半掺在一起放锅内炒熟放凉，再将炒熟放凉的粉和野菜拌和均匀上笼蒸 5 分钟即可。蒸好的野菜可浇凉拌汁，也可回锅放葱花炝炒。此外，野菜用来包饺子、蒸包子也是风味独特，需要注意的是，用野菜做馅料一般都搭配较肥的肉。

记得有一年在阿尔金山无人区工作，生活条件很艰苦，汽车下山拉一次生活物资来回需要一周时间。因此，十天半个月吃不到绿色蔬菜是司空见惯的事情。有一天，同事回来告诉我们有绿菜吃了。他在前面走，我们在后面跟着，走到一片较平坦的地方，他一指地上，我们顺着他手指的地方看到了沙葱。那晚可算是打了个牙祭，我们用肥羊肉包了一顿可口的沙葱包子。

现在野菜是作为康养保健的食材进入食谱的，甚至一些过去我们不吃的野菜也进了食谱，比如说悬麻。

蝎子草，也叫荨麻，因新疆方言发音的缘故，新疆人称其为悬麻。倘若你无意间用手抓到或不经意碰触到它，顿时会觉得奇痛难忍，就像被蝎子蜇了一样，所以人们叫它蝎子草，也有人戏称其为“会咬人的草”。蝎子草不光让人退避三舍，连牛羊都不去吃它，所以它们长得郁郁葱葱，成为山野中最常见的植物。

几年前去伊犁，在唐布拉的农家乐吃饭，店家就上了一盘价格不低的凉拌悬麻。我说这东西有毒。店家却告诉我，这些都是悬麻尖，悬麻最嫩的部分做的，味道好，还是中药材，是本地一道特色菜。我在网上查了一下，果然说它的营养很丰富。

在寻常的特色野菜中，受众面最广的当属椒蒿了。有一年，我在哈密沁城乡里闲逛，一辆越野车停在我旁边，一个陌生人摇下车窗问我哪里有椒蒿，我随手朝小堡的方向一指。其实我也不知道那里是否有。

在我的印象中，天山北坡自东向西的平原、山地，沟沟壑壑里都有椒蒿。东三县乃至巴里坤、哈密的人都是“蒿粉”，尤其是巴里坤人，凉拌、盐腌、冰鲜、炒菜、炖鱼、调汤饭、包饺子，咋吃都不够。这其中最有影响力的当属椒蒿土豆丝了。椒蒿土豆丝的做法和一般炒土豆丝没两样，只是出锅前投入备好的椒蒿即可。

可能是受寻椒蒿人的影响，回到驻地，我也在院落一角拔了点椒蒿当凉拌菜。椒蒿这种野菜，不喜欢的避而远之，喜欢的赞不绝口。虽然许多人喜欢椒蒿，但我不太喜欢它浓重的味道。想想汽油那么贵，人家大老远开车过来寻椒蒿，我守在椒蒿旁边却熟视无睹也确实有点暴殄天物。

吃椒蒿与吃榆钱儿和苜蓿一样，是有时间限制的，民间谚语有：“五月的椒，六月的蒿，七月八月当柴烧。”这个时节的椒蒿虽不比五月初鲜嫩，但仍不失本味。这样想着，我就觉得椒蒿的味道真心不错了。

多年后，二狗对我说：“你小子太幸福了，小时候一看见你吃白面馒头我就咽口水。”我就告诉二狗，当年馋他家的掺了野菜的苞谷面窝头。二狗皱着眉头说：“再不要提那玩意儿了，我到现在看见苞谷面就反胃酸。”

野菜虽美味，但也要注意，不认识的野菜不要吃，容易误认的野菜不要吃，以免中毒。野菜取材要新鲜，烹饪尽量保留原味，可炒，可凉拌、做馅，亦可蒸，还可做汤或生食。根据野菜不同的特点选择不同的烹调方法，洗切和下锅烹调的时间不宜间隔过长。野菜一般较少受到污染，也确实别有风味，可谓天然食物。但凡事讲究适度，野菜不可多吃，多数野菜性凉致寒，多食易造成脾寒胃虚。

新疆山珍

在物产丰富的新疆，无论是土地肥沃的草原，还是看似荒芜的戈壁滩，都能带给人们惊喜。野蘑菇就是大自然馈赠给新疆人的一份珍贵的礼物。

就品种而言，新疆野生蘑菇最常见的为白林地蘑菇。它是新疆野蘑菇中的大家族，味道鲜美，但特别容易生虫，晒干后呈黑褐色，俗称黑蘑菇，是新疆餐饮行业中应用最为广泛的菌类。

鹿茸菇和羊肚菌是新疆野蘑菇家族中的贵族。鹿茸菇十分有名，它的籽实体比较大，菌盖在后期呈扁平，有鳞片状结构，外表为浅灰色。这种蘑菇的营养价值很高，经常食用有明显的滋补作用。羊肚菌的菌盖外观与羊肚的花纹很像，呈淡黄褐色，菌柄多为白色，一般生长在阔叶林中或者山野路边。新疆羊肚菌中的氨基酸含量高，营养丰富。鹿茸菇和羊肚菌是酒店菜肴中的高级食材。

新疆大白菇在当也叫大脆，这种蘑菇的质地比较脆，籽实体也很大，采集时多为米黄色或者类似于蛋壳的颜色，表面无毛，也没有黏液，菌肉多为白色，食用时有淡淡的麻或者辛辣的味道。这种大白菇多生长于冷杉、松树以及铁杉附近，是新疆有名的地方特产。

大名鼎鼎的阿魏菇又名阿魏侧耳。野生阿魏菇主要分布于新疆准噶尔盆地荒漠区的伊犁、塔城和阿勒泰地区，其中阿勒泰地区青河县的阿魏菇知名度最高，其朵形大，菇体肥厚，色泽洁白，风味独特，是一种美味的食用菌。

阿魏本身就是药材，阿魏菇大多生长于阿魏的根茎上，具有清热解毒、止咳消炎的功效。此外，阿魏菇是一种高蛋白、低脂肪，具有塑型健身作用的保健食品。阿魏菇炖鸡为滋补菌汤，鸡与菌的结合更能激发出阿魏菇的鲜香滑爽，强化鸡肉本身的鲜香。从营养的角度来讲，冬季经常吃阿魏菇炖鸡，不仅能更好地御寒，还可以提高自身免疫力。野生阿魏菇菇体洁白高大，肉质细腻鲜嫩，味美可口。

新疆野蘑菇的家族中最为珍贵的是巴楚蘑菇。巴楚蘑菇是叶尔羌河水、千年胡杨树、干旱少雨的大漠气候经大自然融合孕育出的一种绿色珍稀食用菌，新疆农业科学院将这种蘑菇鉴定为皱柄羊肚菌。巴楚蘑菇菌盖呈木耳黑色，中有凹坑，呈黑褐色的木耳状，整株形状如同蘑菇上面嫁接了木耳一般，因此也被人称为巴楚木耳蘑菇。

每年 4 月下旬至 5 月中旬，春雨过后，地表湿润，巴楚蘑菇便在胡杨树下的腐质土中零星破土而出。其肉质厚实，味道鲜美，营养丰富，有很高的药用价值。用巴楚蘑菇炖肉、炖鱼更是新疆菜肴中可遇而不可求的佳肴。之所以这么说，是因为巴楚蘑菇都是野生的，年产量不大。面对供不应求的市场，近几年有人对巴楚蘑菇进行了人工培植，迄今尚未成功。因此，巴楚蘑菇就成了有价无货的稀罕物。

靠山吃山，靠海吃海。新疆人自然是将野蘑菇这种山珍变着法地吃。在过去民间婚丧嫁娶的宴席中，臊子面是主食。一般百姓待客也就是普普通通的一碗由牛羊肉、土豆、萝卜丁做的臊子面，但体面人家的宴席中上的臊子面是有讲究的。讲究的臊子面会在臊子汤中加蘑菇，有了野蘑菇加持的臊子面，从味道到身价都是一个质的飞跃。野蘑菇拌面、野蘑菇炖鸡、野蘑菇炒肉、野蘑菇烧鱼、野蘑菇炖鸽子都是大众化饭庄酒楼的特色菜。在高档酒店中，各种野蘑菇与各种海陆空食材结合，煲成各种滋补汤后盛入各式各样的精美器皿中，其价格自然也很高。

近年来，野蘑菇汤饭应该是受众面最广、叫得最响亮的一道有野蘑菇参与的家常饭。在普通的汤饭中放野蘑菇，其滋味自然比普通的汤饭多了野蘑菇的鲜香。新疆大厨当然知道野蘑菇的珍贵，有些厨师在做野蘑菇汤饭时甚至连同泡蘑菇的水也一并倒入汤饭中，认为这样味道更浓郁。这个手法让我想起好多年前在柴窝堡吃的辣子鸡，厨师炒鸡的时候是连同泡辣皮子的水一并倒入锅里的。我问他这是为什么，他说这是他做辣子鸡的秘诀。

我仔细回忆了一下这些年关于野蘑菇的事情。我采到的最大的野蘑菇是20多年前在现在的江布拉克获取的，那时候它还不是景区，当地人称其为刀条岭。我们住在大山深处一个叫黑涝坝的原始森林里。一场大雨过后，第二天一早我走进森林，远远地就看见草丛中有一团洗脸盆一般大小的白。我以为是大风把洗脸盆刮到了林子里，走近一看却是一个巨大的蘑菇，直径足足有六七十厘米。我把蘑菇抱回营地后，有人提议直接烤了吃。于是就趁着新鲜，我们将蘑菇切块穿在扦子上，刷了清油在烤肉槽子上烤。野蘑菇一定要晾干了吃才有香味，新鲜时不好吃，这是大家的共识。但那天像烤羊肉一样烤的新鲜蘑菇，大家一致认为味道丝毫不输晾干的蘑菇。也就是时隔不久，我又在附近捡到了7尿素袋子野蘑菇，这项纪录在后来的捡蘑菇行动中从未被打破过。记得发现那片蘑菇时我误认为白白的一片是塑料蒙着的温棚，走近一看全是白花花的蘑菇，如同人工种植的一般。采蘑菇的时候，一个骑马的牧民过来问："你采牛吃的点心干什么？"我说："咋叫牛吃的点心？"他说："牛最爱吃这个了我们不吃。"我说："这是好东西。"他骑在马上，居高临下说话的样子像个国王。

近些年由于合成味素的参与，较多的所谓野蘑菇之类的饭食中象征性地放了点野蘑菇之后，再投放合成的野蘑菇味素以强化野蘑菇的味道已是业内公开的秘密。这就和蒜香带鱼中没有大蒜多少事，椒麻鸡香飘十里味不减一样。这几年再到江布拉克，还没到景区就看到当地牧民叫卖野蘑菇，一公斤好几百块。

新疆调货

在经久不停歇的时光里，不断有其他地域的文化在新疆这片大地上交融、沉淀。你很难将新疆本土的饮食单独剥离出来，说这就是新疆的，这些本土化的饮食或多或少都打烙着西北诸省的痕迹。实际上将视野放大到祖国各地的饮食也是这样，你中有我、我中有你。

每个菜系都有其特有的风格，在调料上也各有侧重。老新疆人将调料称为调货，即调味道的货。这个名字，往远说是丝绸之路的痕迹，往近说是商路驮运的痕迹。此类名称还有干货、皮货，它们都是驼队千里迢迢驮运而来的货物。有新疆民谣《沙里洪巴》为证：

哪里来的骆驼客呀？沙里洪巴嘿唷嘿！
拉萨来的骆驼客呀！沙里洪巴嘿唷嘿！
骆驼驮的啥东西呀？沙里洪巴嘿唷嘿！
骆驼驮的是姜皮子呀！沙里洪巴嘿唷嘿！
姜皮子花椒啥价钱呀？沙里洪巴嘿唷嘿！

从这首民谣的歌词中可以看到，骆驼驮的是姜皮子和花椒，这两味调料曾经是老新疆人消耗最多的调货。在过去，老新疆人家都有一个叫姜窝子的物件，不讲究的家庭是用生铁材质，讲究的用黄铜材质。它的作用类似蒜臼、石臼，将食材或者药材捣碎的物件，而取名姜窝子就说明它的主要功能是用来将姜皮子捣成姜粉的。这里用这个“捣”字有点不切实际，老新疆人用的是踏碎的“踏”字，如踏蒜、踏辣椒面、踏孜然。很显然，叫姜窝子则说明那时在烹调过程中姜皮子、姜粉是一味非常重要的、消耗非常大的调货。现在有了鲜姜，姜皮子、姜粉正逐渐退出调料的舞台，尤其是姜粉。过去日常生活中被频繁使用的姜窝子也逐渐成为民俗收藏的老物件。

现在，传统新疆厨师乃至老新疆人的调货中消耗最多的仍然是花椒，花椒向来都是新疆烹调中的主角，其次为胡椒。花椒烹牛羊肉，胡椒调汤类，这是传统新疆厨师烹饪的基本路数。

在过去，新疆炒菜的厨师面前没有那么多瓶瓶罐罐、五花八门的调货，归纳起来无非是油盐酱醋及花椒、姜粉、胡椒、大料等。你现在带一个上了岁数的老厨师，随便找一个餐厅到后堂看看，那些个五花八门的调料肯定会让他不知所措。

你对现如今出现的新调料了解多少呢？咱们现在就做个梳理。

除去那些添加剂，首先说淀粉类。新疆厨师以前用的淀粉就是本地产的土豆淀粉，上浆、挂糊、勾芡都是它，所以土豆淀粉是万能粉。现在则不同，常见的有生粉、红薯淀粉、玉米淀粉。那么它们有什么不同？作用是什么呢？

玉米淀粉是上浆用的，肉片、鱼片上浆，让它滑嫩，锁住水分。生粉就是土豆淀粉，它是用来打卤、勾芡。红薯淀粉黏性比较大，适合挂糊炸东西，炸藕盒、茄夹，出脆皮效果好。

咱们再说酱油、醋。以前，酱油、醋都是酱坊、醋坊酿造出来散装的，没有那么多品牌。拎个瓶子去商店小卖部，用提子灌装到自带的瓶子里再拎回来，这一个来回就叫打酱油。打回来的酱油、醋要放在有阳光的地方晒着，边晒边吃，越晒越香。如果不晒，特别是醋会变质起一层膜。当然，这里也不排除商家作假，往酱油、醋中兑水。早先，我们炒菜就是一股酱油，提鲜、增色、提味都是它，说它是万能酱油也不为过。

我们粗略地分一下如今酱油的种类，有红烧类酱油、海鲜类酱油、凉拌类酱油以及各种以原料命名的酱油，诸如黄豆、蘑菇、红花等，这还不包括酱油类的各种生抽、老抽。

生抽：生抽又叫淡酱油，是酱油的一种。特点是色泽较淡，呈红褐色，味道较咸。生抽是很普遍的调料，一般家庭较常使用。

老抽：老抽又称浓酱油。特点是色泽较深，呈棕褐色并带有光泽，味道较为浓郁鲜甜。老抽一般用来给食品上色。

生抽、老抽二者最大的区别是老抽由于添加了焦糖而颜色浓，黏稠度较大；而生抽盐度较低，颜色也较浅。如果做粤菜或者需要保持菜肴原味可以选用生抽；如果想做口味重的菜或需要上色的菜肴（如红烧肉）最好选用老抽。概括起来就是一句话：生抽调味提鲜，老抽增亮上色。

蚝油：蚝油不是油脂，也是调料。真正的蚝油是用蚝（牡蛎）与盐水熬而成的。蚝油一般加有味精，另有用冬菇制造的素食蚝油。

以上这些调料出现在新疆餐饮应该说是新疆餐饮的一次革命，它丰富了新疆餐饮过去以酸、辣、咸为基味的味型，同时也拓展了新疆菜肴的品种和烹饪手段。不能不说，这是其他地区菜肴与新疆菜肴的再一次融合。

清末民初，新疆经济繁荣、驮运商路兴盛，随豪商巨贾而来的私家名厨及异乡来疆谋生求发展的烹饪高手，结合本地餐饮特点，共同铸就了新疆饮食业的辉煌。这是新疆餐饮行业迎来的一次繁荣、一次复兴。

如果说上一次的餐饮繁荣是津帮、晋商等各路商会进疆以及清军赶大营所带动的，那么这一次的复兴则是改革开放40多年积累的必然结果。

自改革开放以来，最先进入新疆餐饮市场的外地餐饮是川菜。20世纪80年代初，进入新疆的川菜馆子遍布街头巷尾。川味的麻辣及多样的烹饪手段刷新了新疆人的味蕾，才从单调的饭食中走出来的新疆人品尝到了不一样的味道。

随着时间的推移，川菜在新疆餐饮业好像被弱化了，特别是在乌鲁木齐，它被随后而来的湘菜融合，现在乌鲁木齐餐饮业多为川湘风味的酒楼、菜馆。川菜失去市场的原因是多方面的，这里不做深究，但有一点是肯定的，被誉为平民菜系的川菜下饭佐餐是一等一的美味，鱼香肉丝、回锅肉、麻婆豆腐、水煮肉片、扣肉，这些经典的川菜配碗米饭味道都不错。

如今乌鲁木齐的川菜则被分解成各类火锅、麻辣烫，以及小规模的餐厅、菜馆，小吃店遍布全疆。即使川菜在乌鲁木齐被分解、弱化，我依然觉得川菜厨师从技法上来讲很厉害，他们用最普通的食材创造出了最复杂的味型和花样。

价格亲民、味道浓郁的湘菜是随川菜之后进入新疆的。湘菜最初进入新疆以钵子菜为亮点。钵子菜也就是新疆传统宴席当中的座菜，就是连汤带水的菜肴。相比之下，湘菜最具有代表性的菜肴有剁椒鱼头、辣椒炒肉、毛氏红烧肉、腊味合蒸、永州血鸭等，这些具有浓郁地域特色的菜肴佐餐、下酒都合适。

川菜以麻辣为特色，湘菜以酸辣为主。湘味和川味有许多共同点，这不奇怪，川湘在地域上就接壤。湘菜中的腊味、腌味占的比例大。相比川湘菜系，其他菜系在疆内都是小众，但这其中看似不显山、不露水的粤菜却对新疆烹调产生了重大影响。

长久以来，我心里一直有个疑问。四川和湖南相邻，饮食风格上接近也容易理解。广东和湖南在地域上也是相邻的，但饮食风格却截然不同，不知道这里有什么内在的原因。众所周知，粤菜对食材，无论是海鲜、家禽还是果蔬新鲜程度的要求几乎是达到了苛刻的地步。而湖南在饮食方面似乎是站在它的对面，湖南的腊、腌、熏，甚至是臭豆腐都是离新鲜很远的食材。两地是邻居，在地域上相连，但在饮食方面却风格迥异，这其中的原因恐怕不仅仅是受自然环境影响这么简单。

川湘味的豆瓣酱、豆豉为新疆菜肴所借鉴，新疆菜肴多了酱香。表面看，粤菜在新疆似乎不怎么流行，这些年许多餐饮人也没少在新疆推广广东饮食，广式早茶、打边炉（广式火锅）等。可能是两地饮食差异太大的缘故，效果好像不明显。但广东菜肴中常用的调料却渗入新疆烹饪当中，比如前面提到的老抽、生抽、蚝油，这都是粤菜中必备的调料。

从过去简单的调货到现在五花八门的调料，不难看出在新疆这片土地上各种文化的交融和沉淀。

辣椒的味道

在全国嗜辣排行榜中，新疆人可能排不上名次。但实际生活中，新疆人嗜辣相比湖南人、四川人并不逊色，以至于新疆餐饮行业中川菜、湘菜经久不衰。

在地域辽阔、阳光充足的新疆，几乎每个片区都有值得当地人夸赞的辣椒品种。东疆哈密以三塘湖的辣皮子为最好，北疆以安集海的线辣椒出名，南疆有焉耆辣椒独霸天下。从鲜辣椒到辣皮子，从辣皮子到辣椒面，再到辣椒酱，它们都是新疆烹饪当中的优质食材。可以说，从拌面、大盘鸡、椒麻鸡到烤肉、凉皮子，辣椒覆盖了新疆饮食的角角落落。

有一次和朋友聊吃的，朋友问我吃过最香的饭菜是什么。我想了想告诉他，最香的美味都保存在记忆中。顺着这个思路，就着一壶浓酽的砖茶，我们搜肠刮肚地一路聊了下去。烤肉、黄面、羊杂碎、韭菜包子、豆腐汤、牛骨头配烤包子，一直聊到天光暗淡。我们说的这些食物到现在也还能吃到，而且还不断地刷新着味蕾的记忆。最后朋友问我还记不记得小时候吃的爆炒墩墩鸡娃子。朋友是奇台人，我知道他说的墩墩鸡娃子是童子鸡，本来情绪恹恹的我听他这么一说顿时又来了精神。

新疆的春天总是姗姗来迟。3月初，冰雪依旧没有消融，大概要到3月中旬，天气才能逐渐回暖。也差不多这个时间，母鸡开始抱窝孵蛋。经过20天的孵化，小鸡出壳，这个时间也差不多是新疆大地返绿的短暂春天。到了五六月份，喂养了2个多月的小公鸡已经开始哑着嗓子学打鸣了，而这个时节也是新疆辣椒开始上市的季节。我在这里说的都是没有人工孵化，没有温棚养殖，一切都是遵循大自然安排的那时候。

刚上市的新鲜辣椒结合刚学打鸣的童子鸡，在猛火高温的作用下成就了一道美食——爆炒童子鸡。这个季节也是新疆人刚刚清空了菜窖，完全脱离相伴几个月的土豆、萝卜、大白菜的时候。新鲜的辣椒让还在半冬眠状态的味蕾在久违的夏天气息中苏醒。在那个年代，自然长大的鸡本来就是稀缺食材，鲜嫩的童子鸡更是美味，这是早年辣子与鸡结合带给我的美食记忆。

新疆人炒家常菜一般的程序都是用切好的肉片、肉丁、肉丝、肉块打前站，投以花椒、葱、姜、蒜、辣皮子翻炒，添酱油、醋炝锅，然后投放蔬菜，出锅前最后投放的食材往往是辣椒。蒜薹炒肉、炒鸡蛋，炒芹菜、韭菜、豆角等一切时令蔬菜概莫能外。在新疆家常菜中，辣椒或者辣皮子作为配角几乎参与了所有菜的烹制。

富含维生素的新鲜辣椒参与的家常菜首推辣子肉。辣子肉是新疆叫法，按标准的普通话讲应该叫青椒炒肉或者辣椒炒肉。辣子肉不论作为菜肴下酒，还是配拉条子、就米饭，都是珠联璧合。因此，辣子肉是新疆人最喜欢的家常菜，没有之一。

其实也并非只有新疆人喜欢既能下饭又能下酒的辣椒炒肉，全国人民基本都喜欢这道菜，而将这道菜推向巅峰的还要数湖南人。湖南人对一盘辣椒炒肉的热爱丝毫不逊于新疆人对一份过油肉的喜爱。无论是酒店的大场面，还是路边的小饭馆，但凡要喝酒吃饭，一份辣椒炒肉总是要点的。在长沙时，有朋友带我去一家餐厅吃饭，他说这家店是以辣椒炒肉为主打的，他家的辣椒炒肉经常在美食大赛中获奖。在湖南甚至有一个说法：从一盘简单的辣椒炒肉就能看出来一家饭店的好坏。说起辣椒炒肉，喜欢美食的长沙人总是能从原料的选择到烹调技法向你娓娓道来。“辣椒要用樟树港辣椒，猪肉要用宁乡花猪肉。”“辣椒要先煸炒一下，然后盛出来再炒肉。”“炒辣椒先不放油，要在锅里干炒。”“辣椒要先过油……”在吃辣椒炒肉中长大的食客也许会对辣椒炒肉的做法和口味有分歧，但在吃法上是保持高度统一的。一份辣椒炒肉的正确打开方式是：将一勺连带着汤汁油水的辣椒炒肉盖在米饭上搅拌均匀，然后平心静气地开吃。这个时候一份辣椒炒肉带来的慰藉是用言语难以表达的，也是一个异乡人所不能理解的。

我曾按照在湖南打听到的方法做了一份辣椒炒肉给当大厨的朋友尝。还没动筷子他就皱着眉头说：“你这是哪门子辣椒炒肉，充其量也就是个小炒肉。”于是，活到老学到老的我一脸疑惑地问大厨小炒肉和辣椒炒肉的区别。他严肃认真地说：“这两道菜都是湖南菜系，辣椒炒肉貌似和小炒肉很像，但还是有区别的。辣椒炒肉顾名思义就是以辣椒为主、肉为辅的菜肴。小炒肉是以肉为主、辣椒为辅，还要搭配小米辣、蒜苗等，口味也多以咸香鲜辣为主。”

新疆辣椒炒肉的家常做法简单，就是葱姜炝锅炒肉，然后放辣椒。对于辣椒炒肉是先炒辣椒还是先炒肉，酒店的专业大厨给出的答案是：如果是家里人吃家常菜，喜欢辣椒有焦香味就先炒辣椒，喜欢辣椒带点生脆就先炒肉，家常辣椒炒肉哪来的正确做法，自家人吃着舒服就行。酒店的厨师炒辣椒炒肉也是八仙过海，各显神通，但现在统一的做法基本是先炒辣椒。锅内不放底油，先将辣椒放入锅中干煎断生后盛出，然后锅内放底油炒肉，放作料。各家有各家的诀窍，这里就不一一赘述了。

味蕾也是需要开发的，这就好比审美需要培养一样。若你味觉迟钝，只图个肚儿圆，大可不必在意辣椒炒肉是先炒辣椒还是先炒肉这样特别无聊的话题。但若是专业厨师，或者你是个美食爱好者，你就要研究这些顺序。平淡之中见珍奇，能将平庸的食材做成让人怀念的美味才是高手。在生活中要做个有心人，要不怎么说细节决定成败哪！高手炒韭菜都是先将韭菜码整齐切好，炒制时韭菜分两部分下锅，首先根部先下锅受热，其次才是其余部分。若是根叶一起下锅，势必会造成韭菜叶子刚好，根是生的，或者根熟了，叶子已经炒过了。炒大白菜也是如此，白菜帮子和叶子是分开的，先放帮子炒，出锅前再放叶子。

嗜辣也分级别。一般菜鸟级别的是那种不拒绝菜中放辣椒，但必须要把辣椒筋、辣椒籽全部去掉的人。其次是喜欢吃螺丝辣子的那群人，他们喜爱的菜是虎皮辣子烧茄子、农家小炒肉。若是遇到辣力不足的辣子，他们也会来个纯纯的虎皮辣子。再上一个台阶的是敢吃辣的人，他们不管吃什么饭都嚷嚷着要油泼辣子。最厉害的是觉得新鲜辣椒不过瘾，还需要用辣皮子来加强辣力的人。他们是那群无辣不欢、追求极端口感的人。“你最好辣得我六亲不认”是他们经常关照厨师的一句话。柴窝堡爆辣的辣子鸡和最辣的滚辣皮子拌面都是他们的私人订制。综上所述，无论你是哪个级别的辣友，辣椒炒肉都是大家可共享的菜肴。

在过去，辣皮子是新鲜辣椒的延伸和补充。当冬季到来之时，由辣皮子来填补新鲜辣椒的空缺。现在的菜肴制作中，辣皮子和鲜辣椒经常同时在一道菜中亮相，鲜辣椒有鲜辣椒的味道，辣皮子有辣皮子的滋味，除此之外，颜色红艳的辣皮子还能起到增色的作用。

新疆人将晒干的红辣椒称为辣皮子，而且特指由新疆地产辣椒晒制的。按大类区分，新疆晒辣皮子的辣椒分三类：螺丝椒、线椒、肉辣椒。新疆辣皮子产地较出名的有沙湾、呼图壁、焉耆等县。滚辣皮子是一道只有肉和辣皮子参与的下饭菜，其实它也只是外表唬人而已，味道温和的肉辣皮子并没有多少辣力。将辣皮子过一下开水后切碎，热锅凉油加切好的肉翻炒断生后放葱姜蒜，加适量的盐和花椒粉、酱油、辣皮子翻炒出香味后加一点水（如果有肉汤最好加肉汤），继续翻炒后出锅。若是有追求极端口感的顾客，烹制这道菜时加入辣力十足的小米椒后，滚辣皮子则变成了一道看一眼火辣辣，夹一筷子都需要勇气的下饭菜。

以滚辣皮子为主角，可以拌遍所有新疆面食，其中最为有名的当属滚辣皮子拌面。也有惧怕滚辣皮子的杀伤力又不甘心错过的人，所以滚辣皮子又被改良成掺放蘑菇或木耳、芹菜、韭菜、西红柿的各种改良版。但掺的菜在分量上也是点缀，仅仅是一点点，否则就不是极端的滚辣皮子了，它会变成木耳肉、蘑菇肉、芹菜肉，然后又卷入类似辣椒炒肉和小炒肉的甄别中。

春天的序曲

我们的食物多是由碳水化合物构成的，甚至很多被我们称作主食的东西都可以转化成菜，比如土豆、红薯蒸着吃是主食，制作成土豆丝、拔丝红薯或者做成粉条可以当菜，做成凉粉则可以主食、菜品两相宜。国人在烹制食物的时候可以说是绞尽脑汁，用尽了心思。

有一句老话说“民以食为天”，其实在中国甚至可以说“民以主食为天”，这么说并不夸张。每年的春天，大地返绿，大自然都会赐给我们很多食物。立春标志着蛰伏的冬季已过，开始进入了万物生长的春季。对于新疆人来讲，立春不过是日历上的一个让人感到温暖的词，此时的田野上依旧是白雪覆盖，自然万物皆在雪的棉被下昏睡不醒。南方的立春到谷雨，我们的祖先把它叫作青黄不接的季节，这时候我们吃什么呢？在南方要吃各种各样的野菜，早春的时候有马齿苋，稍微暖和一点了有灰灰菜、草头，再暖和一点可能会有榆钱儿、槐花。这些充满了各种食用植物纤维的野菜都被我们加上面粉，把它做成不仅美味，而且能够吃饱的食物。

菜饭合一是一种不分主食和菜肴的门类，它是新疆饮食的一大特点。土鸡焖花卷、风干肉纳仁、羊肉焖饼、蒸肉等都是不用单备主食的、菜饭合一的食物。琼琼饭也属于饭菜合一的典型。老新疆人讲话喜欢带“子”，琼琼饭在老新疆人的口中叫琼琼子，大多数时候，它的前面还要加个“蒸”字。两人一见面：中午吃啥饭？蒸个琼琼子。

类似琼琼饭的食物或制作方法在北方比较普遍，叫法以及用料也是五花八门。山西人叫拨烂子，陕西人叫洋芋擦擦，还有许多地方叫蒸疙瘩……在这里，我们就不沿袭老新疆人的叫法了，琼琼饭更合乎书面语。可做琼琼饭的蔬菜很多，除土豆、萝卜外，芹菜叶、茼蒿、西葫芦、豆角等，均可做成琼琼饭。至于琼琼饭这个称谓的由来已无从考证，“琼”本义是“美好”的意思，和食物不沾边。也有称作茕茕饭的，而“茕”为“孤单”之意，和食物还是风马牛不相及。那么我们是不是可以怀疑，“琼琼”这个名称最初是由音译而来的？

琼琼饭属于蒸菜范畴，而蒸菜是一个广义的概念，在其他地区，不管是农家种植的蔬菜，还是地里挖的野菜，或是树上开的花儿，只要清洗之后沥干水分，拌上面粉或玉米面，或各掺一半拌好，即可蒸食。但在名称上其他地区分得比较细，即蒸什么菜就叫蒸什么，如蒸白菜、蒸茼蒿、蒸槐花等。把裹好面粉的主料入笼屉蒸几分钟，蒸好后在热油中放入花椒和葱花一起翻炒，也可以直接把葱、蒜、辣椒面用热油浇泼，还可以根据自己的喜好用肉片炝锅。所谓千变万化，万变不离其宗，只要用这种手法做出来的饭食，在新疆一律被称为琼琼饭。

在没有大棚养殖，也没有长途贩运的过去，琼琼饭是一道不折不扣的时令饭食。也是积习成俗吧，蒸琼琼最频繁出现在餐桌上的季节总是在春天，人们对春季的蒸菜情有独钟。

如果论前世今生的话，琼琼饭的前世绝对是个布衣贫民。作家刘绍棠曾在其散文《榆钱饭》中有这样一段文字："小时候，年年青黄不接春三月，榆钱儿就是穷苦人的救命粮。杨芽儿和柳叶儿也能吃，可是没有榆钱儿好吃，也当不了饭。""九成榆钱儿搅和一成玉米面，上屉锅里蒸，水一开花就算熟，只填一灶柴火就够火候儿。然后，盛进碗里，把切碎的、碧绿白嫩的春葱，泡上隔年的老腌汤，拌在榆钱饭里，吃着很顺口，也能哄饱肚皮。"

槐花是有槐树地方的人首选做琼琼饭的好食材。甘肃土豆优质，甘肃人选择用土豆。老新疆人做琼琼饭首选的食材是榆钱儿。榆钱儿也叫榆荚，严格来说，榆钱儿不是榆树的花，而是榆树的种子，因为它酷似古代串起来的麻钱儿，故名榆钱儿。树木经过一个冬季的漫长蛰伏，其能量便在春天来临之时迸发出来，丰富的营养就蕴藏于其花朵之中。因此，在这时采些花朵吃，不仅是味觉的享受，更是一种以天地之精华补人身之元气的好方法。

新生出来的榆钱儿脆甜绵软，清香爽口，又因它与"余钱"谐音，有讨口彩的意思在里面。也只有新生的榆钱儿适合做琼琼饭，其采摘时间也就一周左右，过了这个时段的榆钱儿就会发白变干，而后随风飘落化作春泥。因此，有人说榆钱儿做的琼琼饭口感不是太好。但对于吃过苦的老新疆人来讲，都对它有着特殊的情感。说榆钱儿是穷苦人的救命粮，说琼琼饭是穷人的饭，这是经历苦难磨砺的老百姓对琼琼饭最高的褒奖。一碗琼琼饭端在手中，回味着那些点点滴滴的往事。

战祸连连的岁月，天灾人祸、缺油断粮的困难时期，野菜、榆钱儿就成了老百姓果腹充饥的盘中物。野菜做琼琼饭的选择范围很宽泛，苜蓿、蒲公英、艾叶、锁阳……

琼琼饭最初的形成是特殊时期因主粮匮乏而充当饭食，以粗食细做来弥补粗粮及野生植物口感的缺陷，它是以多样的形式补充主粮单一的典型之作。每一位温良贤淑的母亲都是善于从单调贫乏中创造丰富的烹饪高手，她们将所有的母爱都化作把这些简单食材精心制作成变化多样的食物。这也使得我们无论走多远都怀念母亲，即使尝遍人间滋味也依然怀念母亲的味道。

今天，在酒店印刷精美的菜单里，各种食材的琼琼饭是必不可少的。已经腻味了大鱼大肉的餐饮市场需要清心寡欲的食物一解油腻。于是，各种琼琼饭被冠以养生、绿色、保健等名头，在华丽的包装下闪亮登场。而此时它早已不再是穷苦人果腹充饥的琼琼饭，而是都市里一道充满乡野情趣的特色菜肴。否极泰来，从果腹充饥的乡野小吃到登上大雅之堂的药膳，琼琼饭是当今食物丰足、饮食行业繁荣的体现。

此时正值春风拂绿，原野中的荠菜、苜蓿都已破土，榆树也正在破寒，准备绽出一串串缀满枝头的榆钱儿。大家不妨试着品味一番这大自然馈赠给我们的野味美食。

天然的颜色

现代餐饮行业越来越依赖于各类合成的香料色素，而在过去，餐饮行业广泛应用的色素都是纯天然的。在新疆烹饪行业里，特别是白案，面点最常见的三样调味增色的原料为香豆子、姜黄和红曲。

那年夏天在奇台野外工作，乌鲁木齐的朋友来看我，在乡村野店请他们吃羊肉焖饼。一朋友问饼子为何有一股特殊的香气，我说是面里掺了香豆子粉的缘故。他不解地问香豆子为何物。他这一问让我吃惊不小，我以为香豆子应该是天底下的人都知道的东西。

香豆子是西北地区生长的一种豆科植物，用它做成的粉即香豆子粉，其色泽油绿、香味浓郁，是西北人广泛使用的天然香料和色素。

香豆子粉被广泛应用于新疆人的面食中，比如香豆子花卷、香豆子油饼、香豆子饼、香豆子锅盔等。其使用方法不外乎两种：一种是刷油涂抹在面皮表面起到增色、增香、起层的作用，比如蒸花卷、烙油酥饼；还有就是直接在和面的时候兑入面粉中，比如前面提到的用于羊肉焖饼中的香豆子饼或香豆子油饼。也许是西北人或者是新疆人过于偏爱香豆子的缘故，甚至将香豆子粉放入馅料制作中，比如油瓤包子，将动物油脂炼油后产出的油渣斩碎，放入香豆子粉和少许炒熟的面粉当作蒸包子的馅料。

由于香豆子特殊的气味以及新疆人长期食用的缘故，过去土屋平房的老新疆人家里都有一股香豆子气息混合着砖茶的味道。应用这么广泛的香豆子，我朋友竟然不知道它，我真怀疑他不是新疆人。

我朋友连大名鼎鼎的香豆子都不知道，不用问，他就更不知道姜黄了。姜黄在新疆饮食中也较常见。说姜黄你不知道，那么花卷里的那一层黄颜色你总该有印象吧，它就是姜黄。在过去，姜黄也被广泛地当作色素使用，传统的黄面、凉皮里都有它。

姜黄是盛产于我国南方的一种姜科植物。说起姜黄的味道，可能三言两语也说不清楚，但如果你食用过咖喱就知道姜黄的味道了。那是一种复杂、浓郁的木质香气，隐约有着花香、柑橘香以及姜味，尝起来有一点苦味，辣味适中，同时带有麝香味的温暖口感，充满了神秘而浓郁的东方风情。这便是咖喱味，也是姜黄的味道，咖喱中黄色物质主要成分就是姜黄。

传统新疆菜肴烹饪中姜黄使用得较少，其作用主要是增色，除了在凉皮、黄面中增色外，也刷在凉拌鸡表皮增色，或者参与新疆烧烤类所谓的秘制腌料的增色添香，如烤全羊、馕坑肉，以及南疆的挂糊烤肉等。

说罢姜黄，再说红曲。红曲粉是一种红色的粉末状物质，它是人们把稻米经微生物发酵变成红色以后，晾干研磨成粉末状的物质，是天然的红色素。南方人做烧肉或豆腐乳时多使用红曲，如江苏名菜樱桃肉、无锡排骨。此外红曲还可用于烧腊、酱卤食品以及红肠一类的灌肠上色等。

在老派传统新疆菜肴中，红曲也用于卤制品以及红烧类菜肴的烹制，但现在已经不用了，各类操作简便、效果明显的合成增色提香的添加剂淘汰了这些老套、纯天然的色素。

以上三种香料色素分别代表了红、黄、绿三种颜色。这三种颜色聚在一起，同时出现在一种食物上，那便是花卷的“爸爸”——蒸饼。蒸饼是东疆地区的面食，以巴里坤、木垒、奇台的蒸饼为最好。

将发好的面团分成 4 等份，擀成 4 张饼，一张饼刷油后放香豆子粉涂抹均匀，然后卷成桶状抻长捋细备用。同样的操作，将另外 2 张面饼分别涂抹姜黄和红曲后卷起抻长捋细。将 3 根桶状面饼编成麻花辫状，然后一圈一圈盘成圆饼，将尾部掖在圆饼下，最后将剩下的一张面饼蒙在圆形上当面皮。注意，要将面皮整个包裹住圆形，最后将面皮边沿掖在圆饼底部，之后将制作好的蒸饼生坯置于笼屉中蒸熟即可。蒸好的蒸饼切开后，红色的红曲、黄色的姜黄、绿色的香豆子如花朵般交织在一起，各色天然颜料花团锦簇、赏心悦目。它们各自独特的气息和而不同地形成一种特殊的气息，那种气息也是老新疆人厨房里特有的气息。同为色素，同为香料，同时出现在一个花卷中，这就是新疆花卷的魅力。

在新疆面食当中还有一样和香豆子齐名的调料不得不提，它就是胡麻。

胡麻在国内的知名度要比芝麻低很多，许多人甚至都不知道胡麻为何物。其实胡麻是亚麻的一种，是我国五大油料作物之一。胡麻油是一种优质食用油，它同样是一种非常古老的食用油，是我国西北一带的特产，新疆许多地方都食用胡麻油，尤其是南疆。懂胡麻油的人都知道，胡麻油用来拌凉菜尤其香。用胡麻籽做胡麻饼、蒸胡麻花卷也是老新疆人所喜爱的。

胡麻籽小火翻炒，一直炒到胡麻籽在锅中噼里啪啦地响，等响声结束就炒好了。炒好的胡麻籽要摊开，不然会煳，然后就用粉碎机将炒好的胡麻籽搅碎。讲究人是不喜欢用机器将胡麻籽破碎成粉的，最地道的方法是用姜窝子将胡麻捣碎。手工捣碎的胡麻有的已经破碎成粉，有的还有形状，这样的状态会比用机器全部搅成粉末状口感好。

胡麻在使用方法上基本和香豆子粉一致，可直接和入面中烙饼，也可涂抹卷层做胡麻蒸饼，还可以蒸胡麻花卷或者胡麻卷子。胡麻花卷和普通花卷的做法一样，先折后拧，翻出花样来。胡麻卷子则是蒸成所谓的枕头卷子，就是将花卷擀薄，刷油，撒胡麻碎抹匀，放少许盐后卷成桶状，然后直接切成形似枕头的段上笼蒸。

我朋友不知道香豆子为何物是因为他是从外地来新疆的，还保留着原来的口味。但就在我野外工作快结束的时候，他打来电话说能不能带点上次吃的香豆子。正是深秋季节，也正是香豆子收获的季节，新鲜的香豆子油性强，香味浓郁。我对他说："什么叫能不能啊？这都是风吹草帽子，蚂蚁尥蹶子的小事情。"

与时间对峙的冬储

智慧的人类一直在想方设法对抗时间的侵蚀，在饮食方面也是如此。在电视上看到过阿富汗有一种古老的瓜果保鲜方法：用泥巴、草和泥制成碟状晾干，将未碰伤的水果放入其中，用另一个泥巴碟扣住，然后再用稀泥将缝隙封死，使其形成一个密闭的容器，将它存放在地窖中储存。这样可以长期保存水果，甚至难以保存的葡萄也可以保鲜数月。

殊途同归，在新疆南疆也有一种古老的冬储瓜果的方法。虽然南疆冬天的气温高于北疆，但也是寒风凛冽。南疆的居民在冬季到来之时会将储存在凉棚之下的甜瓜一个个地用草绳编结起来，挂在养羊屋子的房梁上，并在屋子里放一碗水来测量室温。水结冰的话就放几只羊进来，靠羊的呼吸以及体温来控制屋内的温度保存瓜果。就这样，羊度过了寒冬，瓜果也保存到了第二年的三四月份。

新疆冬季漫长，自 10 月底大地进入休眠开始，一直持续到来年的 4 月底。在大棚种植没有普及之前，这半年时间里所有的果蔬都来自储存。

土屋平房时期，老新疆人家家户户的院子里都会有一口盖着盖子、箍了边框，外观看起来像一口井的菜窖。菜窖是在地上像挖井一样垂直挖下去直径约一米见方、可圆可方的孔，其深度大约两三米，然后在底部向左向右分别横挖两个用来储存冬菜的室。

通常在菜窖的边沿上都会固定一根绳子，绳子另一头拴一个篮子放入菜窖。下菜窖可以用梯子，也可以直接在菜窖左右壁上掏几个踩踏的坑。需要取菜时，人下到菜窖中将菜放在篮子里，然后吊出菜窖。

记得小时候每到 10 月，冬菜上市的时节，父亲单位都会派车队去拉运冬菜。拉土豆、萝卜的地方不固定，但每年的大白菜都是不计成本、千里迢迢从焉耆拉运回来的。

一般来讲，拉运冬菜的解放车都是黄昏回来，然后就停在家属院巷道中。大人们拉电挑灯，拿来大杆秤。待一切准备工作就绪，天也就黑透了。雪亮的电灯将车的周围照得如同白昼。灯光下，清一色的男人们在忙活着，车上的人忙着把白菜往车下倒，地上的二传手把白菜递给往秤盘里码白菜的人。两个壮汉负责抬秤，一人负责称。两个壮汉二牛抬杠般喊一声“起”，随后腰一直，堆得小山似的秤盘就离了地，称秤的人凑到打着密密麻麻铜点的秤杆前来回拨弄着套在秤杆上、坠着秤砣的绳子，直到秤杆呈水平状，便大声吆喝着：“张三家 100 公斤拿走，下一个李四，王二麻子做准备。”听到话音，在一旁拿着本子记账的人便迅速记下账来，好日后算账。

深秋时节，类似的场景要在单位大院出现好几次，分白菜、分萝卜、分大葱，还有冬煤。煤简单些，一般都是一家一车。你家来煤了，只管约好朋友，将一车煤卸了之后，弄一桌热乎的饭菜，酒管够便是了。

分冬菜可不是这样，分冬菜是协同作战，一车菜分给好多家，相比一车冬煤，每家每户的一份冬菜要轻得多，大家伙只要想办法帮忙把一家家的菜弄下车过完秤，各家就能想办法化整为零弄回家。那时候，谁家没有三两个如狼似虎的半大小子。所以，现场发放冬菜的人都是自告奋勇做义工的人。

我喜欢人声嘈杂分冬菜的场景，大人们忙碌着，孩子们围着凑热闹，在这个寒风阵阵的深秋，人们冻红了鼻尖却哈着热气，热火朝天地忙碌着，为即将到来的冬天忙碌着。

冬菜抬到了家里还不算完，接下来便是分选，将完好的蔬菜选出来准备入窖过冬，将有伤残的留着另作他用。分选完之后就是按种类操作。大白菜和大葱要在秋天宝贵的阳光下摊开晾晒，晒干表面的水汽后，大白菜用筐子吊入菜窖，根朝下码放整齐。大葱不进菜窖，但要三五成群地扎成捆，也是根朝下地码放在阴凉通风处。作为冬储菜主力的土豆量最大，也相对容易保存，运入菜窖后堆放在一起即可。胡萝卜、青萝卜运到菜窖里则要埋入事先准备好的细沙里，马虎的人家就成堆地埋，仔细的人家则将萝卜整整齐齐地一层一层码放整齐，一层萝卜一层沙子，丝毫不马虎。胡萝卜、青萝卜既当食材，又是我们的水果。等这些工作做完，剩下的工作就是每天中午开一会儿菜窖盖子换气，蔬菜也需要呼吸，需要新鲜空气。每每菜窖盖子一开，就有哈气般的水汽、雾气自菜窖口袅袅上升，让人觉得如同清晨打开窗户透气般轻松。我经常打开菜窖盖子的同时长长出一口气，替菜窖里憋闷了一夜的冬菜们长出一口气。

我是不愿意干下菜窖这个活儿的，父母的命令下来，能推就推，能赖就赖，推不掉才硬着头皮下菜窖。菜窖里黑咕隆咚的，阴暗潮湿，散发着霉味不说，关键是一不留神还能碰到不知什么时候、采用什么办法躲到菜窖里的癞蛤蟆，惊得我像癞蛤蟆一样起一身鸡皮疙瘩。

不是所有的冬菜都得入窖，那些被分选出来、没有资格入菜窖的也有用处，那就是用来做腌菜和干菜。到了这个环节，男人们都退下，把剩下的工作交给了女人。这就该女人大显身手了。

大水缸洗干净，一层菜，一层花椒、辣椒面，一把大粒盐，将萝卜、白菜，以及市面上差不多能见到的蔬菜都一股脑儿地收纳到大水缸里。尤其是大白菜腌成的酸白菜，可别瞧不上它，在不久的将来，在寒冬腊月里，它不但可以生拌佐餐，还可以变出酸菜拌面、酸菜粉条肉、酸菜水饺等经典名菜名饭。若是你喝多了，就是喝一口冰凉的酸菜水也是不错的醒酒汤。若是酸白菜吃得倒胃口，那就等落雪上冻之后另腌一缸辣白菜。

辣白菜的做法有很多种，我就将大院里朝鲜族阿姨小时候在朝鲜学到的辣白菜的做法在这里与大家分享。其他方法是根据不同地区的特点而衍生的做法，不管是哪种，只要腌制成熟的辣白菜，从营养和味道角度来看，都是最好的下饭菜。准备白菜 2 棵、盐 100 克、粗辣椒面 400 克、蒜姜末 200 克、虾酱 40 克、鱼露 150 毫升、苹果或者萝卜 1 个、小鱼粉末 20 克。

大白菜去根一切两半。水中放入适量的盐，将白菜浸入其中，尽量都沾上盐水。然后分开白菜的叶片撒盐，尽量每一层都撒到，接着静置 10 小时，其间白菜上下翻动一下。腌好以后，白菜洗一下，洗好白菜后需要控水 30 分钟。将苹果去核切丝（也可以用胡萝卜），然后拌入粗辣椒面、蒜姜末、小鱼粉末（或者带鱼捣碎代替，不喜欢也可以不放）、鱼露、虾酱。将混合的酱料尽量均匀地涂抹进白菜的层理，涂酱料时要以根部为主，白菜叶的部分一带而过就可以，涂好酱料的白菜顺层码放好，表面覆盖白菜叶子，然后放在温度较低的空间里，注意温度高会发酵变质，温度过低冻了影响口感，温度保持在 3℃左右为好。

辣椒、豆角、豇豆、萝卜、莴笋、茄子是新疆人做干菜的常用材料，萝卜切条晾晒至半干时可以加盐、辣椒面腌制成萝卜干，成品的干豇豆和豆角是红烧肉、炖骨头的好配料，木耳配泡软洗净的莴笋片是上等菜品。

该入窖的已经入窖，该晾晒的已经晾晒，接下来就是做酱了。除却那些果酱、辣椒酱，西红柿酱也是新疆人所喜爱的。辣椒酱的基本做法简单，只是将红辣椒斩碎，然后放入较多的盐即可。它是日后做大盘鸡、拌面菜的秘制酱料。西红柿酱则烦琐些，制作方法也多样，需要蒸煮去皮后加盐装瓶，或者抽取空气真空保存。它是冬日里新疆汤饭的灵魂。

准备好这些，我们似乎可以高枕无忧地迎接漫长冬季的到来了。其实这还不够，在漫长的冬季到来之前，剩余的时间里我们可以保存一些绿色的蔬菜。

在很久以前，在第一场雪到来之前，许多餐厅、酒楼以及家庭就会按照传统的方法保存耐寒的绿叶蔬菜，它们多是香菜和菠菜。蔬菜买回来，找墙根背阴处，靠墙角墙边将这些过冬的菜一律根朝下、叶子朝上，紧紧地、整整齐齐地排列在一起，然后上面蒙上草帘子，等待第一场大雪的到来。落雪之后，雪会像一层厚厚的棉被蒙在草帘子上面。这样一来，这些蔬菜就可以一直保存到来年。除了这些冬储的手段，在漫长的冬季，我们还可以通过室内小规模培植获得新鲜蔬菜，调剂我们寡淡的生活，其中最常见的当属豆芽。

豆芽是最平常不过的四季鲜蔬，黄豆或者绿豆都可以成为发豆芽的原料。绿豆芽比黄豆芽纤细，它的热量只有黄豆芽的一半左右，脂肪和碳水含量都比黄豆芽低，所以绿豆芽更适合减肥的朋友吃。黄豆芽蛋白质、脂肪和碳水化合物含量较高，能量自然也比绿豆芽要高一些，如果你想摄取更多的蛋白质，不妨选择黄豆芽。

绿豆芽含水量较高，口感软且易熟，炒制时间不宜过长，适合清炒或者是凉拌，也经常作为配菜出现。黄豆芽粗壮饱满，口感清脆，相较于绿豆芽来说，烹制时间需要更久一些。黄豆芽的吃法也更多一些，涮火锅及水煮肉片、水煮牛肉、水煮鱼等菜式中都用黄豆芽，另外黄豆芽也很适合煲汤。需要注意的是，无论是绿豆芽还是黄豆芽，都不适合生吃，生吃可能会导致食物中毒。

现在，匆忙的人们不再自己发豆芽了，市面上销售的豆芽菜既便宜又好看。但也有讲究的人总感觉不放心，怕各种添加剂，所以对豆芽菜望而却步，说到底还是自己发的豆芽吃着踏实。

在家发豆芽的步骤：将准备好的黄豆倒入盆中，将里面的烂豆子挑出来，加入适量的清水泡，冬天泡 10 个小时，夏天泡五六个小时就可以了。豆芽需要完全泡发。准备两个盆，一个沥水，一个盛黄豆。将沥水的盆放入另一盆中，将泡好的黄豆倒进去铺平，上面盖上笼布或者毛巾，每天浇两三次水，要保证黄豆湿润的状态，盖上盖子四五天就可以了。豆芽发好之后，把根部剪掉。如果喜欢吃短一点的黄豆芽，同样的方法两三天就可以了，中间晃动一下，不要让豆芽根部长得太细，短的黄豆芽不用剪掉根部，直接吃就行了。季节不同，豆芽生长的时间不同，每天浇水时不要揭开布。

发豆芽需要一点技术和耐心，种蒜苗则轻松多了。把蒜瓣小心地剥去外皮，头朝上，密密地排列在盘子里。如果你感觉剥皮比较麻烦，也可以不剥皮，直接一瓣瓣地排列在盘子里。往盘子里浇适量水，让蒜瓣一半在水中，一半能接触到空气。把盘子放在家中朝阳的地方，每天观察一下，如果发现水少了，就适量加点水。有些家庭种蒜苗时还采用另一种方法，即选一截麻绳泡软拆散后盘在盘底，然后再将蒜排在上面，这样的方法能更好地让蒜苗生长，延长生长期并防止烂根。

经过一段时间的等待，蒜苗就长出来了，开始慢慢长大，长到大约 15 厘米左右时就可以吃了。割蒜苗的时候不要连根拔，最好用剪刀从底部剪掉，留下一点点茎，这样过一段时间后，如果营养充足，断口处还会再长出新蒜苗来，就像韭菜一样。

在那个年代的寒冬腊月里，葱绿的蒜苗是舍不得当作主料一顿吃掉的，它会作为辅料零零星星地出现在菜里、汤里，用绿色、用新鲜带给一家人清新的味道。

做足了过冬的功课，现在我们需要把窗户缝隙糊上报纸条，门外已经挂好厚重的棉门帘子，盖好了菜窖盖子。好了，现在我们已经准备好过冬了，让暴风雪来得更猛烈些吧！